万物生

李小琳 著

河南文艺出版社
·郑州·

图书在版编目（CIP）数据

万物生/李小琳著. —郑州：河南文艺出版社，
2020.5（2022 .5重印）

（文鼎中原）

ISBN 978-7-5559-0973-6

Ⅰ.①万… Ⅱ.①李… Ⅲ.①短篇小说-小说集-中国-当代 Ⅳ.①I247.7

中国版本图书馆 CIP 数据核字（2020）第 044373 号

出版发行	河南文艺出版社
本社地址	郑州市郑东新区祥盛街 27 号 C 座 5 楼
邮政编码	450018
承印单位	河南龙华印务有限公司
经销单位	新华书店
纸张规格	890 毫米×1240 毫米 1/32
印　　张	10.375
字　　数	202 000
版　　次	2020 年 5 月第 1 版
印　　次	2022 年 5 月第 2 次印刷
定　　价	50.00 元

编委会

目　录

蛊

　　早晨出门忘带手机，十点多回家，朱雀给我打了不下十个电话。电话刚接通，朱雀就在电话里大呼小叫，跟火烧了屁股似的，让我赶紧上医院去一趟。我问哪家医院，她说就你以前上班的小医院。我老公在医院里惹事了，打人了。

　　事情是这样的：朱雀两口子陪婆婆去医院看病，输水的时候因为一点小事跟护士吵起来，她老公扇了护士两耳光。护士报了警，警察把朱雀老公带走了，说要治安拘留。接着她婆婆在医院里晕倒，抢救了一场，这会儿还在医院躺着。这是一小时前发生的事情。

　　我第一反应就是赶紧问打了谁，伤咋样。回答说伤不要紧，就扇了两耳光，没有更深层次的肢体冲突。也就是说人没有被打坏，伤及的只是面子。但朱雀又说护士被总医院的救护车拉到急救中心抢救去了。我问护士叫啥，她说好像叫王慧慧。

　　我一听是王慧慧心里顿时就咯噔一下，感觉头都大了。

打谁不好你打王慧慧，这不是找事嘛。别误会，我的意思不是说换个人就可以随便打，半夜吃杏拣软的捏。关键是王慧慧这人特难缠，能说会道，她那一张嘴，死人能说成活人，活人能让她给说死，人家就有这本事。我们单位的事，没有她不掺和的，好事赖事都少不了她。同事们背地里叫她搅屎棍，当面却没人敢得罪她，对她还巴巴结结。她呢，谁都不放在眼里，权当自己是单位的二把手，对谁都说三道四，指手画脚，想干啥干啥。你想想看，这样一个人要是被人扇了耳光，会是什么样的后果。我猜啊，不跳个三丈高，她就不叫王慧慧。最为关键的一点是，她不仅是领导身边的红人，老公还是警察。所以朱雀老公这一巴掌打下去，扇的就不是王慧慧一个人。医院，警察，王慧慧背后站着的一批人估计脸都跟着被打肿了。

　　朱雀找我的意思我心里明白。她想利用我的熟人关系跟医院和王慧慧那边做点工作，把矛盾化解了，大事化小小事化了。

　　可是，扪心自问我有这能耐吗？实话实说我没有。朱雀太高看我了，她哪里知道我在那些人眼里根本就没面子。里子面子都没有，不然我辞的哪门子职？我要出面帮她说话，不管用不说，可能还要起反作用。不是我不肯出面帮朱雀，是心里明白帮不了。

　　但是我不能实话实说。这年头大实话没人爱听。尤其是这种时候，我说了就把朱雀得罪了，让她觉得我不够意思。所

万物生

以我略一迟疑，就谎称自己在外地，一时半会儿回不去，最快也要后天才能到家。

朱雀一听这话急得都快要哭了。她说你这人咋恁不给力啊，就指望着你帮忙哩你偏偏不在家。关键时候就知道掉链子，你这不是要害死我吗？

我说，这能怪我吗？你老公打人的时候也没提前跟我商量一下是不是啊？

话虽这么说，心里还是挺愧疚的，我算哪门子同学啊，太厄了不是？该帮忙的时候当缩头那个。不过，我也没有绝对地袖手旁观，我给她推荐了一个比我更合适的人去帮她的忙。我说朱雀，你去找刘岩吧，这事恐怕只有刘岩能帮你。

刘岩的老公是王慧慧老公的上司，派出所的所长。我曾经上班的小医院就在刘岩老公的辖区范围内。只要朱雀找到刘岩，让刘岩跟她老公说一声，多大的问题都应该迎刃而解。

朱雀听到我让她找刘岩，马上就说，可是——

我说别可是了，都啥时候了，你心里的小九九揣了十几年有啥意思？人家不过是你老公的前女友，你也犯不着吃一辈子的醋。再说人家老公现在可比你那口子威风多了。

我这话的意思其实是想劝她别吃干醋，救她老公要紧，凡事要掂量个轻重。说完才发现自己又说错话了，我这人最大的毛病就是不会说话，经常是一说就错。不过这会儿也管不了那么多了。

挂了电话，我决定老老实实在家里待着，既然给朱雀说自己不在家，那就宅在家里好了，免得出门给熟人撞见。

　　晚上九点钟的时候，我给朱雀打电话，问情况咋样了。我心里也挺好奇的，想知道王慧慧被打后是个什么状况。我甚至还想象了她眼泪汪汪，捂着脸颊哭得死去活来的熊样。说真的，打她我都觉得打轻了，两耳光算啥啊，这个女人就欠揍。

　　朱雀说，她老公没回家，还在公安局待着。我说你去找刘岩没有？朱雀说找过了，找了也没用，刘岩老公说了，人暂时放不了，可能还得关几天。

　　我说是你亲自去找刘岩的吗？

　　朱雀说，我才不找她呢。是我婆婆给她打的电话。朱雀婆婆跟刘岩的妈妈是老同事，两家以前是邻居，亲家没打成，但亲情还在。

　　我婆婆打个电话比我跑一趟管用，人家啥交情啊。朱雀酸溜溜地说。

　　我说管用也没见把人给放出来？

　　朱雀说，哪有那么容易。刘岩跟我婆婆说让我去医院那边做做工作，只要医院那边死咬着不放，他们这边就不敢随便放人。

　　你没跟他们说，让他们出面跟医院先沟通一下？

　　朱雀说，我没说，说了也没用。你不想想看，人家胳膊肘咋可能往外拐？王慧慧好歹是他们单位的家属，人家是自己人。自己人挨打住院了，你让他们说啥好？恐怕啥话都不好说。

　　　　　　　　　　　　　　　　万物生

上午我拎着东西去看王慧慧，她家人堵住门不让进，把我拿去的东西给扔楼道里了。我当时就想，这事可能麻烦惹大了。两巴掌能伤个啥，但人家去住院了，明摆着是要折腾我们哩。

谁叫你家人手贱？这话我没说出口，只在心里嘀咕了一声。你别看网上到处都是打医生打护士的新闻，貌似打完白打了。可是在我们这个小地方，你打谁都是个事。据我所知就没有白打了的人。以前我就遇见过一个，领导和员工打架，员工受伤后就住进医院里不出来了，今天头疼明天头晕，后天耳朵听不见，眼睛看不清，反正毛病不断。因为是在工作时间内受的伤，员工老婆就三天两头去单位闹腾，去领导家里闹腾，前前后后折腾了半年多，硬是把对方给折腾怕了，求爷爷告奶奶好话说尽，最后按工伤处理，给调换了岗位才算了事。所以王慧慧要是跟朱雀来这一招，我估计医院方面会举四只手赞同。她住医院跟住自己家一样方便，想住多久住多久。倒霉的就是朱雀了，她家的银子会像水一样流出去。名目繁多的检查费医药费住院费误工费，绝对不是个小数目，真够她喝一壶的。

我说朱雀，你有必要去见一下院长。

朱雀说我还没顾上。

我说这事你不见院长咋行？越早见越好。先给他道个歉赔个礼，看他咋说。王慧慧是他的人，他说一句比别人说十句管用。

朱雀说，我哪顾得上？忙得都顾头不顾腚了，哪还有时间去见院长。你赶紧回来吧，回来跟我一起去见你们院长，也帮我说点好话。

我在心里冷笑，我好话说一箩筐也等于放屁，臭不到别人先把自己搞臭了，但这话我不能跟朱雀说。我只说这事拖不得，让她明天一早就去见院长，给人家赔礼道歉，晚上再去他家坐坐，事情或许会有转机。

话说到这里，我都感觉我像个幕后策划者，在给人出谋划策搞阴谋诡计。我何德何能？在这个圈子混了将近十年，混得跟落水狗似的。曾在心里发誓不再跟这个圈子的人打交道，没承想，因为朱雀的事又间接扯上了干系。

挂了电话忽然想起还有话没有交代清楚，赶紧把电话再打过去，让朱雀去见院长的时候千万别说跟我是同学，只要别扯我你们说啥都行，不然你的事办不了。

果然我话音刚落，朱雀就没心没肺地来了一句，为啥不能说我跟你是同学？你跟他咋了？你要不提醒我肯定跟他说我俩是同学，是非常铁的哥们儿。

我能跟他咋啊？

我跟院长之间的事不是一两句话能说清楚的。我只想说没有谁愿意跟领导过不去，我也一样。但利益圈子总是少数人。如果你不是马屁精，不擅长拍马溜须，你夹在一群马屁精中间，不是被马屁精们的蹄子踩死，就是被众多的马屁臭死。

以前我也认为得罪领导不是什么大事，在医院工作靠技术吃饭，又不是靠关系吃饭。跟领导关系好不好都能混下去，

万物生

你干你的活，他坐他的轿。坐轿的需要抬轿子的，就这么简单。然而，我这个抬轿的最终弃轿而逃，连我自己都觉得很可笑。

所以这些事我懒得跟人说，免得让人家笑话。熟人朋友只知道我辞职是缘于一场医疗事故，我脆弱的心脏不堪重负，故而辞职走人。除了小医院同事，外人没人知道我跟院长有着怎样恶劣的过往。

我们院长是个大帅哥，一米八几的身高，长相风度俱佳，在医院众多的女人当中，他简直是鹤立鸡群。在外人眼里他就是骄傲的白马王子，收获了普罗大众无数艳羡崇拜的目光。然而，谁能想到，这么一个大帅哥，性格却是非常古怪，他的行事准则非常人能理解。

别说我跟他不对劲，就是我跟他对劲，我也绝不敢让朱雀打着我的名号去找他。那对他来说，简直等同于羞辱。

他这人最讨厌病人找他手下的员工去跟他套近乎。如果病人敢跟他说我跟你们单位某某人是朋友或者亲戚，就好像跟他说，去你他妈的一样，他的脸马上就垮下来了，由热情变成冷漠，给你做检查也是胡乱应付一下了事。可能在他的潜意识当中，下属是没有笼络的必要，他对下属劳驾他有一种本能的反感。如果你带亲戚朋友去找他看病，他会觉得你是在利用他，利用工作之便，拿他做人情，谋私利，他会非常不爽，甚至会当着你朋友的面，甩一张臭脸给你看，让你下不来台。所以我们单位的人除了像王慧慧之流敢随便麻烦领导以外，其他人基本上都绕着走了，能不找他尽量不找。

可是周围人不明就里，总有熟人找上门来，想跟领导套近乎。我们被逼无奈，终于想出一个折中的好办法，教他们说是慕名前来找他看病云云，然后使劲拍他马屁。结果呢，这一招出奇管用，他听了跟小孩子吃到糖果一样甜到心里去了，给慕名者提供了非常热情周到的服务，遇到心情大爽还会免去一些检查费用，买一送一送二都有可能。不过，这种福利仅限于美女，或者有头有脸的人，丑女老女一般可别冒这个险。此招屡试不爽，次次他都中招。这在我们单位已经是公开的秘密。他不得罪病人，喜欢拉拢病人，尤其喜欢享用名医被人追捧的成就感。所以找他看病的人必须是慕名前来的，跟他的下属一个都不认识，就认识他一个。不知道这是一种什么心理！

这些话一时半会儿跟朱雀说不清楚。我说以后再跟你解释，就把这话题打住了。随后我交代朱雀如何去道歉，如何拍马屁，啥话肉麻说啥。我们院长就吃这一套，尤其喜欢听美女的甜言蜜语。这一招我是从王慧慧那里照搬过来的。别看王慧慧平时跟病人说话声色俱厉，但一遇到院长，嗓子眼里就像糊了蜜一样，舌头伸得老长，三两句话就能把院长哄得服服帖帖。王慧慧能从我们医院收费室的临时工，摇身一变当上护士，最后居然还成了护士长，那黏黏糊糊的嗓音是立了汗马功劳的。院长每次看到她，都一副听到耳里，甜在心中，笑在脸上的贱兮兮的表情。

第二天我没给朱雀打电话，吃完晚饭打算出去散步，朱雀电话打过来了。她说去找过院长了，院长说道歉的事好说，主要是看受害人王慧慧愿不愿意接受道歉。在这件事情上王慧慧的态度就是医院的态度，院长让她先去找王慧慧谈谈。如果王慧慧接受了道歉，医院这边不会为难她。

　　我说你没跟院长说你去看王慧慧，东西给扔出来的事？

　　朱雀说我说了。院长说，人受伤住院了，他也不好说啥。让我多跑两趟，解铃还须系铃人，先把面子给够再说。

　　那你就多跑两趟吧。

　　你说，这王慧慧要是一直赖在医院里不出院咋办？

　　这个，我也不知道咋办。

　　朱雀说，那你说我还有必要去院长家里坐坐吗？

　　我说这事你自己定。

　　去院长家里肯定不能空着手去，此事我自然不便多说。

　　朱雀说，那你把院长家的地址跟我说一下。

　　这个好说。院长家住哪里我还真知道。知道的原因不是为了给他送礼，而是差点找上门去揍他一顿。算了，不说这些了，很没意思。我把地址发给朱雀就出去散步了。

　　接下来的一天相对来说过得比较安静。我没有打电话给朱雀，朱雀也没打电话给我。我总觉得她会打电话过来，结果她没有打。可能比较忙吧，或者事情多。我能理解。还有一个可能就是发觉用不上我了，就不来麻烦我了。

这样更好。

然而，到晚上我忽然想起按照自己之前说的我应该到家了，该打个电话跟朱雀说一声。但转眼又想，明天就去找她一趟，不如明天再打电话。

吃过早饭，我打电话问朱雀在哪里，我过去找她。朱雀说她在医院陪婆婆输水。一听这话我就知道要往医院跑一趟了，虽然心里极不情愿去，可是没办法。找她好办，随时都可以。关键是要探视她家病人。我们这地方看病人是有讲究的，必须赶在大清早，过了十二点去看就被认为是不吉利，有咒人日落西山的意思，病不容易好。

所以我只好硬着头皮往医院赶了。在医院旁边的水果超市买了一篮水果提在手上。

医院还是老样子，一点变化都没有，乱糟糟，臭烘烘，人们挤来挤去，尤其是上午。除了上班的人，恐怕没人喜欢这鬼地方。

还好，从一楼走到三楼我没有碰见一个熟人。他们都在瞎忙乎，忙着修理病人，忙着数票子。他们要是不忙的话估计连稀饭都喝不上了，所以我祝愿他们忙得四脚朝天。上到二楼的时候，一抬头看见我前面楼梯上有个男人提着跟我一样的果篮，手里还招摇地捧了一束鲜花。香水百合浓郁的香味纠缠在医院浑浊的空气里有股狰狞的突兀。我在心里猜这男人要探视的病人一定是个年轻漂亮的女性。

我们对视了一眼，最后一前一后走进了同一间病房，真是巧了。屋里三张病床，朱雀的婆婆住门口，中间一张床空着，靠窗户的果然是个年轻漂亮的少妇。短发，小眯眼，从头到脚都散发着狐媚味。看他们年龄悬殊，我顺手就拎了个小三的标签贴给她，顺便把这一对男女多瞄了两眼。这一边，朱雀婆婆的样子简直可以用惨不忍睹来形容。老太太歪在床上，无精打采，跟只瘟鸡似的，不知道是病得很严重，还是被气成这样了。

聊了几句，朱雀就把她婆婆的一大沓检查单拿出来让我看。我嫌医院的东西脏，不想看，又不好推辞。她递过来，我只好伸手接住。检查单可真不少，沉甸甸的一沓。大略翻了一下，有心电图、B超、X光、化验单，感觉把医院所有科室都照顾到了。

朱雀说光检查费就花了三千多。

我稍稍愣了一下。看了一下医生签名，心想这家伙真是太牛了，呵呵，真要对她刮目相看了。按医院的内部规定，这一笔下来提成数目不会少。医院有专门针对医生的土政策，其中之一就是拼命鼓励医生开检查单。机器都买回来了，不让病人检查岂不是浪费？收回成本是首要任务，所以只要医生把检查单开出去，现钱就按比例直接打进医生的账户里。这就是医生没办法跟病人客气的主要原因。他客气了，有人就对他不客气了，他的荷包也未必愿意他这么做。到了月底有专人统计，本月你给医院做了多少贡献给各科室做了多少贡献，用数据说话一目了然。你贡献少了，领导要找你谈话，各科室的兄弟姊妹也不愿意，大家都是看你的脸色吃饭，围着你的屁股转，难道你让大家都喝西北风不成？

朱雀说，还有妇科培养的单子没出来，让下午去取。

我听了没有说话。

朱雀接着说，不过查了也没白查，医生说她的肝功肾功都有问题。

我重新把报告单翻出来看，老太太在一旁说，做它干啥呀，不做啥事都没有，不知道就算了，过一天算一天。一做都是事儿。

朱雀瘪了一下嘴。

我赶紧说，做一下是对的，有病早点治，免得耽误了。

跟老太太闲聊了几句，朱雀给老太太削了只苹果，招呼了一声，就把我拉出去说话了。

背过老太太朱雀恨恨地说，你听她嘴上说得好听，她不想做，实际上她恨不得把肠肠肚肚都翻出来做做，从头做到脚还嫌做不够。医生跟她商量的时候，咋没听她哼一声？人家问这她也说难受，问那她也喊疼，没见她说那个不做。这会儿倒是会拣好听的说。

我劝朱雀别怪老太太，做都做了，再埋怨也没啥意思。医院的事我最清楚不过，医生一见儿女陪老人来看病，基本上是宰你没商量。儿女们碍着孝心两个字没办法跟医生讨价还价，老人们又不吭声。他们身体本来就朽了，脑子糊涂，人又自私，把医生的话当圣旨当救命稻草，言听计从，医生

　　　　　　　　　　　　万物生

说啥就是啥。只要不花他们的钱，一切都好商量。所以最后医生基本上都是大开杀戒，凡是能想到的能沾点边的都要让你查一遍。不到缴费的时候你根本就不知道要花多少钱。再精明的病人你也精明不过医生，除非你有本事不生病。

所以那天上午朱雀老公肯定是为检查费的事，觉得自己当了冤大头，吃了哑巴亏，心里憋着一股气。再者，老太太问题大不大，他们不清楚，可是去医院的那段路是老太太自己走去的，这点他们知道得很清楚。结果出来以后，医生三说四不说的，老太太最后连楼都上不去了，输水还要让儿子背到楼上去输，朱雀老公就特别生气。他们去楼上输水的时候，偏偏人特别多，排起了长队。朱雀老公等不耐烦就上前跟王慧慧说好话，说他老娘病重，路都走不动了，问能不能先把液体给输上。王慧慧回答说肯定不行，要按先后顺序排队。我猜当时王慧慧说话的口气绝对是义正词严，对说好话套近乎的人没有半点客气的余地。

朱雀老公碰了一鼻子灰，气鼓鼓地排在了人群的最后面，他心里是又受伤又没面子又担心他老娘的病。就这样耐着性子等了差不多二十分钟，眼看要轮到他们了，却来了一个插队的。这人是王慧慧的熟人，王慧慧二话不说，就把对方安排到他们前面去了。朱雀老公上前质问，凭什么让这个人插队？王慧慧说，这不用给你汇报，你管不了！

朱雀老公说，妈的，老子管不了也要管！说着上去就给了她两耳光。

根据朱雀叙述的情况来看，她老公当时排队排得特别生气，正在气头上。但打王慧慧手上并没有使多大的劲，因为她当时正在楼道里跟一熟人说话，她都没有听见巴掌打到肉上的啪啪声，尤其是第二下，她老公的巴掌根本就没打到她脸上。只是手指在王慧慧的脸颊上轻轻滑了一下，就像蜻蜓点水一样，跟抚摸了她一下差不多。

　　但不管怎么说朱雀老公动手打人了，这就很恶劣，打的还是人家耳光。打人不打脸，揭人不揭短。你一个大老爷们，手贱，扇人家漂亮小女人耳光，这是多么令人不齿的事情啊，人家怎么折腾你都活该。

　　朱雀说，你以为她就那么老实，就站在那里等着挨打？她当时也拿手上的液体瓶掷我老公的脸了，还在他脖子上挠了几把，皮都划破。这怎么说？

　　能怎么说？

　　朱雀老公在派出所拘留了七天才放出来，王慧慧还没出院。有消息说她被打成了脑震荡，有一只耳朵听力受损，据说能靠到轻伤二级，不知道是真是假。要真像他们说的那样麻烦可就惹大了，搞不好朱雀老公还要有牢狱之灾，为他那两巴掌付出惨重的代价。

　　消息满天飞，有些是朱雀说的，有些不是。我把从别人处得来的消息在微信里说给朱雀听，顺便打问一下她那边的进展情况。然而朱雀多数时候不在线，回过来的消息经常是在深更半夜，我在睡梦里收到，早晨醒来躺在床上读。给我的感觉是朱雀的状态不是很好，她连动动手指头的力气都被折腾光了。

那些天，我也忙，天天在外面跑，为工作的事忙得也是没有心情。

又过了几天，朱雀在微信里给我说，中间人帮他们谈得差不多了，对方答应不起诉，但条件是医药费、误工费、陪护费、精神赔偿费，让他们给赔五万块钱。

我听了吓一跳。凭什么啊，她哪值那么多钱？也不撒泡尿照照看她哪点值五万。我说朱雀，你老公就是睡她一觉也用不了这么多银子，早知如此还不如换个方式出出气。

朱雀回了个大哭的表情，后面又跟了个龇牙咧嘴的笑脸。

其实最后成交只是两万多一点，但在我看来依然很贵。朱雀老公简直就是金手掌，一巴掌下去就一万，厉害啊。不过这件事总算是告一段落，也算花钱买了个教训。我一向认为能用钱解决的事都不是事，只是替钱委屈得慌。

找工作的事进展得不是很顺利，这可能与我的选择方向有关。从医院辞职后，我在家待了半年。半年后出来找工作，想改行，就把目光投向了保险，医药公司，企业文员这一类的行当，甚至还跟一家信托投资公司面谈了一回。结果可想而知，除了老本行，在别的行业我简直就是睁眼瞎，一点优势都没有。他们开出来的底薪和要求我付出的劳动完全不成比例。我终于明白那些敞开大门招兵买马的，招的都是廉价劳动力，老板都是铁公鸡。你的收入要靠你累死累活牛马一样的业绩提成，有两家直接连底薪都没有。

这一天我又应约去了一家医疗器械公司，面试我的人是个中年瘦子。一看就是肠胃不好的那种人，眼神阴郁，神情颇不耐烦。我问他没有底薪销不出去咋办，喝西北风吗？他说销不出去说明你不努力，功夫没下够。同样是人，别人能销出去为啥你就销不出去？再说你医院熟人多，下点功夫应该不成问题。

我正准备离开，他忽然问我好好的医生为啥不做了，要改行。你们当医生的收入也不低。

几乎所有人都会问及这个问题。以前我的答复是敷衍几句，比如在医院里待久了，干够了，想试试干别的。人这一辈子总不能只干一样事，只会在一个磨道里打转，也得尝尝鲜。

这次我不想敷衍他了，我盯着他的眼睛，一字一句地告诉他，出了点事儿，死了个人，然后就不想做了。

这下轮到他睁大了眼睛看着我，眼睛里的黑水慢慢地升起来，将我一点点涂黑。

他忽然笑起来，说，当医生的哪个手里不死人？死人也是经验呀。只能说明你运气不好，碰上了个该死的。

此话一出，连我都忍不住想笑了。没想到他会这么说。

后来他跟我说如果我愿意，他介绍我到他熟人的医院里去当医生。我心想私人诊所还用介绍？所谓的私人医院，就是个体小诊所。我混得再不济，也不能沦落到小诊所去混日子，还没走到那一步。

从器械公司出来，心里一阵幽暗。去街上转了转，排遣了一下不良情绪。

回家的路上接到朱雀的电话，她让我去她家吃饭，说她老公过两天要去新疆了，让我过去聚一聚。我说不去了，你们都歇歇吧，好好犒劳犒劳你老公，等他走了我再去也不迟。

然而朱雀却说，我必须去，因为是她老公的意思，她老公要请我吃饭。如果我不赶紧送上门去，她老公就亲自上我家去请。

我的架子没那么大吧，请吃饭又不是吃毒药，干吗不去？去就去呗，再说朱雀老公的厨艺还不错，我正好郁闷得要死，所以接完电话就直奔她家去了。

我进屋朱雀两口子正在厨房里忙乎。朱雀老公掌勺，朱雀给打下手。我去厨房里添乱，朱雀婆婆走过来，把我拉出去了。她把我拉到凉台上坐下，一直拽着我的手，那神情好像再也见不到我似的，一脸的悲戚。

我问她病好些没有，她就拿手抹眼泪。回答我说一天不如一天，腿也肿着，不定哪天脱了鞋就穿不上了。我弯腰在她脚踝处按了一下，一按一个坑。我伸手摸了一下她的脉搏，不超过八十次，但她脸色发黑，状态明显不好。出于职业习惯，我让她把病例检查单都拿出来让我看看。既然来了，饭不能白吃，给她业余看一下，权当是当一回家庭医生，高级顾问。

我才开始看，菜就上桌了，朱雀老公让我赶紧放下，吃完饭再看。我说看完再吃饭，老太太也说吃完饭再看，一伸手就把那些东西都卷屋里去了。

我们吃饭的时候老太太没出来，朱雀说我来之前，刚给她吃了半碗小米粥，她现在胃口差得很，啥都吃不下，还经常打嗝，吃不对了就往外吐。

我问是不是还在输水？

朱雀说是，医生说不输不行，今天刚把药给换了，再输三天看效果咋样。前面输了差不多有十天了，昨天复查也做过了，医生说效果不是很理想。

朱雀老公说，先不说这些了，我们先吃饭，吃完饭再说病的事。

糟糕的是，那天晚上我酒喝多了。一般我是不喝酒的。但那天晚上架不住他们两口子使劲劝。我怀疑他们是想把我灌醉，自己也跟着趁机醉一下子。刚开始我们喝的是红葡萄酒，据说是波尔多庄园出品，朱雀老公的朋友从国外带回来的。红酒喝完了，他们又弄出一瓶自己泡制的高度数雪莲酒，说祛风湿，非要让我喝一点。这一喝就糟糕了，两种酒掺和在一起，在我身体里撕来斗去，让我的身体跟灵魂分了家，到最后大脑失去控制，嘴巴就像坏了的水龙头一样，呱啦呱啦说了一大堆废话。

关于我们院长的话题是怎么提起来的呢？对了，是朱雀这个坏人，她夸我们院长好，说多亏了他怎么怎么的。这次他们找的中间人就是院长，不然王慧慧那女人哪能轻易就出院，不折腾死他们才怪。朱雀就是这么跟我说的。

喝了酒，最见不得人说假话了，所以我就不顾后果一门心思要戳穿他。我说他没把你们领到沟里去就不错了，那两人的关系本来就是左手和右手的关系。你以为人家帮了你，其实人家是在帮人家自己。

接下来我就把王慧慧如何从临时工摇身一变成为正式工，跟医院签了长期合同，又如何从收费员当上护士，最后升为护士长的事跟他们说了。

搁平时，我绝不会说这些事，尽管他们的私情尽人皆知，但也轮不到我去说闲话。男女关系，就是你亲眼所见，你都不能说也不敢说。你不捉奸在床，人家就会说你是诽谤，所以何苦呢？有一次院长老婆跟着我们单位的人一起去泡温泉，亲眼看见王慧慧跟院长两人眉来眼去，穿着小裤衩跳进一个池子里泡着，她能怎么的？还不是干看着。为了保全她的婚姻，她看见也假装没看见。所以，这些事真的是轮不到外人来多嘴。

朱雀老公说，王慧慧不是护士咋能给人打针？

我说医院里啥都不是的人多了去了，人家不会学吗？不是专家挂个专家就成专家了，不想当护士换个医生胸牌就能给人看病了。更可笑的是，你们进了医院，以为医院的科室都是医院的对吧？错！有些科室已经暗地里承包给个人了，医院只收管理费别的事都不管。有钱能使鬼推磨，医院里的鬼很多，你们哪里知道。

这些内部秘密，本来是绝对不应该说出去的，我喝醉了管不住自己的嘴就给说出去了。说出去了，我还振振有词，没人给我封口费，我为啥不说？

接着我又给他们说了我辞职的事。

都以为我辞职是因为死人的事，其实早在这之前我就已经把院长给得罪了。不是我得罪院长，是院长得罪了我。不过结果都一样。

院长私下弄了一批药放在药房来卖，让我们几个医生合伙把药开出去。没有人知道那批药质量到底如何，所以我就懒得给他开。他去药房查看处方的时候发现我开出去的药数量最少，就亲自来找我谈话，说药品的质量绝对可靠，让我放心开出去，出了问题他负责。

如果我当时跟别人一样稀里糊涂给他开出去也就没事了，偏偏我这个人多事，他让我开我表面答应了，实际上开出去的还是很少。后来还真出事了，用过药的病人中间出现了几例过敏反应，我们不知道是药物的缘故还是其他什么缘故，只是私下里交换了一下意见，怀疑而已。后来是病人把这事给捅出去了，说我们医院有假药。上面来人调查，院长花了不少银子才把这事摆平。后来他不知道从哪里听说了告他的人是我老公的上司，就认定是我在背后捣他的鬼。为这事他又专门找我谈了一次话，说他哪里对我不好了，让我有意见当面提出来，工作做得不到家的地方可以随时找他谈，但千万不要做一些影响大局的事情。虽然我不好直说药品的事不是我捅出去的，与我无关。但我也从侧面表了态，说我做人是绝对对得起良心的，绝不会做那种两面三刀背地害人的小人。但这件事显然搁在哪儿了，裤裆里糊泥巴，不是屎也是屎。

这样一来，我还能有好果子吃？后来我们话都很少说了，看见我他就黑着一张脸。我上班他过来查岗。只要我离开岗位一小会儿，去厕所方便或者去别的科室办事，只要他撞见了，非要当众教训我几句。什么要坚守岗位呀，别到处乱跑啊等等。有一次我办公室开着空调，病人出去门没关好，他进来就说，你家开空调也是敞开着门的吗？还有一次下班前因为停电忘记关灯，他在会上点名批评，扣了我五十元钱奖金。虽然都是小事却让人很不爽。我们单位别人换班都可以，我换了两回班，两回都让他逮住，最后算成公休假了事。后来就没人敢跟我换班了。这两年我一直想换个单位，但机会总是不成熟。

然后就碰上了那个死老头。老头七十九岁，普通感冒发烧，他老伴陪着来看病。我给他开消炎药，他们说要输水。我问老头对什么药物过敏，老两口都说不过敏。我问青霉素用过没有，老头说以前用过。我就开了青霉素让他们去做皮试。老头做完皮试不到十分钟，就打寒战，发抖，抽搐，虽然护士事先交代过有不舒服要及时跟她们说。可他们自己误以为是发烧的缘故，老太太不吭声，等护士发现的时候，老头已经呼吸骤停，抢救也没用了。

谁都知道，只要死了人，不管是不是医院和医生的责任，死者家属都会把医院闹翻天。这次也不例外。如果换成别人，说不定就没事了。做皮试死人，我不是护士，也不是值班医生，人也不是我参与抢救的，按说根本没我啥事。可是后来硬是赖到我头上，说老头对青霉素过敏，医生问都不问就把药给开了，是医生不负责，把人给害死的。这不是明摆着栽赃吗？事实上我不仅问过了，还让他们买了病历本，一笔一画写在上面。我们小医院门诊看病，病历写不写都行。那家人开始还承认我写了病历，后来矢口否认有病历这回事。他们不知道听谁出的馊主意，居然弄了个假病历，白纸黑字写着老头对青霉素过敏。人家明明对青霉素过敏，你当医生的问都不问就把药给开了，你不是凶手谁是凶手。

其实，想弄明白老头是不是真的对青霉素过敏，只需要把以往的处方调出来看一下不就清楚了？他年纪一大把，不可能一次青霉素都没有用过，只要用过，病历上写的就是造假。再者，病历是真是假，找有关部门鉴定一下不就清楚了？

我把这话跟院长和来调查的人都说了。有一天那家人忽然跑我家里来闹，堵住门不让我出去，让我赔人命。赔人命就是赔钱。

我打110报警。110来了把他们劝走，110一走他们又来了。我上班他们到班上去闹，我回家他们来我家里闹。我跟院长请假，想出去躲一阵子，院长不准假，说我没必要躲。

后来我干脆辞职，懒得再上班了，随他们去折腾。我辞职以后，那家人还来找过我，说既然你都不干了，干吗还要硬撑着说不是你的责任？你随便糊弄几句我们还能让医院多赔点钱。

我估计是把这些乌七八糟的事都给说出来了，我感觉是这样的。因为醉酒的缘故，我拿不准到底都说了些啥。

后面发生的事是我老公告诉我的，他说我喝醉酒，他来朱雀家接我回家，我坚持着要给老太太把病看完再走。还说我说了，病看不好的原因是诊断有问题，化验结果不准确造成的。你们医院的化验室是承包出去的，你说你从来就没信任过他们给出的化验结果。你让老太太去另一家医院重新检查，把病因查清楚了再说治疗的话。你特意写了一张纸条，让他们去找总医院的某某医生。

第二天下午，我还在午睡。我老公打电话说，朱雀老公拿水果刀捅伤了医院的药剂师。

（原载《特区文学》2018年第2期）

意　外

镇上人图省事，把这个小区叫作医院小区，听起来好像是医院的家属区一样，实际上不是。小区是20世纪80年代初修建的，楼房只有五六层高，住的也是一些退了休的老家伙。医院是后来改扩建，把以前的卫生所扒了重建，修成了一栋四层高的综合门诊大楼，小区就跟着改名换姓叫成了医院小区。

马老太家就住在医院小区里。她老伴以前是工厂工人，年纪轻轻的时候就混成了医院的老顾客。酒精肝、心脏病、高血压、糖尿病、肺气肿，这些病就像孵小鸡似的，越孵越多。没等活到老就把自己折腾没了。用马老太的话来说，她老伴是自找的，自作孽不可活，自寻短见谁也没办法。马老太的老伴是个酒鬼，见天酒不离口，眼睛一睁先摸过酒瓶灌两口，是那种稀饭都能用来佐酒喝的人，爱喝酒又没有酒量，所以从早到晚都是醉醺醺的。跟着个酒鬼过日子，马老太的日子可想而知。她老伴酒醉了并不像旁人那样老老实实去睡大觉，

　　　　　　　　　　　　　　　万物生

而是喝醉了就要酒疯，疯得连自己是谁都不知道。一次喝醉了，把冰箱里的东西都扔出来，非要住到冰箱里去不可，住不进去就拿榔头砸冰箱门。还有一次，大冬天嫌冷，嚷嚷着要烤火，用打火机把家里的窗帘点着了，差点没把他烧死。最惨的是马老太，不是被酒鬼扇耳光，就是被扫帚打，一只眼差点被弄瞎了。马老太看见酒瓶子，眼圈都是红的。她常常说，喝死算了！事实上，他没喝死也跟喝死了差不多，三十多岁酒精肝，四十多岁肝硬化，五十岁刚过没两天，人就没了。

老伴走了之后，马老太就跟着儿子媳妇过。她身体不错，病都让老伴生了，她自然是百毒不侵，头痛脑热都很少有。不过，她不想去医院还是不行。昨晚媳妇说了，最近一段时间小宝不好好吃饭，夜里睡着了磨牙，听人说是肚里有虫，媳妇就让马老太去趟医院，给孩子化验一下大便，看是不是有虫。

媳妇的话对马老太来说，等同于圣旨，不管对错，马老太照办就是了。于是，吃完早饭，马老太就跟小宝商量，在家蹲厕所，蹲完了再去上幼儿园。

小宝开始摇着头不肯去。

这孩子从小就便秘，最不愿意干的事就是解大手。马老太说，这都是被幼儿园老师吓出来的毛病。马老太哄小宝，你要能解出点臭臭来，奶奶一会儿上街给你买一包噼里啪啦。噼里啪啦是马老太的叫法，其实就是跳跳糖，小宝最近迷恋这东西，往嘴里倒上几粒，沾上点口水，糖粒就像青蛙一样，在舌尖上又蹦又跳。有了交换条件，小宝就进了卫生间。蹲了一会儿，小脸憋得通红，居然还挤了一点东西出来。

马老太把小宝送到幼儿园门口，看着小宝像小米粒一样混进一大堆小米粒当中，她就颠颠颠地去医院找医生了。医生给马老太开了化验单，她拿着化验单去检验科医生那里讨了只小盒子，这才晃着膀子走回了家，把小宝拉出来的东西挑进盒子里，再装进塑料袋，然后捏着袋子去了医院。

这一天看病的人特别多，收费窗口前排起了长长的队伍。一些跟马老太年纪差不多的老年人，带着小板凳在大厅里排队。他们一边不急不慌扇着扇子，一边跟队伍里的人互相说着闲话，显然是把医院当成了聚会聊天的好去处。马老太一看这情形，就没有站到队伍后头去，而是直接去了检验科。检验科的人不多，前面就排了三个人。马老太等了一小会儿，就轮到她了。她把化验单递给医生，医生看了一眼说没缴费，又把化验单还给她，让先去缴费，然后再来化验。

马老太说，你能不能先给我做一下，做完了我再去楼下缴费。

医生摇摇头说，不行啊，得按规矩来。

马老太说，咋恁死劲呢，我又不是不缴费。楼下缴费的人太多了，排队还不知道排到多会儿去呢。我家就住在医院小区，我又跑不了。

医生还是说不行，得缴完费才能化验。这中间有人来化验，医生就不理她了，忙着招呼别人去了。马老太只好下楼去缴费。走到楼梯口，见缴费的队伍比刚才又长出了一大截，都快要排到门口外面去了。一见这情景，马老太就觉得要疯了，这大热天的，就一个缴费窗口，得等到啥时候去呢？半个小时恐怕都轮不到。说不定等费缴完了，化验那里又排成了长队，等来等去不知道要等多会儿去呢。马老太叹了口气，往人群里瞄了一圈也没撞见个熟脸儿，就骂了一声，再看外面已经开始冒毒气的太阳，心想还不如先去菜市场买菜，买完菜再来医院化验，人哪能一直这么多呢。活人哪能让尿憋死，是不是？

马老太就去菜市场买菜了。她买了一条一斤多重的鲳鱼，准备中午做清蒸鲳鱼吃。媳妇不喜欢吃猪肉，说吃多了猪肉发胖。她家媳妇是个胖媳妇，浑身上下一般粗，跟个肉滚子似的，她把自己胖的责任都推到猪身上，事实上她吃不吃猪肉估计都比猪胖。媳妇不吃猪肉也不让小宝吃猪肉，理由是，猪是动物里面最笨的，人吃多了会跟着变笨。我看你是猪肉吃多了，这是她骂人的口头禅。当然了，这句话主要是针对马老太儿子的。不过，也有例外的时候，她会把你换成你们——我看你们是猪肉吃多了。那就是说她针对的不仅仅是马老太的儿子了，连马老太都包括在内。不管她说你还是你们，马老太都不会接招，听见了也假装没听见，因为她不可能跟媳妇说，我们家猪肉吃得不多，过去穷，吃不起，能吃上猪肉就不错了。人笨不能赖到猪头上。可那又能说明什么呢？至于猪肉吃多了是不是会变笨，马老太是懒得去计较的，反正现在的猪肉没猪肉味，吃着不香，都是激素饲料催肥的，这是人人都知道的事，吃多了也没好处。所以不用说，马老太自然而然就减少买猪肉了，这样一来，饭桌上素菜就唱了主角。可是马老太儿子又特别讨厌吃素菜，一见素菜上桌就斜着眼睛说，又吃斋呢！马老太没办法，就只好三天一条鱼，两天一只鸡，隔三岔五买只鸭，变着花样改善伙食。

这几天也不知道媳妇怎么了，回家不是甩脸色，就是阴着一张脸，不说话则已，一说话非把人呛死不可。马老太表面上装聋作哑，不听不看，婆婆媳妇自古就是天敌，她不会傻得直接往枪口上去撞，但心里头还是有想法的。媳妇喜欢吃清蒸鱼，她就专门做清蒸鱼，媳妇领情不领情她不管，赔着小心总没错。再说，媳妇这阵人虽没瘦，饭量却是明显减少了，她说小宝不好好吃饭，实际上是她不好好吃饭，小宝受她影响。她自己随便扒拉几口碗一推就出去了，小宝一见他妈出门，哪还有心思吃饭。昨晚马老太在厨房洗碗，听见小宝大声哭叫，碗一扔就往他们屋里跑。媳妇不在屋里，儿子正在揍小宝。小宝见奶奶进来，大呼让奶奶救命。马老太扑过去救孙子，却被儿子一胳膊拐推到了墙角。儿子当时正在气头上，正愁没地方发火呢，逮着马老太劈头盖脸就是一顿训斥。少管闲事！他说，我教育我儿子用不着你来管！小宝都是被你惯坏的。

马老太想起这句话，心里就堵。以前老伴也说，马强是她惯坏的。儿子只要犯点错，那就是她的错，马老太觉得自己特别冤。子不教父之过，儿子没出息说白了就是老子没出息。

　　　　　　　　　　　　　　　　　　万物生

老子熊，儿子尿。凭啥要赖到当娘的头上呢？现在还没干啥呢，马强又说她把小宝惯坏了，她心里就更烦了，小宝才多大啊，什么叫给惯坏了？五岁的孩子能坏到哪里去？这分明是儿子挑她的刺。

马老太顶着大太阳，拎着大包小包的菜往回走。菜市场还没走完，装土豆的塑料袋又烂了，土豆滚了一地。捡土豆装土豆，站起来蹲下去。天气热，马老太汗流浃背，浑身上下就像臭鱼一样，散发出臭烘烘的味道。等她拎着大包小包的蔬菜，臭烘烘地赶到医院的时候，医院几乎没人了，眼看就要下班。马老太去缴费，化验单又找不见了，上楼去找医生重新写了一张。

这次缴费很顺利，去化验室，化验室也不用等。医生问大便是多久留的？马老太说早晨留的，七点多钟的时候。这一说糟糕了。医生连连摆摆手，说不行了，时间太长了，做不了，最长不能超过一个小时。马老太一听这话，一张脸顿时就垮到脚后跟去了。

你这不是折腾人嘛，来得早，让你先给验一下，你不给验。这会儿你又嫌时间太长了，你啥意思你？

医生说，我是见单子干活，你不交钱我肯定不给你验。这会儿你交钱了，我应该给你验，可是你的标本放时间太长了，发酵了我咋做？随便给你看看中吗？

马老太说，说来说去你就是不给我验！你们医生难说话，这我知道。你们心是铁打的，一点人情味都没有，我也见识过。

你们眼里只有钱，就差钻钱眼里去了。

医生说，你这人咋恁不讲理？看病交钱，在哪儿都是这规矩！你不交钱还想让我给你化验，这可能吗？！

马老太一下子被激怒了，她挥舞着手中的缴费单说：规矩是个屁！我没交钱吗？我没交钱吗？！没交钱这是什么？！睁大你的狗眼看清楚了再说！

马老太的声音很大，带着尖锐的呼哨声，在楼道里左冲右撞。很快，化验室门口就围上来几个看热闹的看客。因为不清楚吵架的原因，也没有人上来劝架。再说医院里吵架是司空见惯的事情，吵得越凶越好，打一架才好呢。

医生说，你嘴里放干净点！我是狗你是啥？

马老太说，你不是狗，咋会狗眼看人低？！骂你一点都不亏你。这么热的天，你在屋里吹空调，凉凉快快，我这么老了你还让我在大太阳底下跑来跑去，浑身汗都湿透了，坏良心你！

一阵唇枪舌剑，双方吵得不可开交，直到来了一位穿白大褂的中年妇女才把他们劝住。中年妇女说，芝麻大的事犯不着生气，今天没验成，不是不给你验，是医生对你负责任。时间长了化验不准确，这你要理解。再说你来化验，不就图个结果准确吗？你明天再来，保管给你检查得仔仔细细，你看中不？

马老太说，你说得恁轻巧？你让我明天来我明天就得来？明天我孙子就能拉出来？明天我就不做饭不送孩子不买菜？

　　　　　　　　　　　　万物生

你们回家吃现成的喝现成的，衣来伸手饭来张口，我老婆子回家还得做饭伺候人——

说到做饭，马老太忽然醒过劲来了。都十二点了，再不回家做饭上班的人都回家了。于是马老太把嘴巴一抿，菜一拎，在众目睽睽之下，从人群中杀出一条血路，气呼呼地走了。

马强回到家，马老太还没缓过劲儿来。她坐在厨房的小板凳上呼呼地喘着粗气，脸颊红得像两块熟牛肉，大包小包的蔬菜都在脚底下堆着，还没顾得上收拾。

冰锅冷灶，午饭显然还没动静呢。看到这情形，马强的肚子因为失望而发出一连串强烈的咕噜声。

马强说，咋恁臭？你是不是图便宜买了一条臭鱼回来？给你打电话也不接，他们俩中午不回来吃饭，就我们俩，随便弄口吃吃算了。

马老太听说媳妇和小宝不回来吃饭，随即又一屁股坐在小板凳上了。她跟儿子抱怨说，老娘跑了一上午才回家，哪有工夫接你的电话？不累死也要给气死。

马强问，咋了？

马老太就把上午的情形添油加醋给儿子诉说了一番。

马强说，怎么每次你去医院都要闹点动静出来？

马老太委屈地说，这能怪我吗？老娘不识字，老了又讨人嫌，人家狗眼看人低，我有啥办法？要不是你媳妇说小宝肚里有虫，我才懒得去医院看人脸色呢。下回你们别叫我去医院了，要去你们自己去。

马强说，好了好了，医院的人就那德行，你有啥可生气的。回头给他们找点事，给你出出气去。这会儿赶紧弄饭吃吧，我都快饿死了。

听马强这样说，马老太心里憋着的气儿才慢慢地顺了。马强从小到大都是不吃亏的主儿，找事儿是一等一的高手。除了在媳妇跟前能忍气吞声以外，谁的气都不会受。跟医院闹腾也不是一回两回了。有一次马老太痔疮犯了，去医院开药嫌贵没有拿，就把处方揣兜里了。过了两天，媳妇又让她去开妇科药，结果她把两张处方弄混淆了，把治痔疮的药当成妇科药拿回家了。等发现药拿错了，马老太又跑到医院去，想让人家把药给换一下。马老太费尽口舌好话说尽，医院就是不给换。后来还是马强出面，把这事给解决了。马强没找药房的人，他找的是医院管药的领导。原来马强手中拿着一盒央视刚刚曝光了的问题胶囊。这胶囊不合格就该下架，但医院不愿意承受经济损失，能卖一盒是一盒。现在忽然来了个较真的，这管事的心里比谁都清楚，一旦闹起来，倒霉的肯定是医院。领导当即就换了一副嘴脸。马强该退的该换的药最后都退了也都换了，不仅如此，临走的时候，领导还拿出一小箱精装六味地黄丸送给马强，感谢他对医院的关心，希望以后能多提宝贵意见。

马老太很想知道这次儿子用什么招数给自己出气。

马强说，这你就别管了，我有的是办法。

万物生

马老太自作聪明说，你把他们的化验单偷偷拿走几张，病人找不到化验单就会跟他们吵架，告他们领导，然后扣他们奖金。

马强说，人家没你那么笨。现在都是用电脑，化验单丢了再打一张出来就行了，没那么复杂。我就是去拿也要拿一张有问题的单子找他们麻烦，说他们给我做错了，结果不对，然后再跟他们吵架。或者明天你去医院，还找今天跟你吵架的人给小宝做化验，故意找点碴，只要她敢骂你，你就扑上去揍她，趁机往地上一躺，然后我再出面去修理他们。

马老太说，这个办法好。化验费我都交过了，明天只要小宝能拉出来，找事那还不容易？

马老太闭着眼睛在脑海里回想了一下跟她吵架人的长相。虽然时间还不长，那张脸却有些模糊了。马老太有点担心，明天去了会不会认错人。

马强在屋里转了一圈，没找到吃的，又钻到厨房来了。

马老太说，我先把鱼收拾出来，不然怕臭了。一会儿我们吃捞面。

马强说，要不我们出去吃吧，我都饿死了。

马老太说天这么热，我不想出去，要去你去，我在屋里煮面条吃。

马强等不及吃捞面就冲出去了。外面热浪滚滚，连车座都烫屁股。马强骑上车子，身上的汗忽的一下就蹿出来了。他的低血糖毛病又发作了，饿了就心里发慌，直冒汗。当务之急是赶紧找点东西吃进去。

小区门口的树底下有卖盒饭的摊子，马强跑到跟前，发现菜盆子都卖空了。马强问师傅还炒不炒菜？师傅说不炒了，炒了卖不完。

前边不远就有一家川菜馆，马强进门就吆喝着让老板娘给他来一份青椒肉丝，这天中午他特别想吃青椒肉丝，还想喝瓶啤酒。他要了一份青椒肉丝、一碗米饭和一瓶啤酒。啤酒很快就蹲到桌子上，冰镇的，他捉住瓶子猛灌几口，心里顿时一阵清凉。

菜还没上来，一瓶啤酒就下了肚。马强让老板娘再来一瓶啤酒。

马强喝酒不行，跟他爹不能比，他只有二两的量。他爹活着的时候，只要父子俩一喝酒，老马就骂儿子熊货，没酒量。不过，马强喝啤酒还是挺能喝的，别看人瘦得跟螳螂似的，三五瓶啤酒装进去根本不在话下。可是这天中午他喝了两瓶啤酒，就感觉不对劲了，头晕乎乎的，看东西眼前发飘。

就刚刚，他坐在玻璃门里面，明明看见他媳妇从马路对面走过去，他跑出去喊了一嗓子，却发现那不是自己的媳妇，是别人的媳妇。一男一女撑着一把伞，拐进了旁边的小区里。

他站在树底下发呔挣，老板娘出来又把他拽进去了。原因是饭还没吃完，主要是他还没结账。老板娘担心他跑掉了她要损失一笔饭钱，所以盯他盯得很仔细。

马强重新坐下来吃饭，往嘴里扒拉了几口，忽然心里一动，放下筷子掏出手机给媳妇打电话。媳妇回娘家吃饭是从来不午休的，她娘家住的地方有些远，吃完饭稍坐片刻，喝杯水就该上班了，这会儿不是准备要走，就是已经走在上班的路上了。电话打了两遍都没人接，手机里传来空荡荡的忙音，马强听了感觉心里也是空荡荡的。

昨晚他趁媳妇上厕所的时候，偷看她手机，没想到被她撞见，两人因此大吵一架，气鼓鼓地睡了一夜，早晨起来都没有说话。中午他打电话过去她不接，他去接小宝，老师说小宝被他妈接走了。他发短信过去，她回了，说午饭不回来吃。马强知道她生气了，心想她活该，要不是看在小宝的分儿上，生这点气她连本都不够呢。

他一直在偷看她的手机，之前没被她发现过。要不是偷看手机，他根本不可能知道她跟手机店老板玩暧昧。虽然她隐藏得很好，把老板的名字叫作米米，让人一看就觉得对方是个女人。可是狐狸再狡猾也有露馅的时候，没有哪个女人会对另一个女人穿什么底裤感兴趣。马强一个电话打过去，米米就露出了马脚。所谓的米米，其实是一个其貌不扬的瘦小老男人，耷拉着眼睛，给人的感觉是眼神长在裤裆里的那种货。马强跟踪过他，拿刀扎烂过他的摩托车车胎，给摩托车手柄下面涂过万能胶水和硫酸。有天晚上迫不得已捡了块砖头拍了他一下，原因是他要去金钱豹潇洒。马强媳妇那天晚上也在金钱豹潇洒。金钱豹是个有钱你想要啥就有啥的地方。那晚是马强媳妇的女同学请客，电话事先都给马强打过了的，但马强不信。女人请女人是比较稀罕的事，没有男人介入似乎说不过去。马强就动了点小手脚，查看了当晚在金钱豹包房的客人名单，其中就有手机店老板。他就知道他们是串通好了的，目的是要搅和到一起，但他又不愿意去逮他们个正着，觉得那样做最没出息，等于抢着把绿帽子自己往头上捂，丢人现眼。所以，那天晚上，他等在手机店老板家楼下，在手机店老板穿过楼前那片小树林的时候，拎了块砖头从后面拍了上去。

马强出了气报了仇，给媳妇重新换了份工作。

马强别的不行，认识的人不少，在这个镇上，狐朋狗友一大堆。一些人找他帮过忙，一些人跟他是哥们儿，还有些人有把柄落在他手上。表面上看马强是一家工厂的电工，穿着吊带裤，腰里别着起子和电线，踩着梯子爬上爬下。但在一个特殊的圈子里，他也算是一个人物，呼风唤雨做不到，给人找点事还是不成问题的。

马强结了饭钱，看了下时间，上班有点早，回家午休又晚了，不如直接去单位，还能先吹一会儿空调。他骑上自行车走了几步很快又跳下车，肚子里好像有条蛇在里面横冲作怪，需要找个地方马上解决一下。

前边拐弯就是医院，马强就把车子骑进了医院大楼里。医院里有的是厕所。

马强锁好车子，急急忙忙走进医院。医院的大门任何时候都是敞开的，不管是什么人，一概来者不拒。平时吵吵嚷嚷的医院，这会儿因为不到上班时间，安静得像一座公墓。

一楼的厕所上了锁，男厕所锁着，女厕所也锁着，显然是不让人用。马强只好上二楼。二楼的厕所门敞开着，马强本来急着要上厕所，可是走到厕所门口，他转过脸朝楼道里瞄了一眼，这一瞄，他发现化验室的门敞开着。他脑子里忽然就钻出了马老太跟人吵架的事，也联想起了自己说过要悄悄拿张化验单的事。马强想看看屋里有没有人，就折身从厕所门口走到了化验室门口。门半开着，屋里还真没有人。马强一眼就看到了台子上放着的一沓化验单。他走进去，化验单最上面的一张是一个名叫王强的人。他在心里轻轻呀了一声。太巧了，只错一个字。再看，单子上的数据后面都打着一长溜正常。马强把手伸过去，刚想往下翻一张看，忽然听人在背后说：你干啥？他吓得差点晕过去。因为看得太专心，他根本就没留意到有人进来。厕所里的冲水声那么大他也没听见。

马强把手缩回去，扭脸就看见一位白衣少妇站在面前，他整个人顿时就像被冻住了一样。

取单子？她说。

不，马强虚弱地吐出了个"不"字，连他自己都搞不懂为啥要否认。他完全可以冒充王强的名字堂而皇之把上面这张单子据为己有，虽然没有用，扔了也好，还可以掩饰他此刻的狼狈。可他偏偏没这么做。不仅如此，他的那张脸也在此刻伸展开来，露出一个近似于谄媚的笑容。

马强说，我有低血糖的毛病，医生你看有啥好办法没有？

女医生说，低血糖没啥好办法，就是发作了赶紧吃东西，很快就能缓解症状。你可以检测一下你的空腹血糖和餐后血糖值，低血糖的人也容易诱发高血糖。

哦，马强冲着她又笑了一次，谢谢你，回头我来找你做化验。

女医生说好。

马强冲女医生点点头，就在转身离开的一瞬间，尿意强烈地回到身体里，并且来势汹汹，整个腹部都跟着胀疼了。

出了门旁边就是厕所，但背上的那双眼睛阻止了马强迫不及待地冲进去。他觉得要是那样的话，跟当着女医生的面撒尿没啥区别。他不想让女医生看出他尿胀。

于是，马强夹着两条腿快步朝楼上走去。上楼的时候脑子里还在想着女医生的模样和那两条裸露在白大褂外面浑圆洁净的胳膊。马强在心里感慨人与人之间的不同，同样都是女人，却是完全不同的物种，差别实在是太大了呀。

马强胡乱想着，一抬眼，已经走到三楼和四楼的中间位置了。退回去还是走上去？都一样。不如直接上四楼算了，四楼干净。随后他就看见四楼窗口那里站了个男人。开始他以为那人是站在窗口抽烟，等上了楼，发现那人并没有抽烟，只是奇怪地干站着。他的一条腿跷起来踩在窗台上，另一条腿金鸡独立，那姿势看上去就像是狗在撒尿。

四楼没有诊室，平时很少有人上来。有一间会议室、洗衣房，还有就是装杂物的几间库房。因为没人上来，四楼的厕所是整个大楼里最干净的。这点马强早就知道，他陪他爹来输水的时候，为了打发时间，顺道把医院的每个角落都仔细查看过一遍。他曾经也像那个男人那样，无聊到把腿跷到窗台上，一边抽着烟，一边把眼睛看向远处，再把口水像子弹那样一口一口地射到窗户外面去。

那男人听见有人上来，转过脸很淡地瞟了马强一眼。那一眼据马强后来回忆说，是非常空洞的，里面什么内容都没有。就好像睡梦中忽然被人惊醒，睁开眼仅仅是为了看一眼而已。

他一转脸，马强就觉得这张脸非常熟悉了，却一时想不起来他是谁。虽然后来马强知道他是谁了，但马强拒绝承认这一点。他一口咬定他从来就不认识这个人。上四楼纯粹就是为了解手，因为四楼的厕所干净。至于警察相信不相信那是警察的事。

马强从厕所出来，窗口已经没人了。马强说，我从厕所出来就直接去单位上班了。

警察却说马强撒谎。马强从厕所出来，那人还在窗口那里站着，然后马强就拎着一条腿把那人给扔到窗户外面去了。

马强说，我为什么要扔他呢？我跟他无冤无仇，我们又不认识，我没有理由害他。说不定是他活腻了自己跳下去的呢！

警察说，手机店老板想自杀，还用跑到医院四层楼上来

意外

寻死吗？手机店对面就是十三层高的通信大楼，他咋不上去跳呢？

马强说，这问题你们应该去问他，问他为啥选择这栋楼而不是那栋楼，你们问我我问谁去？

不管马强怎么说都没用，警察还是把他带走了。因为他是最后看见这个活人，也是最早看见这具尸体的人。作为一名守法公民，他有权利和义务协助警察查明真相。但是警察没有告诉他，抓他是因为他的脸在当天下午两点零九分的时候，出现在医院四楼的窗户口，被对面楼的微信达人拍下来发到了网上。

（原载《青年文学》2015年第3期）

去狐村的经历

1

名叫小白的网友在群里发了条招聘信息，狐村有家医院急招一名妇科医生，给出的薪水十分可观，月薪两万。跳槽的想法顿时像跳蚤一样在小杜的心里上蹿下跳，她电话联系了医院负责人，简单收拾了一下行李，傍晚去车站买好了第二天早晨六点钟去狐村的车票。

那是唯一一趟开往狐村的班车，偌大的车厢里只零零散散地坐了十几个乘客：前排的座位上坐着一对年轻人，不知道是不是一对儿，小杜上车的时候他们头都没有抬，忙着玩各自的手机。他们的后排坐着一中年男子，再靠后是几个看不出年龄的男女，都是一人屁股霸占两个座位。小杜往后走，在一对母子背后的空位子上落座。小男孩一看来人了，立马兴冲冲地从座位上爬起来，两手趴在靠背上，一边嬉笑，一边做鬼脸。小杜冲他吐了吐舌头。

安顿好行李，在班车开动之后，小杜从随身包里取出面包和一只鸡蛋开始吃早餐，吃完又喝了装在保温杯里的热咖啡，看了一会儿窗外的风景，感觉困倦了，就合上眼睛，在摇摇晃晃中，小杜不知不觉睡了过去，居然还做了梦。前排带小孩的女人打电话的时候，她醒过来一次，看了两眼窗外随即又昏睡过去。她梦见自己坐在餐厅里，周围人很多，闹哄哄的样子，是麦当劳还是肯德基，她记不大清楚了，只记得她面前放着一只不锈钢饭盆，里面盛着一些糊状食物，看上去有些恶心。可能是因为肚子不久前刚填饱的缘故吧，对食物有了本能的抵触，故而做了这样的梦。

　　当班车离开省道在山路上行驶的时候，小杜才彻底醒过来。眼前的景色已经变得十分陌生，周围群山绵延不绝，班车哼哼哧哧在山道上蜿蜒爬行。爬上山顶，远处层层叠叠的山棱线跟鱼鳞一样。在山顶绕了一阵子又开始盘旋着下山，在谷底弯弯绕绕行驶。半小时后，班车停靠在一家超市门口，周围有一些房屋，从谷底散落到山坡上，像席子一样铺陈开来。司机让大家下车。

　　小杜问，到狐村了？

　　司机说，不是狐村，不过也快到了。这儿离狐村还有十多里地，不通班车。你下车后搭个蹦蹦车，十块钱就到了。

　　她刚一下车，就有蹦蹦车围过来招揽生意。

　　去狐村吗？

　　多少钱？

五十。

五十不坐。太贵了！

那多少钱你坐？

车夫跟小杜讨价还价，主动将价格由五十降到四十。但离目标价位还是太远，小杜丝毫不为所动。蹦蹦车司机压根就没想到他的价码早被大巴司机提前透露给眼前的客人，不然他要多少钱对方都会拱手相送。可见他还是不够聪明，聪明的话就先跟大巴司机串通好，拿出十块钱贿赂对方，自己还可以赚成倍的价钱，也不至于搞得这么辛苦，十块十块往下降。

不能再少了，不然油钱都不够。价格掉到二十块钱的时候双方开始拉锯，蹦蹦车司机露出了一脸可怜相。

就十块。你愿意就走，不愿意就算了，小杜不耐烦地说。显然这已经不是钱的事儿了。

你不坐，我走了可就没车了，去狐村一天就只有一趟蹦蹦车。司机不死心咬住二十元的价码不放。

小杜掏出手机看了一下时间，再过十分钟就十一点了。两百多公里的路程居然跑了五个小时。环顾左右，小杜这时候才发现刚才跟她同车来的乘客都走得没影儿了，只有司机一个人孤零零地从超市里搬了把椅子出来，坐在门口端起杯子喝茶。小杜丢下蹦蹦车司机，走到超市门口，问大巴司机回去的车是几点。司机说下午两点，你要回去吗？

小杜笑着摇头，我刚来，我要去狐村。

去狐村走亲戚？

不，去狐村找工作。

狐村能找到工作？司机惊讶得眼珠子都要掉出来了。

我是医生啊，有人的地方就有医生。

哦！司机点点头，招手让蹦蹦车司机过来，指着小杜对他说，你把她捎回去吧，人家是你们那儿请的医生。

2

狐村三百多户人家，集中在一片地势比较平坦的山谷里。所谓的狐村医院，实际上只是一家私人诊所，一栋两层小楼，一个院子。一楼用作门诊，取药，输液。旁边单独有一间，开了杂货铺，卖油盐酱醋、针头线脑和一些副食品。老板是一对中年夫妇，男的姓陈，是个矮胖子，挺着三个月大的"孕肚"，微秃，名叫陈星；女的介绍说自己姓周，让小杜称她周医生就行了，没说名字。周医生比她男人高半头，脸上的表情也比她男人至少要严肃两倍。男人笑眯眯的，甚至有些色迷迷的，而周医生却一板一眼，即使面带笑容，眼神也热络不起来，藏着冰溜子在里面。除了这夫妇二人，还有护士小卉；一个做杂活的老妇人，周医生喊她大娘；还有一条看上去像恶狼一样的土狗。狗用链子拴在铁门上，只要有人靠近院子，它就大声狂叫，兴奋地朝着目标强扑。

二楼东头最边上那间，就是小杜跟护士小卉的宿舍。屋

　　　　　　　　万物生

里摆了两张铁床。一张床空着，另一张床上铺着灰白色的被褥，不知道是旧的缘故还是脏的缘故，如果不是事先知道这是小卉的床铺，小杜还以为自己被当成病人安排住了进来。两张床中间有一张三斗桌，桌子上摆着小卉的小零碎，小镜子漱口缸搽脸油等。门口还有一张三斗桌上面摆了一只纸箱子，估计是小卉的行李，除此之外还有两把木椅。墙上靠近门框位置横着拉了一根铁丝，上面晾着毛巾，小卉的花裤衩，几个衣架。一开门，衣架抢先一步随着铁丝左摇右晃。

周医生让小杜把行李放在屋里，然后去楼下厨房吃饭，一会儿再来楼上收拾东西，铺床。已经是午饭时间，知道她要来，都等着她来了再开饭。下楼的时候，周医生告诉小杜，宿舍旁边就是妇科诊室，旁边的旁边是妇科治疗室。

很方便吧？

嗯，很方便。

楼梯另一侧还有几间房，小杜猜周医生两口子可能住那半边。

午饭吃面条，一人一碗，盛在不锈钢小盆里。这样的小盆用作饭碗嫌大，洗菜用又嫌小。小杜忽然想起早晨在车上做的梦，面前就搁了一只这么大的不锈钢饭盆，连里面装的食物都一模一样，烂糟糟的，顿觉没了胃口。小卉端了饭盆出去吃了，陈医生招呼一声，也把饭盆端走了。厨房就剩下小杜和周医生，还有叫作大娘的老妇人。大娘把面条煮成了一团鼻涕，不过她自己也端着小盆和大家一起吃。见她们看她，小杜赶紧装模作样挑了一筷子塞进嘴里，除了盐味没有别的味道，越发觉得像鼻涕了。

3

饭毕周医生带小杜去看妇科诊室。诊室跟小杜住的房间一样大，用作看病和消毒。水槽旁边蹲着一只医用压力锅，就是消毒用的。这儿的妇科医生显然要承担起清洗和消毒的工作。周医生打开靠墙的柜子让小杜看里面的两个消毒包，只要有手术每天都要消毒。我们这儿主要是刮宫、上环、取环和接生，周医生说。

还接生？听到接生，小杜明显有些吃惊。

不接生咋行，不然这村里的女人去哪儿生孩子？我们妇科这块主要靠接生挣钱，做人流的也不少，剩下的都是搭配，赚不了几个钱。周医生说完深深看了小杜一眼，小杜感觉她的目光有些刺刺的，心里不由得扑腾了几下子。

旁边的手术室就更简陋了，一张治疗床，老式电动人流吸引器，一台器械车，一张三斗桌，一只升降旋转凳和一把木椅。周医生说，她原来是看儿科的，后来进修过妇科，忙不过来的时候她可以过来搭把手。周医生指着污物桶让小杜看，说上午她自己还做了一例人流手术。在这儿我们就是狗皮膏，啥都会干，啥都不精。她谦虚了几句，又说起小杜的前任，上周刚离开的王医生，在她这儿工作了一年多，王医生是三甲医院退休的老医生，技术好人好，治好了村里几例不孕症，村民还特意送了锦旗，称赞她是送子娘娘。周医生指着墙上的锦旗让小杜看。

哦，那王医生现在呢？

周医生说，王医生的儿子要生二胎，她回家抱孙子去了，要不然她才不舍得走呢，工资那么高。

4

下午基本上没事，周医生让小杜到处走走看看，熟悉一下周围环境，晚上有空了再说签合同的事。周医生问小杜资格证、执业证带了没有，他们要看一下，同时还要一份身份证复印件。陈医生电话里跟你说过了的。

不是说有试用期吗？

周医生说，那是针对刚毕业的学生，像杜医生这样的还需要吗？也只是说说而已。

小杜在一楼转了转，输液大厅有三个小孩和一个中年妇女在输水，小卉坐在旁边照看着他们，一边忙里偷闲低头玩手机。见小杜进去，小卉忙从椅子上站起来，给小杜让座。小杜说不坐，坐了一上午的车，正好站一会儿，让小卉赶紧坐。小卉也不坐，两人就站着说话。

她问小卉忙不忙，小卉说这会儿不忙，就这几个病人，输完就没事了。

小杜问平时输液的人多不多。

小卉说上午输液的人多，一般十几个，多的时候有二三十，甚至更多。

那你咋忙得过来？

忙了他们也过来帮忙。

你在这儿多久了？

还不到两个月。

哦。老板上个月给你发了多少钱？

小卉抿嘴笑了一下，小声说，老板不让说。给你多少钱他们说没说？

晚上签了合同才知道。你家是哪儿的？

小卉说了一个地名，小杜没听清，也不知道是哪两个字，就问离这儿远不远。小卉说很远啊，有六百多公里。不过她读卫校的地方离这儿近，她说了个地名，小杜知道，跟自己老家很近。小杜说那你怎么跑这儿来了呢？

小卉说，同学介绍来的，说这儿给的钱多。

从输液大厅出来，小杜见陈医生在药房坐着，就招呼了一声，说要出去转转。陈医生说，你别走远了，村子里有狗。

院子外面，马路对面就是一片农舍，一家一户的房子都分得很开，树木却绣成了团，挤在一起，把大部分房子都遮挡得云山雾罩，远远望过去只看见大团的墨绿。在马路和村子之间要经过一个很大的池塘，池塘周围种着竹子和泡桐树，一些枯叶漂浮在水面上。小杜走近了看，发现水色浑浊，黑

48

沉沉的，看不出有多深，想着天热了估计会发臭，不过现在还不会，天还没到热的时候。再仔细看，见水里有金鱼。

5

晚饭吃粥、馒头、土豆丝和咸菜。粥盛在一个大盆里，放在长条桌上，馒头装在一只小竹篮子里。因为小杜是新来的，吃饭的时候他们把饭勺递给她，让她先盛。粥是黄澄澄的玉米粥，里面埋了红薯，闻起来有股甜丝丝的味道，看上去也不错。小杜盛了小半盆。

这次小卉和陈医生没有把饭盆端出去吃，而是一起围着长条桌坐下了。

陈医生问小杜，这伙食你们城里人吃得惯不？不过这东西看上去糙吃起来却有营养，是吧，杜医生？还是多吃点好。

小杜笑笑，表示赞同。

饭后，陈医生邀请小杜去药房坐坐，又交代小卉去库房拿被褥替杜医生铺床。这次周医生没有跟着去，而是留在厨房。

到了药房，陈医生就说这地方偏僻，农村条件不好，不知道杜医生能不能适应。小杜一时也说不上来自己能不能适应。条件当然不是一般的艰苦，住的地方，床和被褥，伙食，都是小杜从来未体验过的。有新鲜感，也有受辱的感觉，跟她以前的工作、生活方式截然不同。从到这个地方开始，她就在走和留之间摇摆不定。走吧，有点不甘心，看一眼就溜了，不太符合她的性格，再说还有两万块的月薪在诱惑着她呢；留下来吧，心里又很不安，怀疑自己能不能坚持一个月。她有一个月的假期。

陈医生笑吟吟地看着她，说如果你愿意留下来，有什么要求还可以提。只要我们能办到的会尽量办到。奔我们这儿来的人我们都会当成自己的朋友和亲戚，绝对不会像别的地方那样，老板亏待员工，把员工不当人看，吃住你都看见了，我们都一样。

小杜说，那能不能先不签合同，我适应几天看看情况再说？

陈医生笑她，说你对自己没信心还是对我这儿没信心？别人来我这里，都是巴不得赶紧把合同先签了，有个保障。不过我先把话说在前面，你签不签都一样，我们这儿生意很好，周边村子的人都来这儿看病，绝不存在拖欠工资的事，也不愁找不到人。可要是所有来的人都像你说的这样，来了先看几天，我们这儿就成中转站了。你定下来我们就不考虑别人了。

小杜忙解释说，主要是对自己没信心，两万块钱的薪水不是白拿的。

陈医生哈哈大笑，说你不用谦虚，这个不存在。你三甲医院出来的医生，来我这儿工作是大材小用。要不你先签三个月合同，三个月期满再续签也行。我们这儿虽然不能跟大医院相比，但你也知道诊所有诊所的规矩，我们要应付上面的检查，还要对病人负责任。医生的行医资格证都要审查备案，层层把关，非法行医逮住了要被罚款。我们庙小哪儿经得起罚？再说，有钱让他们罚款，我还不如多给员工发点，你说是吧？

小杜听他这样说，就把事先复印好的执业医师资格证和身份证递过去让他看。

没有原件？

原件在医院里拿不出来，只有复印件。

那合同你说签不签？

这个，能不能先不签？小杜心里还是有些不踏实，感觉签合同像是签卖身契一样。一旦签了担心把自己拴住了，说不定到时候走不了，还会招来麻烦。

陈医生说，这儿的情况我都跟你说了，我这儿只需要一名妇科医生，多了我也要不了，昨天你打完电话，还有两人要来，我都给推了。

这个——

签吧，我不会亏待你的。工资一分钱不会少，合同里都写着。再说你就是签了，不想在这儿干了，我也拦不住你是吧？你不想干了，提前说一声就行，我再找别人，工资我按天给你结就是了。可是你要是不签合同，我们之间就不存在雇佣关系，我也就没法让你工作，我们是行医不是干别的，这个你一定要理解。

6

小杜签了一个月合同。不管条件好坏，一个月总能坚持下来吧？不然白跑一趟，来回路费几百块就打水漂了。看在钱的分儿上，一切都好说，一个月工资能顶三甲医院四个月呢。

合同签完，两人又聊了会儿闲话。周医生中间送了壶茶过来，两人一边喝茶，一边闲聊。陈医生问了小杜一些私人话题，比如在哪里上大学，老家在哪里，父母的情况，有没有结婚，等等。其实答案复印件上都有，陈医生当时还没来得及细看。按小杜的年龄应该是已婚，要是早婚的话孩子都到处跑了。可小杜回答说她未婚，是不婚族。没结婚，是不打算结婚。

陈医生说，你怎么会有这种想法呢？太奇怪了。你这么好的女孩子不结婚岂不是太可惜了？

小杜躺到床上还在想他说的这句话。怎么叫太可惜了呢？不结婚可惜，结了婚说不定反倒是糟蹋了呢。

山里的夜晚太过安静了，小杜躺在床上翻来覆去睡不着。床有些硬，被褥上还有股子霉味、怪味，不盖被子有些冷，盖在身上那味道又受不了，还有些燥热。旁边，小卉睡得呼呼的，她没来的时候她一个人在这屋里睡，不知道害怕不。人跟人不一样，区别实在是太大了。

数了一会儿羊，还是睡不着。小杜把手机摸过来看，已

　　　　　　　　　万物生

经两点十分了。忽然想起她来狐村之前给手机新换了联通卡，没有人知道这个号。她本打算就此失踪几天，看看周围人的反应，如今手机号一换就彻底失联了。旧的移动卡上还剩500多兆流量，这么一想，就赶紧把新卡抠出来，把旧卡装进去。重新开机后手机就振个不停，各种信息接连而来，还有十几个未接电话，除了两个是陌生号码以外，余下的都是赵卡打进来的。手机打不通，赵卡在 QQ 和微信上留言，问她怎么回事。

小杜懒得理他，她心里的气还没消呢。谁叫他跟她吵架来着？要不是他，她怎么会跑到这穷乡僻壤来睡病床？现在他可是机会一大把，她不在家，他完全可以大摇大摆地去找他的初恋，找别的女人，想找谁找谁。还找她干吗？

小杜不理他，上微博又看了些乱七八糟的资讯和信息，眼睛有些酸胀了，这才把手机关了躺在黑暗中。明天会怎样呢？

7

在狐村的第一晚，小杜失眠了。虽然天亮的时候勉强迷糊了一会儿，好像还做了一个梦，梦见屋里的一面墙上有一些水迹，好像是漏雨了。窗户大开着，一个陌生男人趴在窗户上朝屋里窥视，奇怪的是她明明看见自己睡在床上，但心里也不觉得害怕，后来还听见有奇怪的鸟叫声。

简单洗漱完毕，跟小卉一起去楼下吃早餐。周医生两口子还没起床，大娘掀开锅盖让她俩先吃。

早餐跟晚饭差不多，玉米粥换成了大米粥，馒头、咸菜、土豆丝都一样，不同的是早餐比晚餐多加了一只白水煮鸡蛋。鸡蛋个头不大，两头圆乎乎的，显然是当地产的土鸡蛋。

吃完早饭，周医生两口子还没过来。小卉说他们起来得晚，一般都是九点以后才来吃早饭。农村人普遍都起来得晚，除非得了急病才赶大清早。

那急病是不是随时都要看？小杜问了一句废话。

是啊，来了咋能不看？

那你平时起来这么早都干啥呀？

去池塘那儿玩会儿，看看金鱼什么的，要不就在马路上跑几圈，减肥，等来病人了再回来。

病人来了你咋知道？

听见狗叫就回来了。有时候大娘会出来喊，就是不能走远了。

她们去池塘边转了一圈回来，周医生两口子正站在院子里说话。看见她们回来，周医生就掏出楼上诊室的钥匙递给小杜，让她把手术室的紫外线灯先打开照一会儿，说可能今天就有手术。小杜接过钥匙往楼上走，周医生又提醒她一句：记得消毒器械包。

小杜说她不会用消毒锅，周医生就带着她上了楼，详细给她示范了一番消毒锅的用法。

周医生说，你不用担心，病人不会太多，我就在药房坐着，有事你喊一声我就上来了。

8

小杜在狐村接诊的第一例患者是个中年妇女，有严重的妇科病，贫血。病人说她得的是月子病，孩子生下来没了，落下了病根，钱花了无数，男人出去挣的钱都让她买药吃了，治了大半年病都没治好。病人说，她本来不想治了，可是她男人说卫生院新请了大夫，让她过来瞧瞧，她就来了。她问小杜她的病能不能治好，如果能治好就花钱治，治不好就不治了，免得糟蹋钱。

小杜当然不敢保证一定能治好她的病，诊所的条件就这样，一般检查都做不了，也不知道她还有没有其他方面的病。她没有病历本，以前的治疗情况也无从得知。仅就目前情况来看，小杜不敢保证治疗立竿见影药到病除，但效果肯定会有的。就对病人说，用点药先看看吧。

小杜写好处方，病人问多少钱？小杜说我不知道价钱，你去楼下找周医生问，拿了药再上来找我。

小杜等了一会儿不见病人上来，不知道人走了还是怎么的，就去手术室关紫外线灯，顺便清查了一下一会儿可能要用到的物品。还没弄完，周医生就拿着处方进来了。

周医生问小杜，给病人开的药是干啥用的？

小杜解释说，病人贫血，补血口服液和硫酸亚铁合用效果好，剩下的药是给她冲洗外用的。阴道炎局部用药效果可能会更好。

小杜怀疑自己处方没写清楚，凑过去看了一眼，字迹写得很清楚。

周医生说，你没跟那女人说多少钱吧？

小杜说，她问了，我说不知道价格。

周医生说，那就好。你只管看病，不要跟病人说价钱的事。钱的事你让他们来找我。外用药你打算给她咋用？

小杜说，先冲洗，然后把那些药弄成粉末，直接上进去就行了。一天一次，十次一个疗程。

冲洗十次？

嗯，冲洗十次。

不用输液吗？

不用，输液效果不好。

周医生走了之后，小杜心里忽然涌起一阵莫名其妙的烦躁。

9

第一天小杜总共接诊了五个病人：自称落下月子病的中年妇女，一个痛经的小姑娘，一个得了尖锐湿疣的年轻姑娘，一个乳腺炎患者，还有一个老太婆因为阴部毛囊发炎感染，整个部位鼓胀得像包子似的，走路都要叉着腿，一瘸一拐。这几个病人，小杜给她们做了对症治疗，该穿刺的穿刺，该局部处理的局部处理，开了两瓶液体。可是等小杜去楼下的时候，却发现，除了自称月子病的妇女，其余四个病人都坐在注射室里输水。她当时就愣住了，不过马上就明白是怎么回事了。

第二天，小杜从病人口中知道了输水的价格，一次七十，不管药品贵贱，都是七十块钱。一次一瓶，输两瓶价格就翻倍成了一百四。至于小杜开给病人的处方，明显成了一张废纸。至于给病人输的是什么药，问小卉小卉也不知道。输水配药是在药房进行的，周医生或者陈医生把药配好，交到病人手里，病人拎着瓶子到注射室，小卉接过来只管扎进血管里就是了。

冲洗上药的价格一次一百，是自称患月子病的妇女第二次来冲洗的时候告诉小杜的。月子病妇女说她只有五百块钱，还是家里卖了粮食的钱，周医生说五百块钱拿完药之后只够冲两回，想冲还得拿钱来。月子病妇女说她这次冲完就不来了。小杜知道那药值不了几个钱，但也不能吃里爬外卖主家。问效果，妇女说效果好得很，比以前好太多了。以前花三千多块钱都打了水漂，响声都没听到，这次花五百块钱她明显感到舒服多了。月子病妇女直夸小杜会看病，病看得好，人好。小杜问她以前是在哪儿看的病？妇女说也是在这儿看的，以前医生看得不好，光让人打吊瓶，还不起效，年龄还比你大，本事却不如你，比起你来差远了。

小杜问以前的医生年龄有多大？

妇女说，年龄多大不知道，看上去比你老。

小杜说，你看我多大？

妇女说，二十几岁吧，不到三十。

小杜说，我三十多了。

妇女临走前，小杜把剩下冲洗的药送给她，教会她自己在家里上药：给你省点钱，别说出去就是了。

10

第二天下午手术就来了。姑娘很年轻，小杜怀疑她根本就不满二十岁。她停经四十天，用姑娘的话来说就是她那个过了十一天不来，心里着急不知道咋回事，让医生给她瞧瞧。小杜问她结婚没有，姑娘说没有。有没有男朋友？姑娘还是说没有。会不会是怀孕了？姑娘说咋可能？！说着眼泪都流下来了。

好吧，不可能。不过这也说明不了什么。小杜丢下姑娘亲自去药房问周医生有没有孕试纸，周医生回答说有。小杜就对姑娘说去药房找周医生做个尿检，做完再上来看病。医生从来就不信病人的话，不来月经，不管你有没有性生活，都得排查一下有没有怀孕。这叫用事实说话。

姑娘做完尿检上来对小杜说，周医生叫她下去一趟。

小杜去药房，周医生说，姑娘怀孕了，做手术的钱已经交过了。无痛人流，你上去做就是了。说着周医生拿了瓶百分之五的葡萄糖注射液递给小杜，让她给姑娘用上。

我们做无痛人流是用丙泊酚吗？丙泊酚是麻醉药。

嗯。

药呢？

都加进去了。

都加进去了？

嗯。

要是没加进去入壶效果会更好一些，也好控制。小杜迟疑着说了一句。

加进去了，以前王医生让加进去，我看效果也挺好。

听她这么说小杜还是觉得心里不踏实，站在药房并没有马上离开。

周医生问，咋了？

小杜说，我以前做人流都要先看一下 B 超单，确定胎囊在宫腔里，才敢动手做手术。没有 B 超的情况下，万一是宫外孕就糟糕了。

这种情况可能性很小，都宫外孕了还了得？再说我都不担心你担心啥？那姑娘的情况我都反复问过了，你放心去做就是了。

她说月经周期不是很准，要不再等等，过几天再做？

等啥等？做一个是一个。

我还是有些担心……

你把心放肚里去做就是了，周医生皱起眉头，做完后液体不用拔，一会儿我还要给她再加一瓶消炎药。

可是，这里面加了麻药做完了也不拔吗？小杜心里越来越不踏实了，麻药不拔，意味着让病人继续麻醉。可是周医生回答得还是很干脆，不拔。

小杜只好拿着液体往外走，心里这会儿已经不是不踏实，而是开始担心了。周医生忽然说，你不用给她刮得太狠，悠着点就是了，保守一点安全。大不了做不干净再让她做一次。

小杜点点头，但还是心里没底，生怕出个什么事。

等液体挂上，准备手术的时候，麻醉药却迟迟不起作用，小杜拿棉签在姑娘外阴处不管怎么刺激，姑娘都清清楚楚。小杜就知道，麻药的量给得太少了。

她把病人丢在手术台上，站在楼道里喊周医生。她刚喊出声，周医生就答应了，她低头一看，周医生就在她脚底下站着。

丙泊酚的量好像不够，我都等了好一会儿了，她还是那样。要不要再加点儿丙泊酚？小杜问。

别加了，加多了不好，做吧。周医生冲她摆摆手。

小杜忽然想到液体里可能就没有加丙泊酚，所谓的无痛人流只是个幌子，意图再明白不过，就是为了多收钱。

没有麻醉的手术，姑娘叫得跟杀猪似的，身子不停地乱扭乱晃，小杜气得大声吼她：别动！再动子宫刮穿了！

吼完她自己都愣住了。周医生交代过的那几句话顿时钻进她的耳朵里：你不用给她刮太狠，悠着点就是了，保守一点安全，大不了没做干净再让她做一次。什么意思呢？没见有胎囊，该不会是她根本就没怀孕？！

这么一想，小杜发现自己的手在颤抖。再一抬头，周医生已经推门进来了，她查看了一下瓶子里的出血量，对小杜说，好了好了，结束了，我来帮你收拾。

手术草草收场。周医生笑着说，杜医生果然手脚麻利，不到十分钟手术就结束了。

小杜低头收拾器械没有吭声。

周医生又问姑娘感觉咋样？

姑娘哭着说，疼死了！

周医生笑着安慰她说，疼就对了，说明你身体好。麻药都拿你没办法，不然别人把你子宫刮穿了你都不知道疼。

周医生拎着输液瓶子带姑娘去了楼下，小杜收拾完毕坐在椅子上发了会儿呆。刚才她仔细检查过了，除了刮出半瓶子血水，里面没有疑似胎囊组织。就是说她的怀疑是成立的，如果当时按常规继续刮下去，姑娘受罪不说，有可能真给她刮出个后遗症。至于尿检是不是阳性，周医生心里最清楚，手术医生小杜心里不清楚，没有化验单，口说无凭。周医生赚了姑娘多少钱，小杜虽然不知道数目，但肯定不会少。

11

有一天在院子闲聊，小杜忽然说，周医生能不能把孕试纸给我几个，收多少钱我问病人收就是了，免得她们跑来跑去。

周医生笑着说，病人跑跑有什么关系？跑跑健康，等于锻炼身体。

我们科室都是医生给病人做早孕实验。

呵呵，谁做都一样，试纸真要验出个假阳性谁也没办法，我们也没 B 超来验证，其实所有的辅助检查最后还是要凭借医生的经验来判断。杜医生，我请教你个问题，如果月经推迟不来，除了怀孕，是不是还有可能是子宫内膜增厚引起的呢？

嗯，有这可能。

遇到子宫内膜增厚，你们是不是要做诊刮？做诊刮，来帮助医生诊断病情？

嗯。可是——

周医生呵呵一笑，子宫内膜本身就是长好了剥落，剥落了再长，对吧？这是人体的自然规律，所谓野火烧不尽，春风吹又生，是不是杜医生？下午要是没病人，你午睡起来可以去马路上跑跑步，锻炼一下身体，晚上会睡得很香。

她怎么知道我昨晚没睡好？小杜心里刚这么一想，周医生就用手指她的脸，意思是你的脸色出卖了你。

小杜昨晚确实没有睡好，仔细算算来这里已经七天了，中间有两天睡得还不错，其他时间大部分都处于半睡半醒状态，醒醒睡睡，睡睡醒醒。可能真像周医生说的那样，她应

　　　　　　　　　　　万物生

该出去跑跑步，消耗一下体力，不然过不了多久，她可能会因为睡眠问题把自己搞成神经官能症。

既然周医生说了，那就出去跑跑步。再说小杜来了这么久也只是和小卉围着池塘和这个小院子打转转，还没真正到远处去看看呢，这也正好是个机会。

小杜换上运动鞋下来，穿过院子，刚一靠近铁门，土狗就冲她狂吠不止，大娘出来吼了一声，土狗虽然噤声但仍然狂躁不安，一副随时要扑过来吃了她的架势。奇怪的是她跟小卉上次从外面回来土狗却一声不吭，抱着爪子埋头在那里假寐。

小杜沿着细长的马路往南慢跑了十几分钟，池塘消失了。眼前出现了一大片桃园，树上结着拳头大的毛桃。她想起来狐村的时候坐在蹦蹦车上看到过这片果园，就停下来歇了几分钟，又原路返回。回程的时候跑不动了，就晃着屁股一扭一扭地走，反正附近也没人看。靠近诊所院子她又开始跑起来，这次是由南往北跑。马路就是南北走向，路以东是诊所的院子，村民的房子都集中建在路以西。马路将它们一分为二，分割得清清楚楚。再往前，房子少了，池塘也消失了，然后是一小块一小块麦地，往山坡上走，黄灿灿的麦子眼看就要收割了。靠近诊所这边没有麦地，是一大片松树林，林子里藏着一些坟堆，松树长得十分茂密。

小杜往回看，诊所的院子已经被林子遮挡住了。马路西边的村子也成了一团黑乎乎的墨色。她不敢再往前跑了，不知道这条马路通往哪里。乡村公路虽然不宽，但应该有蹦蹦车或拖拉机经过才对啊，但是她出来快一个小时了，身上的汗都湿透了，也没看见有蹦蹦车或者拖拉机从马路上经过，并且连个人影儿也没见着。就在她往回走快要接近池塘的时候，忽然有人朝她走过来。原来那人一直在池塘边坐着，她没有在意，冷不丁站起来走动着实吓了她一跳。走近了她才看清楚，那人不是别人，正是她来狐村接诊的第一例病人，自称落下月子病的那个妇女。现在她腰杆挺直了，人看上去也精神了许多，显年轻了。原本她年龄也就不大。

她说她刚才在地里干活，看见马路上有个人像杜医生，就坐在这儿等她过来看是不是，没承想还真是。

小杜问她病好了没有？

她说好了，等杜医生过来就是要跟她说这个。她病好了，能下地干活了，全家人都很高兴。她指着不远处的一栋房子说，那就是她家，让小杜有空去她家里坐坐。

小杜说好。

她又说，我老公说了，一看你就是个好人。早知道这样他就不向你要车钱了。

小杜问，你老公？

月子病妇女笑起来，说，就是他拉你来狐村的，是他告诉我诊所新来了女医生，让我去找你看病。我老公说了下次你去镇上他不收你钱，只要你打个电话他就过来接你。

这样啊，小杜在脑子里使劲想了想，只想起了蹦蹦车和一个人模糊的轮廓。

12

　　每天的伙食几乎都是一样的，午饭永远都是煮成鼻涕一样的烂面条，黏黏糊糊的，里面裹着几片青菜叶子。小杜学着小卉的样子，也端着面条盆去院子里吃。院子里有棵泡桐树，年龄比小杜都大，一抱抱不住，可见老早就长在这里了，树冠傲然挺立，远远高过屋顶，叶子稠密得吓人。每当起风的时候，叶子就把风招进院子里来，哗哗啦啦，又脆又响，光听声音都让人觉得很凉快。没有风的时候，它就安静地站在院子里，漏下来一大片阴凉。有一天夜里，落了雨，小杜躺在床上听淅淅沥沥的雨声，忽然觉得心里很安静，静得好像要死过去一样。

　　她和小卉都喜欢守着泡桐树吃饭，吃不完就将剩饭倒在树根部，弄点泥土随便一盖，谁也看不出来，也不觉得浪费。

　　这天小杜刚吃两口，忽然皱着眉头说，今天面条咋恁难吃？有股怪味。

　　小卉说，是馊味好像。

　　算了不吃了，小杜说。小杜准备把饭往树根上倒，四处看了看，忽然看见了那只土狗。土狗站在铁门那里，也歪着头虎视眈眈地看着她们。现在这只狗看她们的眼神没有先前那么凶恶了，基本上不把她们当猎物看待了，只要她们不靠近铁门，它就不会冲她们狂叫。

倒了可惜，敢不敢拿去喂狗？小杜指着大半碗面条问小卉。

小卉说，它肯定不吃。你别小瞧那只土狗，狗可比我们吃得好。每天都有肉吃，才不稀罕吃这种东西呢。说到这里小卉四下看看，忽然小声说，有一天我亲眼看见周医生给狗吃胎盘。

啊？给狗吃胎盘？小杜大吃一惊，那是人肉啊。

嘘，小声点，别让人家听去了。小卉说，我来没多久，就来了一个生小孩的，我去楼上帮忙，当时王医生还在，王医生把胎盘丢进黑色塑料袋子里递给我，我以为要拿出去扔，正发愁扔哪儿呢，周医生过来了，她从我手上接过塑料袋说她去扔，我就给她了。过了一会儿我出去上厕所，看见周医生拎着袋子往院子外面走，走到铁门跟前忽然蹲下身，把黑塑料袋摊开放在狗嘴跟前……

哇，那么恶心。

你看那只狗凶得跟狼似的，肯定是经常吃这种东西。

小卉说过之后，小杜留意了一下，果然发现周医生是拎着黑色塑料袋去喂狗，不知道里面装的是什么东西。而且还是趁她们吃完饭之后，回到屋里干活的时候，她一个人去喂狗。

小杜顿时有些毛骨悚然。再看那只土狗就有种不寒而栗的感觉，生怕它挣脱铁链子朝自己扑过来。

可是奇怪得很，小杜晚上从来没听见过狗叫声。这天晚上躺在床上，小杜又想起了那只狗。中午她和小卉关于土狗的闲话还没说完，陈医生就过来了。

陈医生一脸笑容，说你们俩说啥悄悄话呢，躲在这儿说。

小杜说，这儿凉快。

陈医生说，这儿确实凉快，等天再热一点，我们就把桌子搬到树底下来吃饭。哦，你俩的饭也没吃完？面条实在太难吃了。大娘图省事，老煮面条给我们吃，我都腻死了。明天说啥也要吃米饭，吃肉。

土狗晚上叫没叫，小卉说她晚上睡得很死，狗就是叫破天她都不知道。

那你肯定没听见鸟叫声。

什么鸟叫？

小杜失望地摇摇头，问小卉，王医生走了你一个人睡屋里不害怕吗？

小卉说睡着了还怕啥？再说门窗都关得死死的，睡前我还把桌子都推到门口挡着，有动静肯定能醒过来。

王医生以前就睡这张床？

是啊。

王医生多大年龄？

比你大，小卉说。

我知道她比我大，她很老吗？

不老啊，也就四十多吧。

她人咋样？

挺好的呀。她以前也问过我夜里听没听见过鸟叫声，我说没有。她说她经常睡不着觉，后来她就走了。

王医生走了多久？

王医生走了没几天你就来了，小卉说。

她没跟你说她要去哪里吗？

没说。

13

这一晚小杜又失眠了。夜里忽然下起了小雨，屋里有些闷热。小杜浑身燥热难受，就爬起来玩手机，把以前的移动卡装进去，打开 QQ，发现赵卡在线。她头像刚一亮起来，赵卡的信息就过来了：你去哪儿了？再不回来我可要报警了。

小杜不在乎他报不报警，她给单位请过假了，再坚持十天等两万块钱拿到手她就回去了。她不打算在这里长待，虽然她供职的医院给出的薪水少，但现在看来，还是比私人诊所好。安心。

于是她就对赵卡说，我去旅游了，过几天就回去。

赵卡说，我去找你吧。

小杜说你不用找我，我过几天就回去了。你要真想我了，就去移动公司给我手机卡上充点话费，再买个1G的流量包，这样我每天都能上会儿网，不然我要无聊死。

跟赵卡聊了一会儿，看两点了她就把手机关了，重新躺在床上。

躺了一会儿，忽然听见有发动机的声响，由远而近好像进了院子。她爬起来凑到窗户那里去看，可惜视线被楼道的矮墙挡住了。她又爬到门口的三斗桌上，透过门上方的玻璃窗往外看。院子里确实多了一辆小型越野车，就停在泡桐树下面。三个人从车上下来，都戴着淡蓝色的口罩帽子，穿着深色衣服，其中一个人拎着一只四四方方的小箱子。他们穿过院子，一前一后上了楼。那只凶恶的土狗不知道为啥一直没有叫唤，估计是狗的熟人所以狗才不叫。小杜隔着门能听见他们在楼道里走动的脚步声，其中有人朝她们住的屋子这边走过来，小杜顿时吓得花容失色，手脚冰凉，大气都不敢出一口，动都不敢动一下，生怕那人忽然推门闯进来。还好，脚步声在她们宿舍门口只停留了一小会儿，就朝楼梯那边走过去了。

显然他们去了楼梯那半边。那几间房不知道是做什么用的，有一次小杜走过去看，发现窗户上都盖着厚厚的窗帘，屋里黑洞洞的什么也看不见。小卉说周医生两口子住那边。可是深更半夜这三个人来做什么？也没见来急诊。

小杜在三斗桌上站了一会儿，迟迟不见那几个人出来，就从三斗桌上爬下来。站在地上才发现两条腿在打战，心里不由得便害怕起来。小杜很想把小卉叫醒过来给自己壮壮胆，但又担心吓着她。

小杜在床上躺了大约半个小时，听见他们下楼的声音，接着是发动机的声音，夜鸟受到惊吓叫了两声，然后扑棱着翅膀从院子里飞走了。

发动机的声音消失之后，小杜听见飞走的鸟又飞回来了，落在走廊的水泥台子上，冲着她们睡的这间屋子叫了两声。小杜悄悄地爬起来凑到窗户那儿往外看，正好那鸟也瞪圆了眼睛看她。那是一只羽毛雪白，个头比鸽子大但比鸭子小，腿长颈长的大鸟。

早晨小卉起床了，小杜才醒过来。

你做噩梦了？小卉说。

嗯，我梦见一只大白鸟站在走廊的台子上冲我们屋里怪叫。

这天早晨洗漱完毕之后，她们没有急着去楼下吃早餐，而是站在楼道里做了一会儿健身操。

做操的时候小杜问小卉知不知道那边空的几间房都是做什么用的？

小卉说，知道，有一间是手术室。

快九点的时候，最边上的那间屋房门打开了，周医生和陈医生一前一后走了出来。周医生走在前面，看见她们俩在楼道里扭来晃去，就回头对陈医生说了一句什么，又转过来问她俩吃饭没有。

小卉说还没有。

那走啊，赶紧吃饭去。

14

　　午饭很丰盛，米饭，土豆焖麂子肉，还有盆西红柿鸡蛋汤。这是小杜二十天来在狐村吃得最好的一餐饭。开饭的时候，陈医生说要把饭桌搬到树底下去吃，周医生说算了吧，万一树上的鸟给你拉一泡屎，那味道可就好极了。她这话一说桌子就没人搬了，小杜小卉也不好意思把饭碗端出去吃，所以都围着长条桌坐了一圈。菜端上桌，周医生站起来挑了几块肉端出去喂狗，小杜看见狗吃麂子肉，想起小卉说狗吃胎盘的事，顿时觉得碗里的饭菜都沾染上了狗味，连土豆都吃不下去了，就盛了半碗西红柿蛋汤泡米饭，胡乱吃下去，然后就去院子里了。她站在泡桐树底下，下意识抬头往树上看。泡桐树上确实有个鸟窝，但不知道里面是只什么鸟。小杜想起梦里的那只大白鸟，不知道跟现实中的鸟巢能否扯上干系。还有夜里停在树下的那辆小型越野车，是从哪儿来的，如果是诊所请来走穴的专家，预约了手术，也不至于非要深更半夜搞得这么神秘。不过，这地方是偏了点，大医院的专家下班以后再赶过来，时间基本上也是夜里了。可为什么不能安排在周末进行呢？

　　小杜留心观察了一下，二楼除了她和小卉，没见有形迹可疑的人出入。楼梯的那一侧，也是静悄悄的，门窗还是像过去那样紧闭着，窗帘拉得严严实实。倒是下午来了辆小汽车，陈医生坐上车走了。小杜在二楼看见陈医生走了之后就装作在楼道里溜达，去那半边一间一间仔细看了看。三间屋，门窗都紧闭着，窗帘拉得严严实实，还跟往常一样啥都看不见。小杜专门把耳朵贴在门上听了听，也没听见里面有动静。如果是做急诊手术，那病人呢，病人去了哪里？只有一种可能，手术做完他们把病人也一起带走了。

晚上周医生叫小杜和小卉去药房玩扑克牌，小杜说她不会玩，小卉也说不会。三个人站在院子里说了会儿话，周医生打了个哈欠，然后她们就散了。

小杜跟小卉回到楼上，去卫生间冲了澡，到屋里就各自在床上躺下了。小杜用手机上了会儿网，跟赵卡聊了会儿天，她已经不生赵卡的气了。赵卡也原谅了她偷看他聊天记录的事。赵卡去冲澡的时候，小杜就下了网，跟小卉说话。

她对小卉说，再过八天她就要走了，回原单位上班。她问小卉准备在这儿待多久？

小卉说她还没想好，正在跟同学联系，如果在城市能找到工作，就把这儿的工作辞了。迟早要走，这地方待久了会待出毛病，钱给得再多也不行。小卉说。

第二天早饭过后，周医生过来找小杜，让她准备手术包和出诊用的东西，一会儿有车过来接她们去村里接生。

没多会儿就来了辆蹦蹦车，司机看上去有些面熟，他看着她笑。小杜知道他是谁了，冲他点点头，趁周医生不在跟前的时候小声说了句，等我走的时候给你打电话。

周医生过来她们坐上车就走了。蹦蹦车在村子里七绕八拐，路上坑坑洼洼，差点把人肠子都颠出来了，总算到了要生孩子的那户人家。那女人生过一胎，这是第二胎，所以就愿意在家里生。小杜给她做检查发现羊水已经破了，就给她打了催产素。等孩子生下来已经是下午五点多了。午饭就在这家吃，女人的婆婆煮了面条，小杜一看碗筷比诊所的不锈钢盆还要恶心一百倍，干脆就不吃了，吃了两个这家煮的红皮鸡蛋。周医生无所谓，说她不讲究，所以面条也吃，鸡蛋也吃。

等她们回到诊所，小杜听到了令她无比震惊的消息，陈医生告诉她，小卉已经离开了这里。

去哪儿了？

回家去了。

回家？！她为啥突然回家？

她父亲被车撞了，她家人打电话让她赶紧回去。

真的假的啊？！她真走了啊？

这还有假？

那她咋没打电话跟我说一声？

她走得急，要赶两点钟的班车。叫了辆蹦蹦车，跳上去就走了。

小卉离开的消息对小杜来讲简直就是当头一棒。她恨不得自己也立马插翅飞出这个地方。可是一想到自己走不了，目前还得孤零零地待在这里，心里就揪着了，感觉下一秒立马就要哭出声来。

陈医生安慰她说，别担心，很快就有人来跟你做伴了，说不定过几天小卉又回来了呢。我跟她说，如果一星期内她能赶回来，别人我就不考虑。

小杜已经无心听这些话了，她不是舍不得小卉，而是担心留下她一个人晚上怎么过。

15

这一晚小杜不是睡不着而是不敢睡，她准备了手术刀压在枕头下面，以防万一。房门还是像以前那样插死后再用三斗桌顶上。三斗桌上的纸箱子还在，但里面已经掏空了。小卉的东西都拿走了。床铺虽然没有收走，但小杜知道小卉是不会再回来了。

小杜一直开着网，赵卡陪她说话。小杜对赵卡说了她在狐村的事。赵卡说你疯了。小杜说我没疯，我一直想辞职换单位，所以一遇到机会就想试试。

赵卡说你不光想换个单位试试，你还想换个男人试试，是不是这样？所以你跑那鬼地方躲起来，就是想甩了我。现在你想明白了吧，回来还是不回来你自己看着办。

小杜哭了。她说不是我想换个人试试，是你跟别人勾勾搭搭，搞不要脸。

赵卡说，好了好了过去的事不要再提了，我明天就去找你。

　　　　　　　　　　　　　万物生

小杜说好。

可是到了第二天早晨，一觉睡醒小杜又觉得自己庸人自扰，好好的什么事都没有发生，就对赵卡说，还有六天。六天一眨眼就过去了，那两万块钱说啥我也要拿到手，你不用再劝我。你要来就等最后两天再来吧，万一老板克扣我工资你还能帮忙要回来。

六天时间说啥也得坚持一下，如果现在提出走人，老板可能不给钱，也可能会给一小部分，岂不是亏大了？看在钱的分儿上，一切都好说。

小卉走后，活儿就成小杜的了。输液打针她得帮着干，暂时就从楼上移到楼下来坐诊了，需要去楼上做检查了，说一声周医生就会过来临时照看一会儿。手术都约到下午抽时间做，上午主要是看病、打针和输液。

发工资的时候注射这块我给你另算，不会让你白干活的，周医生说。

忙了两天，小杜就有些吃不消了。头疼，浑身疼，人就要散架了，感觉跟吃了安眠药似的，站着都能打瞌睡，晚上饭碗一撂就早早上床睡觉去了，糟糕的是睡到半夜又醒过来。好像是做了噩梦，被吓醒过来。但是睁眼的那一刻，梦里的情景就消失得干干净净。她照例把手机摸过来上网，问赵卡在干吗。赵卡没有回，那家伙估计是睡觉去了。他说过这几天她一个人在狐村他不放心，不睡觉也要陪她说话，可他还是睡去了。不是有句话吗，宁愿相信世上有鬼，也不能相信男人那张嘴。可这会儿除了赵卡小杜也找不到其他人可骚扰，她也不想打电话把他吵醒，所以就关了网。还有四天就回去了，也就一转眼的工夫。下午陈医生过来问她怎么打算的，愿不愿意留下来，小杜说留不了，电话都快被打爆了，家里人一个劲儿催她回去，单位那边手续没办妥也在催，期满她就要走。

陈医生表示很遗憾，说了一大堆真假难辨夸赞她的话，意思是小杜这样的妇科医生很难得，技术全面，人品也好，他们合作很愉快。又说，明天护士就来了，你再坚持一天就不用那么辛苦了。妇科这块已经有人打电话过来问了，我让她来看看再说。你要愿意留下来，我就不让她来，你任何时候回来我都欢迎。说完，陈医生用特别友好的目光看着她，这让小杜生出错觉，觉得自己在对方心目中很有分量。

就在小杜差不多快要睡着的时候，她又听见了由远而近的马达声，这声音要是搁在白天听来，应该是很轻的，比呼呼刮过树梢的风声大不了多少，但在这宁静乡村针掉在地上都能听见的深更半夜，就如同打雷一般。这次小杜有经验了，她早早就爬起来站在三斗桌上，默默地注视着停在院子里的车和人。三个男人，戴口罩帽子，跟上次几乎如出一辙，唯一不同的是小杜认出了其中一个——走在最后的矮墩墩挺着肚子的人是陈医生。

三人上了楼，走在前面的人打着手电筒，他们径直朝楼梯那一侧走过去了。不像上次那样还有人走过来，这次没有。

等脚步声消失之后，小杜听见了开门声，知道他们进屋去了，接着有灯光闪电一般射出来，瞬间又收了回去。

小杜从三斗桌上爬下来，她本来想回到床上去，但是两秒钟后她改变了主意。她想知道他们在搞什么鬼，看看有没有什么把柄落在自己手里，说不定还能派上用场。

她用力把桌子搬起来移开一些，一点一点推开门闩。还好，开门的时候房门没有发出吱吱扭扭的叫声。开门之前她就想好了，如果开门声音过大，她就不出去了。

她把手机调成静音，从门缝中轻轻挤出去，在楼道里站了一小会儿，然后赤脚朝那边走过去。虽然是黑夜，但那黑是被稀释过了的黑，影影绰绰的，能见度还算不错。小杜走到楼梯口，就听见中间的屋子里有响声，几个人在小声说着什么，还有哼唧声，好像很享受的样子。她溜过去趴在窗户上却什么也看不见。窗帘很厚，仅能透来一些淡淡的光影。忽然间一阵急促的噔噔声快速朝门这边窜过来，小杜吓得一哆嗦，以为屋里的人要开门出来，正准备转身逃跑，却发现声音戛然而止。再一扭头发现窗户那儿亮了一块，有光从里面透出来。可能是里边的人不小心蹭了一下窗帘，露出了一条小缝隙，因为缝隙太小，就没有引起屋里人的注意，然后小杜就看见了她这辈子做梦都想不到的一幕。她看见了小卉。没错，是小卉！陈医生不是说小卉回家去了吗，事实上小卉哪儿也没去，而是被绑住了手脚，嘴里塞上毛巾关在这间黑屋子里。这会儿她双手还在背后绑着，脚上的绳索被解开后，她就拼命挣扎着往门口跑，脸上的表情狰狞恐怖。但是她力气明显太弱了，很快就被身边的两个男人老鹰抓小鸡似的一左一右扯着膀子按倒在屋子中央的一张床上去了，她的衣服瞬间被扒光，脚朝门口，赤裸裸地躺着。

他们用胶带把小卉固定在床上，绑成一个"大"字，就像一只动物标本。有个男人弯下腰，伸手在小卉裸露的裆部摸了几把，一副急不可耐的样子。小杜以为接下来她会目睹一场非常下流的色情表演，三个男人轮流强奸一个小姑娘。可她万万没有想到的是，他们没有强奸她，而是由其中一个戴着乳胶手套的家伙，执刀切开小卉的腹部，像小杜司空见惯的那样对病人实施一场手术。小卉生病了吗？当然没有。小杜顿时觉得呼吸都停止了，两腿发软，身子一歪就跪在地上。脑子里有个声音说，赶紧离开这里！另一个声音却说，是你想错了，不是这样子的。恐惧、好奇和兴奋交织在一起，小杜的眼睛被牢牢吸附在缝隙那里。可惜缝隙太小，还不时被人挡住了视线，小杜只能看见一个男人不太宽阔的后背。

忽然，小杜听见一个尖尖的嗓门说，可惜！可惜！太健康了。声音虽然不大，但在小杜听来简直像炸雷似的。

回答尖嗓门的是一个声音浑圆的老家伙：有啥可惜的，老弱病残谁要？等你揣上五十万你就不觉得可惜了。

那我还是觉得可惜。这姑娘有二十岁没有？

陈医生的声音：刚二十。

唉，暴殄天物。

浑圆嗓音扑哧笑了几声说：贪心。一个救几个，还嫌不够？我可不想听你一边数票子，一边说立牌坊的话。下次再动手就你上，我来打下手，免得我边干活还得边听你说废话。好了，赶紧准备装东西吧。

妈的，好肉都让狗吃了！

那人嘟囔了一句，身子好像往旁边移动了一下位置，小杜顿觉眼前一亮。当她看清楚那人端在手里的是一堆血淋淋的器官的时候，她简直都不敢相信自己的眼睛——是看错了还是在做梦？一颗血淋淋的心脏还在怦怦跳动着，旁边是肝、肺，还有两只肾。他们把这些东西收进那只四四方方的箱子里。接着陈医生手持一只长长的像玻璃试管一样的东西，对准小卉的眼睛两边各拍一下，小卉的两颗眼珠子就像弹珠一样掉进瓶子里去了。小杜吓得魂飞魄散，有热热的液体顺着大腿根流下来。后来她是怎样用剩下的半口气四肢并用爬回房间，怎样颤抖着手把房门插死，然后找来手术刀捏在掌心里——这些她都记得不是太清楚了。

天亮的时候，手机传递过来的振动让小杜从虚脱瘫软的状态中逐渐清醒过来。没错，她还活着。回到宿舍，她就一直坐在地上，背靠着门，整个人像死过去一样。

赵卡说你先别哭，趁他们还没发现赶紧跑出去，或者去村里求救，找人帮你打110报警。但小杜觉得这会儿已经晚了，门口那只土狗，只要她经过就会冲着她狂叫，想起那只吃胎盘的狗，小杜心里就不寒而栗。这会儿大娘已经在厨房做饭了，毫无疑问他们是一伙的。她跑得了吗？要能跑掉小卉还不早就逃走了，能让人给掏心挖肺吗？

你不是平时还出去跑步吗？

那是下午啊。

这会儿你试试。

我不敢。

你试试。

小杜忽然想起她有蹦蹦车司机的手机号，就给蹦蹦车司机打电话，可惜她打了十几个电话都没人接。不知道是太早，还是电话号码存错了。

就在小杜决定按赵卡说的那样，换上跑步鞋看看能不能溜出去的时候，蹦蹦车司机电话打过来了。

小杜像抓住救命稻草，在电话里用迫切的口气请求对方赶紧来救她，快点，马上，就这会儿。蹦蹦车司机被她弄得迷迷糊糊搞不懂状况，听她说了半天才问了一句，你是不是要去车站啊？

她意识到一时半会儿说不清楚，就让他把蹦蹦车开到诊所来：我是杜医生，我来的时候就是你带我来的，我给你媳妇看过病。你的电话号码是你媳妇给我的。她生怕蹦蹦车司机想不起来她是谁，又急急火火说了一大堆。

蹦蹦车司机说好。

挂了电话，小杜就把自己的东西都收进箱子里。听见蹦蹦车开过来的声音，拎起箱子就往楼下走。

她刚走到院子里，还没靠近铁门，那只土狗汪的一声就朝她扑过来了。狗根本就没有用链子拴。

小杜瞬间就被狗扑倒在地上了，吓得尖声呼叫。忽听大娘叫了一声，那狗虽然爪子踩在她的肩膀上，但并没有张嘴去咬她脖子或者脸颊，而是冲着她大声狂叫，口水都喷到她脸上了。

大娘说，杜医生你这是要干吗？要走吗？

我要回家去，小杜颤抖着说。

大娘说，你要走也要等陈医生他们起来了再走。

小杜说，好吧，我等他们起来，你赶紧把狗弄走。

大娘走过来扯着铁链子把狗牵到一边。陈医生在楼上大声问大娘咋了，说着两口子急慌慌地从楼上跑下来。

这时候蹦蹦车也开过来停在院子门口，司机从车上走下来，推开铁门把车开进院子里。

小杜一看蹦蹦车过来了，心头为之一震，慌忙从地上爬起来跑过去。

陈医生说，杜医生，咋回事？你要走吗？

小杜神色慌张地说，我家里有事，我要回家去。

周医生并没有把小杜和蹦蹦车司机联系到一起，她径直走到蹦蹦车司机跟前问有啥事。

蹦蹦车司机看看周医生又看看小杜，一时不知道怎么回答。

小杜赶紧凑到蹦蹦车司机跟前说，我要回家去，现在就走！你送我去镇上，车费我给你一百。

周医生对蹦蹦车司机说，杜医生今天走不了，你去忙你的吧。她要走也得过两天再走。说完周医生就上来拽小杜的胳膊。

小杜失声尖叫，身子拼命往后缩，一把抓住蹦蹦车司机的衣襟。

陈医生两口子交换了一下眼神，他们心里当然明白是怎么回事了。

蹦蹦车司机弯下腰，把小杜的行李箱拎起来放进车里，对小杜说，你要走就上车吧。

小杜甩开周医生伸过来的胳膊就往车里钻，她刚爬进去屁股还没坐稳，就见陈医生去关院子的大铁门，他一边关还一边回头看着小杜说，你以为我这儿谁想来就来，谁想走就走？不说清楚你能走得了？

小杜大声说，我家有事啊！我爸病了！

陈医生笑着说，你爸病了有医院呢，也不急这一会儿是不是？晚一天回去不打紧，要走你明天走，工资还没给你结呢。

周医生对蹦蹦车司机说，我们之间的事与你没关系，你赶紧走，让杜医生下车，不然别怪我对你不客气！

小杜听她这么说，就从车上下来了，趁其不备一闪身钻进蹦蹦车驾驶室。她想亲自开着蹦蹦车趁铁门还没有关上之前冲出去。可是就在她手忙脚乱车还没有发动，凶恶的土狗

万物生

就朝她扑过来了。

16

赵卡回到家，经过书房门口见小杜在电脑桌上趴着，肩膀一抖一抖好像在哭泣。他们冷战已经十多天了。上上个星期天开始，她偷看赵卡手机聊天记录，两人大干一场，赵卡不仅骂了她还动手扇了她两耳光，在她肚子上踹了五六脚。小杜也不省油，她抓破了赵卡的鼻子，冲他脸上吐口水，还哭着威胁他说要离婚。赵卡也旗帜鲜明地说他早就不想跟她过了，要离赶紧离！让她赶紧滚。这样的话倒带似的说过无数遍，耳朵都磨出了茧，目前两人还在一个屋檐下苟且，唯一的解释是他们还没吵够还没闹够还没打够还没冷战够。什么事不做到极限是不可能结束的，不把两颗心捅成马蜂窝谁都不会撒手。所谓一个巴掌拍不响，棋逢对手，将遇良才，注定了他们要不离不弃地闹腾，不是你整我，就是我整你，有没有受伤，伤多重，没人在乎，享受的就是受虐和报复对方的快感。中午小杜闺密婚礼庆典，人家也邀请了赵卡，赵卡也曾满口答应，但赶上他们冷战时期，赵卡就趁机掉链子不跟小杜出双入对给她长脸，让她自个儿去丢人现眼。

现在书房里酒气熏天，电脑开着，小杜的QQ还在线。赵卡凑过去瞄了一眼，见有个名叫"白天使有对黑翅膀"的群聊天页面还打开着，有消息正在屏幕上不停地滚动。

小白：不孕不育症医院招聘妇科医生，月薪两万，两个名额你们谁想去，赶快抓紧时间报名。

黑山老匪：小白妹妹你去我就去，我们正好黑白双雄。

沧浪之水：黑白雌雄。

黑山老匪：嘎嘎，黑白雌雄。小白妹妹是雌，我是雄。

沧浪之水：偶批准了，你们俩去吧。

小白：黑山老匪，你小儿科，没人要，别自作多情了。

赵卡拿起鼠标把滚动条往前推动了一下，看到豆豆和小白的对话。豆豆就是小杜。

豆豆：你说的那家医院在哪里？

小白：南阳菇镇生殖医院。

豆豆：是农村吗？

小白：不是。离南阳二十公里，是个县城。

沧浪之水：什么村？狐村？

小白：沧浪之水你文盲啊，那字不读狐读菰。陈应松有篇小说就叫《去菰村的经历》。

豆豆：我想去。

（原载《广州文艺》2017年第11期）

万 物 生

1

一抬眼看见长东坐在六楼的台阶上，西风顿时整个人都傻了，长长吁了口气，惨白着脸，慢慢地往上走。

他太像长安了！

年轻时候的长安就他现在这副模样，乌黑的眉眼，白净的皮肤，喜欢眯着眼睛看人，嘴角挂着一副满不在乎的微笑。就这么一个满不在乎、大大咧咧的男人，在跟西风生活了二十四年之后的某天里忽然就跟这个世界水火不容，无端地生出一场大病，耗到灯尽油枯，最后心怀怨恨跟所有爱过他的恨过他的人连再见都懒得说，毅然决然地去了另一个地方。

从春天到冬天，再到初春，西风被这件事折磨得像魔住了一样，在梦里浑身瘫软，经历的事情变得似是而非，令人无所适从。逝去的人逝去了，活着的人仅仅是活着而已。她不知道接下来还会发生什么，会有多少意外在明天等着她。

她变得惊恐不安，厌倦而焦虑。

现在她最害怕看见与长安有关的人或者事，尤其讨厌看见长东，因为每看见他一次，她就觉得长安又活过来一次，接着再死过去一次。她要再经历一番由生到死的过程和折磨，心情一下子就糟透了。

但是这家人从来就不会体谅别人的心境。从长安走后，他们就围绕在她身边，好像是丢了一个，生怕把另一个也弄丢了似的。先是那一对可怜的老人，死了儿子，跟她这个死了丈夫的人，因为悲伤的程度差不多吧，他们家的老大就自作主张把他们合并同类项归纳到一起，让他们住在一起，吃喝在一起，悲伤在一起，一起抱团取暖。这样做的好处是，对别人无疑就成了解脱，不用他们劳神费力。对这样的安排，西风没有反对，她甚至还有些庆幸，那间她和长安住了十多年的大卧室不至于空荡荡，沦落成为一个巨大的陷阱。她自己搬出来，住进小卧室，把大卧室顺理成章让给俩老人住。他们是长安的父母，长安是他们的亲骨肉，那间屋子里就算有长安的魂魄什么的，他们也不会害怕。相反，他们还会像具有某种神奇功能的花草那样，把长安留存下来的气息覆盖掉，甚至全部吸走。这样一来她一个人待在屋里也不会害怕，不会疑神疑鬼，总觉得长安就躲在卧室的某一处，冷不丁会跑出来跟她说话。怀着这种想法是很令人崩溃的。

春节前夕，老头老太太回家过年去了，西风一个人在空屋子里过完漫长的假期，那间大卧室就像是一个黑洞，随时要把她吸进去。节后她做的第一件事就是赶紧找人把房子重新装修一遍，把不用的旧家具旧东西清理掉，让屋子换个样子，免得睹物伤情。

西风刚刚平复下来，这家的长子，长庆又找上门来，死皮赖脸要把他正在读高二的儿子小东塞给她，说让小东跟她做个伴，不然一个人孤零零的没意思。他们说得好听，实际上就是想让小东寄宿在她家里，让她照顾着蹭吃蹭喝，白用她这个保姆。要是以前，如果他愿意，她也无话可说。偏偏是现在，她哪里还有那个心情？

现在长东又来了。他来做什么呢？她已经跟他们家没什么关系了，要有也是以前有。随着一个人的离去，这一切都结束了，他们还要一遍遍来提醒她，她是他们家的寡妇？

但是她做不到转身就走，对他不理不睬。他毕竟是长安的弟弟，她的小叔子，于情于理她都要招呼他。活在这个世上不是你想见谁就见谁，不想见谁就不见谁的事，有些事由不得人。道理西风当然懂。

然后她就撇出了一句干巴巴的、有气无力的抱怨声：你咋不打个电话说一声？我顺便买点菜就回来了。

西风下班途中路过一家超市，里面时令青菜、半成品熟食应有尽有。现在她回家了，根本就不想再为这个贸然闯入者再跑出去一趟。

长东说，不用买，一会儿我们出去吃饭。

西风看了他一眼，不置可否地开了门，然后淡淡地说了句，那就出去吃吧。她心里明白，冰箱里除了一点剩米饭，几乎没什么可吃的，现在一个人吃饭她很少买东西回来，可以说简单到了极点。

两人一前一后往小区外面走。门口东边就有家兰州牛肉面馆，以前他家人来了基本上都固定在那家吃，图个实惠快捷。这次也不例外，一说出去吃饭西风自然就想到了兰州面馆——以前都是长安领着他们去吃饭，她从来不跟着，这次却只有她和长东。她在前面走，长东在后面跟着，一边走还一边抠手机，她不理他，只管走自己的。现在的年轻人都这样，跟手机捆绑在了一起，眼里谁都没有。

忽然长东追上她说，咱们去吃火锅吧，我已经团购好了，海底捞。说完他晃了晃手机。

哦？西风颇有些意外。

怎么能让你请呢，西风说。请他们家人吃饭都已经成了雷打不动的固定模式，成了天经地义的事情，忽然改变了游戏规则，西风的脑子一时还有些转不过弯来。

这天气正好吃火锅哩，一边吃还能一边跟你说话。长东说。

西风在心里琢磨，不知道长东要跟她说啥。

2

这天中午吃火锅的人不多。他们选了靠窗户的位置坐了，

　　　　　　　　　　万物生

在等菜上来的空当里，两人像运动前的热身一样，先不咸不淡地聊了几句家常。

长东说，你好像瘦了。

没有吧。西风回答。

是不是上班太忙了？长东说。

一直就那样，医院啥时候都少不了病人。

服务生推着小车过来送菜，两人停止了说话。服务生是个年轻小哥，穿着火锅店的统一制服，上面套着白围裙，戴着塑料透明口罩。西风像看哑剧一样看着他把菜品一盘一盘从小推车上拿下来摆在架子上。服务生走后，两人一时间也无话可说。西风猛然想起，她跟长东单独吃饭这还是第一次。

她刚嫁到他们家的时候，长东才十二岁，当时还在上初中，他因为跟长安长得太像，让西风觉得奇怪，总是忍不住去打量他。那天中午一家人在院子里围着长条桌吃午饭，长安搂着西风的肩膀对长东说，这是我给你娶的嫂子，赶紧叫一声。长东的头一下子就低下去了，眼睛掉进碗里，连看都不看她一眼。她知道他是害羞的缘故，从心底原谅了他。再后来，她见他的机会越来越少，只是听长安念叨着，长东上高中了，长东上大学了，他念叨的目的是跟她拿钱回去。那些年她听到的最多就是这些事情，大哥的大嫂的，弟弟的，父母的，侄子侄女的，这个有事了，那个生病了，总是这事那事，每一件事情都跟钱扯上关系。她厌烦听这些，结果无非是钱源源不断地从这边流出去，倒进了那边的深坑里，接下来很长一段时间他们无可避免要生活在钱的阴影当中，然后再迎来下一个循环，有时候失血还没两天。新的抽血动作又来了——总是有理由。这给西风的感觉是，长安娶了她，人在一边，心在一边，人和心是分开的。娶她等于娶了一个帮工，帮他养他那一大家子人，至于她是谁一点都不重要。原来的老窝才是他的家，她跟他在一起的不过是一个临时住所，一个供吃饭睡觉的地方，他们根本就不是一家人，她一直就是一个人在过自己的日子，然后眼睁睁看着自己被黑洞吸进去。

长安体检的时候发现肝上长了个小东西，起初医生说可能是肝囊肿，因为他没有症状，能吃能喝，肝功能也正常。一个月后再去复查，葡萄大的肝囊肿长成了苹果大的肝囊肿，且左右两侧肝叶上长得都是。这些不知从何而来的邪恶种子把他的肝脏当成了优质的培育基地，霸占了不属于它们的地盘。随着果子的不断长大，它们的性质也发生了质的变化。从肝囊肿转变成了肝癌。

他们去了一趟北京，做完介入治疗之后那些长大了的邪恶的果子被打下来了，但新一茬的果子又迅速崛起，以更快的速度和更多的数量入侵了他的肝脏，对此专家们也束手无策，只能摇头让他们出院。

对他的病情，长安从一开始就知道得很清楚。好像这些东西是他怂恿它们长到身体里去的，他知道治不好，所以才懒得去治。他说去了也没用，也就这样了。他拿出比以往更冷漠，更决绝的硬心肠，甚至说，这样不是很好吗？

　　　　　　　　　　　　　　万物生

他用挑衅的神情看着西风，直到她在他面前痛哭流涕。他用这种方式折磨她，也折磨自己，借以减轻内心对死亡的恐惧。他刚年过五十，五十岁还不算老。他还有能力跟西风斗嘴吵架，跟他的一群哥们儿出去喝酒买醉，为他那一大家人出谋划策，当他们的主心骨。

然而，从北京回来后，他整个人就像被剔除了筋骨一样，迅速地委顿下去。他彻底把自己当成了病人，住进西风工作的医院里，再也不肯多说什么。医生护士让干啥就干啥。西风穿着白大褂在病房里进进出出，他看见她跟看见其他人一样。他像石头一样沉默，只有撕裂般的疼痛和高烧，才能让他的嘴巴裂开一条缝。他没有留下半句遗言，也没有交代任何后事。或许他认为没有什么可交代的，人走茶凉，什么都不是自己的，生不带来死不带去，一下子就把心给冷了。最后阶段他基本上是任人摆布，恨不得把剩下的时间一口气给过完。

三个月的时间里，大家看他垂死挣扎，目光里流露出来的是兔死狐悲的怜悯，而他看大家，就像溺水看堤，越看越远，于是腔子里的那颗心早就结成了冰。

西风只是在忙，在医院和病人之间穿梭，徒劳地做一些力所能及的事情，忙得已经无暇顾及其他。她忙忙碌碌，只是为了要把一个去意已决的人留下或者是按照医院的方式打发走，撵出自己的生活。当她意识到这一点的时候，长安已经不存在了。她哭得死去活来，觉得还有许多话没有来得及跟他说，还有很多委屈没有来得及对他抱怨，好像转眼之间她就被他丢弃在尘世，成了他的一枚遗产。

长东也算是他的遗产。有长安这个亡人夹在其间，所以这一顿饭吃得小心翼翼，十二分谨慎。长东早已不是二十年前的毛头小子——连看都不敢看她一眼，只顾把眼睛埋进饭碗里的那个长东了。他教了十多年的学，早已学会了侃侃而谈，能准确把中心思想和段落大意从杂乱无章的语言中提炼出来，所以他知道怎样说话能拉近彼此的距离，能贴着对方的心。她是他哥的女人，是他的嫂子，他心里当然清楚她以前是如何讨厌他和他的家人，嫌他们是她的负担，是她肌体上衍生出来的毒瘤，也知道她瞧不起他们。但他们一家没有一个人敢拍着胸脯说，没有受过她的接济和照顾。所以他也不能让别人说，他哥不在了，这家人就不认这女人了。

当西风告诉他，不久前长庆一家为小东的事来找过她，她没有答应的原因是自己照顾不了那么大的孩子——经历了你哥的事，我整个人都被打垮了，哪还有精力去照顾小东？西风恼火地说，小东又不是没父母。

虽然拒绝了，但是跟长东提起来的时候她还是忍不住愤恨难平。因为她不想长东再提这件事来为难她，抢先一步把所有的出口都堵死。

长东说，他们真是的。以前我哥就给家里人都交代过，有难处找他想办法，花了他的钱，就不许骚扰他的小家庭。我哥不是糊涂人，是我们这一大家人连累了他，把你也拖累了这么多年，不然你们俩的日子肯定比现在过得好多了，我哥说不定也不会得那个病。以后他们再来找你，你愿意帮就帮，不愿意帮就不理他们。要不你就给我打电话，我找他们说。唉，主要是我大哥太老实，日子过得艰难，大嫂又过于精明，受不了穷，就胡乱打主意。

同样的话从这家人的另一张嘴里说出来，多了些体己的味道，西风听了颇感意外。长东不愧是教书先生，完全跟他那泥巴腿子大哥大嫂不是一回事。长安最后的那几个月，长东跟学校请假，连课都没去上，守在医院里陪他哥。长安的后事，也都是他一手操办的。西风心里其实是挺感激他的。

西风顺着长东的话又聊了一会儿老大家的事。老大家有三个孩子，小东上面还有两个姐姐，小东是违反计划生育偷生的。那些年为了偷生一个儿子，那两口子不惜一切代价，活得跟老鼠似的，东藏西躲，最后儿子是生出来了，日子也彻底过毁了。

长东告诉西风，他大侄女的婚事已经定下来，年底就要结婚。说到这里，西风才想起，老大家媳妇以前跟她说过，让她看医院里有没有合适的医生帮忙给姑娘介绍一个，但西风因对老大一家人有成见，就没当回事，忽然听说姑娘准备结婚，就问了一下对方的情况。长东说，找的是他们庄上的人家，小伙子考上了公务员，在乡政府上班。西风心想，那姑娘长相不错，个子也高，这样的归宿似乎也不错。

这顿饭吃到快结束的时候。长东才跟西风说，他的工作已经调到城里来了，下午刚把手续办完。西风颇感意外，难怪他要请她吃饭啊，原来是这么回事，该请。几年前就听说长东要调到城里来，但一直没有音讯——可能是关系没走到位吧。

调城里来好，早几年能调来就好了。西风说。

长东也笑着说，是啊，做梦都想调城里来，就是调不来，这会手续办好了，还觉得跟做梦似的。

西风问，是哪所学校？

长东说，第七小学。

原来是七小。西风说，离我这儿很近呀，走路十几分钟就到了。

长东说，我也没想到，以前联系的都是中学，几年都调不过来，这次七小缺老师，他们问我来不来，我心想管他咋样，来了再说。我那会儿还不知道七小在哪儿，来了一看，原来离你家很近。

手续都办好了？

嗯，都办好了。

那住的地方呢？学校有没有宿舍？

没有，来了租房子住。

租房子住？你知道东区的房子有多贵吗？这几年东区发展太快，房价都飙到四千了，很普通的一间房，也敢问你要个千儿八百。西风说。

这么贵？长东也愣住了，我在镇上租一间房一个月一百块钱就够了，你们这儿的房子……

西风就说，要不你先住家里吧，房子的事回头再慢慢想办法。此话一出自己都吓了一跳，她倒希望长东赶紧说一句，我出去租房子住吧，不麻烦你，当她是客套话。但是长东没这么说，事后西风想起来，这简直就像一个事先设好的局，就等着她往里跳，偏偏她就傻乎乎地跳进去了。

长东说，那我就先住家里吧，安顿下来再慢慢找房子。

3

说出去的话，泼出去的水，后悔也没办法了，那就住吧，反正大卧室也空着。房子装修好以后，西风还是在小卧室住着。她家是两室一厅的房子，主卧室挨着阳台，房间很大。长东来了以后，她仍然让他住大卧室，自己住小卧室。

周末，长东就住进来了。他基本上用不着带什么东西——长安生病期间用过的被褥、床单之类的西风都扔掉了，他用过的东西，诸如书籍、MP3、手机、衣物等，老头老太太愿意带回去的都带走了，他们不要的剩下的部分西风都当废品处理了。屋里现在除了一张床、柜子，再无其他。阳台上的花草，是长安曾经精心侍弄的，她把它们搬出去丢到楼下的花坛里，不到一下午的时间就被人一盆不剩地拿走了。她没心情再去管这些植物，找到新主人它们会活得更滋润。

现在她一个人干干净净、利利落落地待在空空荡荡的屋子里，感觉跟她的心境很吻合，她要的就是这种感觉。留下来的物品都是西风精减过、用紫外线灯杀过毒了的。

一开始，西风很不适应长东住在家里，心里总是懊悔得要命。尤其是心不在焉的时候，猛然撞见一张似曾相识的面孔，有撞鬼的感觉。好在长东年轻，且常常仰着一张笑脸，就算她把他错看成长安，那也一定是年轻时候的长安。

她认识长安的时候，长安还是名军人，军装在身，更显得气宇轩昂，硬朗而俊美，让当时正处在做梦年龄的西风，不由自主地犯了花痴，一见倾心。那时候西风正在省城的一家医院里当见习护士，长安的战友到省城出差，不小心撞碎了膝盖骨，就住在西风实习的病房里，长安充当临时陪护，俩人就这样认识，发展到相恋。长安转业到地方企业工作的时候，西风的工作关系也一同转到了企业所属的职工医院。

这样的决定对于西风来说，是跟着一个男人背井离乡，但是对长安来说，是回到了他自己的地盘，他的七大姑八大姨都生活在这里，他就像一条鲑鱼，成年以后回到了自己的根据地，活得兴高采烈，亲戚朋友、同学同事一大群，整日里聚会不断，吃吃喝喝，忙得不亦乐乎。

相比之下，西风的生活就显得有些凄凉——她很快就出现了水土不服，像中毒一样哭哭啼啼，抱怨，发脾气，忧郁得一塌糊涂。但是她的抱怨和发脾气不仅没有换来长安的抚慰和关爱，反倒成了家庭矛盾的导火索。三天一大吵，两天一小吵基本成了家常便饭。为家务活吵，为喝酒吵，更多的时候是为钱吵。吵了很多年，两人依然在一个屋檐下苟且，这不能不说是个奇迹，尤其是长安得了肝癌以后，西风简直是紧张得要命，以为自己也得了肝癌，到了世界末日。直到检查并无异样，这才稍稍心安。

很快，西风就适应了家里有个叫长东的年轻男人。他出现在她面前的时候她不会再像先前那样一惊一乍，把他错当成长安。长东就是长东，长安就是长安，他们不是一回事。长安临死前死灰色的脸，下陷的眼窝，以及皮包骨头的四肢，奇大无比的肚子，都是西风拼命想忘记的。其实，那才是真实的长安。

可能是因为白住她房子的缘故吧，长东倒是表现得很好相处。最突出的一点就是勤快，打扫屋子，整理房间。西风住的小卧室除外，他不会进去打扫以外，其他的地方都是他在清扫。还有一点就是他主动进厨房做饭。中午西风下班回来，他已经把饭菜烧好了，弄得西风都有些不好意思。后来下班，她就不像过去那样磨磨蹭蹭，能早走一会儿是一会儿，紧赶慢赶往家跑。但多数时间他还是抢先一步，老师坐班时间相比医院要弹性一些，所以西风吃现成饭的机会自然是比做饭的机会多多了。

西风自己都说，再这么吃下去，我都该减肥了。

长东听了，就冲她笑笑，然后慢悠悠地说，你不胖啊。

一个月过下来，西风发现自己的生活费省下不少。她拿钱给长东，长东不要。西风就去商场买了一件衬衫送长东。长东说我上学四年花了你和我哥不少钱，你不要跟我算这个账。

西风说各是各，坚持让他把衬衫收下。长东拒不接受，让西风把衬衫拿到超市去退掉。两人为这事拉拉扯扯，一个给，一个不要，虽然后来长东拗不过西风把衬衫收下了，但闹得面红耳赤一脸的狼狈。

　　西风就说，以后生活费一人一半，钱算在明处。

　　一天中午西风下班回家，见客厅里坐着一长发姑娘，个子挺高，胸脯很鼓，正诧异着，长东从厨房走出来，对姑娘介绍说，这是我嫂嫂，又对西风说，这是我同事。

　　西风招呼了一声，就进卫生间洗手去了。等她出来长东已经带着姑娘离开了。西风去厨房，米饭已经在电饭锅里焖好了，一个时令青菜炒好在盘子里扣着。

　　这样的日子渐渐多起来。西风回家很少碰见长东，有时候午饭是做好了的，有时候她回家做好饭，也不见长东回来。后来就成了她一个人做饭、吃饭。刚开始她还担心做自己一个人的饭，万一他回来了不够吃咋办。可这样的事一次都没有发生过。

　　长东的晚饭从开始就不在家里吃，他要么说要跟同事一起吃饭，要么说有同学找他，后来西风就不问了，她怀疑是因为她不吃晚饭的缘故，他不好意思在家给自己做饭吃罢了。西风晚饭只吃水果。

　　姑娘来过之后，长东就很少回来了。西风知道他找到了吃饭的地方，睡觉暂时还回来，不过也回来得很晚。有时候西风刚睡下，听见门锁轻微的咔嚓声，知道他回家了。有时候她睡得比较沉，他多久回来她也不知道，也不便问。

　　早饭他们习惯各吃各的，长东上班不赶时间，一般去得比较晚，所以西风走的时候他要么才起床，要么房门紧闭，西风也闹不清楚他在不在屋里。同在一个屋檐下生活的两人，因为有时间差，相互影响的可能性很小，比如洗漱的时候，两人从来不会在同一时间出现，也就免去了尴尬。唯一让西风觉得不便的是，长东来了以后，她去凉台的机会减少了，以前她还时不时去凉台眺望一下。她家凉台后面的景色很好，有一片树林，树木都长起来了，有合欢、桃树和水杉，春天的时候，花开得很热闹。但现在除了晾衣服，她一般不去凉台，就是晾衣服收衣服的时候也是匆忙走过，不好意思在屋里停留。有一个周末，知道他回家去了，就安心逗留了一会儿，对卧室做了一番打量。其实，长东还是挺讲究的，被子叠得整整齐齐，床头柜上有一只玻璃水杯，旁边放了两本书，屋里没有别的乱七八糟的东西。她好奇把书拿起来看了一眼，上面的一本是《中华名赋集》，里面全是文言文，她惊讶他能耐住性子读得下去。随手一翻，正好看到一段：东家之子，增之一分则太长，减之一分则太短；著粉则太白，施朱则太赤；眉如翠羽，肌如白雪；腰如素束，齿如含贝；嫣然一笑，惑阳城，迷下蔡。然此女登墙窥臣三年，至今未许也。西风忍不住笑起来，哪有人美到增一分就太长，减一分就太短了呢？这是身高吗？是形容肥瘦吧。天下真有这样增一分太长，减一分太短的女人，估计也美不到哪里去。宋玉把她夸得跟天仙似的，还说人家

万物生

99

偷窥了他三年，他都不曾动心。真会给自己脸上贴金啊，这个臭男人，他不偷窥人家怎么知道人家在偷窥他呢？

西风联想到上次长东带回家的那个鼓胸脯姑娘，不知道两人现在啥情况。另一本是东野圭吾的《幻夜》，封面上是一只令人浮想联翩的红色高跟鞋。西风想读一下这本书，但又不便开口问他借。等到周末，他前脚刚走，她后脚就去屋里查看，不料却找不到这本书了。床头柜上抽屉里大衣柜里都找过了，只有他的几件换洗衣物，书人家拿走了。做这些事的时候西风明知道是在自己家里，却还是像做贼一样，心跳得很厉害，她甚至想，他会不会也选择她不在家的时候，像这样偷偷溜进她的房间偷窥一番？

她只有睡觉的时候房门是锁上的，其他时间都是虚掩着。有一天她发现自己晾在凉台上的衣服，被收进来搁在沙发上，外面下雨了。再一看，晾衣架子还在衣服上面撑着，整整齐齐摆了一摞，看样子他是捏着晾衣架拎回来的。她把晾衣架取下来，衣服收进自己屋里，再把晾衣架拿到阳台上去挂在晾衣杆上。

她好久都没见长东了，晚上他有没有回来，她根本就不知道。睡眠不知不觉好起来，这一点她自己都没想到。她现在特别贪睡，好像要把以前欠下的觉都补回来一样，十点一过就沉入梦乡。过去的一年里，她一直是处在半失眠状态，睡眠支离破碎，说没睡着吧，好像一直在昏睡，说睡着了吧，醒来却两眼发胀，恍恍惚惚，感觉像在梦游。从长安生病开始，她就这个样子，开始她认为是长安生病的缘故让她压力过大造成了睡眠障碍，后来长安不在了，她又认为是悲伤过度让她这个样子，再后来，她归罪于恐惧。医生建议她换个居住环境试试，她去睡医院的值班室，去开房住宾馆，结果睡眠照样差劲得很。她自己都有预感，照这样下去，她大概都要抑郁了。

意外的是睡眠忽然好起来，居然能一觉睡到天亮，醒来也不像过去那样昏昏沉沉，轻松了不少，气色也明显好转了，就连紊乱了的生理周期也不知不觉变得规律起来。她跟同事利用假期结伴去山里住了几天，回来完全像换了一个人似的。朋友熟人开始试着给她介绍对象。以前这种话哪敢说？知道她不肯，说了也白说。

她光鲜起来，别人看着也就有了信心。虽说已经四十六岁，但看上去最多像三十八九岁，没有生养过的身子也没走形，依然是该瘦的地方瘦，该圆的地方圆。

他们问西风要找个什么样子的，她嘴上说，就我这样的你们看着办，差不多就行，其实仍然是没往心里去。直到有一天，真的有那么一个活物出现了，一个实实在在的男人，有名有姓约她吃饭的时候，她才乱了阵脚。

男人比她大三岁，儿子读大学了，刚离了婚。此人一米七左右，说话的时候嘴角有点歪，看人的眼神游离不定，衣着按西风的要求也不够体面，起码的洁净都没有做到。因此料定此人是长期遭受老婆欺凌惯了的受气包，是被离婚者，是一块被前妻用旧了给甩出来的破抹布，脸上还残留着日积月累的怨气和不满。这样的人，保不准就是一个赌徒，在某一处的赌桌上赌输了，思谋着要在下一处翻本的那种人。西风一杯茶没喝完，说句有事就拍屁股走人。

这件事之后。西风认真想了一下，觉得还是一个人过日子简单。不跟谁纠缠，一人吃饱全家不饿，想去哪儿玩了，只要口袋有钱，拎着包说走就走了。

那老了怎么办？难道说再婚就像往银行存钱一样，趁着手头宽余的时候存点钱进去，没钱花的时候拿着存折去取点钱出来——事实是这样吗？按照这个逻辑，那她就是彻头彻尾的失败者，存了二十四年的钱，最后落了个竹篮打一场空，用脑子想想就知道这是猪逻辑。

4

天气忽然转热，一步就跨进了夏天。小卧室没有装空调，如果开着窗户睡觉，空气流通，倒也不觉得热。可是门关上，风进不来，屋里就闷热难耐，出汗不说，还根本就睡不着。但是，不管长东回不回来，西风都不敢开着门睡觉。刚热那几天她就出去散步，十点多回家，发现长东的卧室门是关着的，搞不清他回来没有。她洗了澡出来暂时不热了，躺下一会儿又开始出汗，她爬起来把门开一条小缝，感觉好了一些。再热了可怎么办呢？心想还是应该装个空调。中间又连着下

万物生

了几天雨，等西风准备周末去看空调的时候，长东给她发短信说，学校放假了，他要回家去了。

这一下空调又不用买了。屋里已经有两台空调，长东住的那间屋一台，客厅一台。床上睡不住的时候，西风就在客厅铺了席子睡，主卧室依然空着。长东刚走那几天，开始她还有些不习惯，总觉得长东会突然开门进来，所以睡衣穿得整整齐齐。过了几天，知道他不会回来了，也就无所顾忌，穿了胸罩底裤在屋里荡来荡去，窗帘也懒得合上。谁想看谁看，满不在乎。

西风最不喜欢这样的季节，浑身像裹了糨糊，总让人有窒息之感。不像冬天，冷的时候你穿厚一点，找温暖的方法很多。烤火，或者躲进被窝，要不洗个热水澡，总是很惬意。但是夏天就讨人嫌，热起来要人命，无处可躲，还让人焦虑不安。

一天，同事怂恿西风跟她去瑜伽馆，说天热最好的运动方式就是去做瑜伽，因为毛孔都张开了，筋骨也容易拉开。西风去了，不到一百平方米的瑜伽馆里，堆积了四五十个高矮胖瘦不等老少不均的各色女人。她们穿着短而小的弹力瑜伽服，一些人的脂肪烂棉絮一样从胸口、腹部毫无章法地挤了出来，谁看谁蒙羞。房间里窗户紧闭，也没有装空调，完全就像一个大型的烤炉。女人们在里面烤红薯，蒸乳猪，煎咸鱼，死了命地折腾。所有人都相信，折腾一圈，身上的脂肪就会像香蕉皮似的剥下去一层，摇身一变就成了窈窕美女，所以都特别卖力，心甘情愿在这里挥汗如雨，享受着满屋子里浑浊的空气。西风站在门口望了一眼，就水土不服，赶紧逃了出来。

整个夏天西风都过得无精打采，心烦气躁，什么事都懒得做，对所有事情几乎都失去了兴趣。以前无聊的时候还听听音乐，读读书，现在音乐和书，简直就像毒药一样，音乐听到耳朵里是噪声，书还没拿出来，光想一想书名，就心浮气躁，再看那些黑体字，简直就跟雷峰塔似的，令人喘不过气来。夜里她又开始失眠，深更半夜披散着头发在屋里走来走去。

夏天快结束的时候，骨外科的周医生，给西风介绍了他家的亲戚，是个副处长，年龄比西风大一轮，照片见了，除了头发稀疏，人稍胖一些，长相似乎还说得过去。这件事西风答应得很爽快，倒不是看重他的身份，只是潜意识里觉得，一个在社会上很能混的男人，智商情商都不会太低，交往起来不会让人很难堪。

第一次见面约在一家名叫月半弯的茶社。开车过去，出了城，再往北走有十几公里就到了。周围有大片的竹林，小桥流水，长长的回廊，一栋一栋的小木屋像小蘑菇一样，隐藏在竹林深处。

周医生开车，带着夫人和西风一起，副处自己驾车过去。见了面一一握手，副处拍着周医生的肩膀说跟名医吃个饭太难了，跟参见皇上似的。轮到跟西风握手的时候，他握着她的手摇了摇，点点头说，美女。旁边那俩顿时没品地起哄大笑，说，英雄难过美人关，要赶紧了。

四人分别落座。俩男人挨着坐，边"打渣子"边抽烟。这边西风一侧坐着周夫人，另一侧是副处。菜很快就上来了，红的红，绿的绿，冒热气的冒热气，冒冷气的冒冷气，都被精心装扮过，赏心悦目地摆在瓷白色的器皿里端上桌来，一颗颗像翡翠像玛瑙像宝石，就是不太像食物，让人不忍下箸。

他们三人忙着说话，西风也不插嘴，问到她了就答一句，要不就只管笑。副处说话的空隙里见缝插针地招呼她一声，遇到有刚上桌的菜肴就替她夹一筷子放进她面前的碟子里。西风道谢，再无多话。

喝茶是饭后的事情，周医生两口子推说有事茶就不喝了，要走人。周夫人给西风使了使眼色说，你们俩慢慢喝，慢慢品。

他们一走，西风顿觉有些紧张。服务生过来换茶具，见他们两人，就问，你们是坐雅间还是坐外面？

西风忙说，就坐外面吧，外面凉快。说完瞟了一眼副处，发现对方正似笑非笑地看着她。

服务生把茶洗好泡好，随后就离开了。

这茶感觉咋样？副处端起面前的小茶碗喝了一口问。

茶是普洱熟饼，有个特别好听的名字叫兰香袭人。茶色在奶白色的玲珑茶碗里，色泽浓烈如玫瑰盛开，像红酒。

西风端起茶碗浅浅地抿了一小口。嗯，不错，她说。

从茶碗的缝隙间瞟过去，副处正瞅着她。西风垂下眼皮，忙啜茶一口，只觉舌间滚烫，又无法吐出，只好强忍着咽下。事实上她不喜欢喝熟茶，有股陈旧阴暗的味道，不如喝生茶来得痛快，入口是原生态的苦涩，随后却是令人回肠荡气的甘甜。

两人有一句没一句地闲聊，不时会有大段的空白。说的也都是些很无聊的话题，简单委婉，朴素礼貌。一壶茶喝完，副处说走，西风就跟着走。走到停车场，上了副处的车，西风心里说，像不像上了贼船？于是自己在心里笑，突然觉得松弛下来。

5

西风中午下班回家，忽然看见长东从厨房里钻出来，顿时吃了一惊，你今天怎么回来了，不是明天才开学吗？

昨天就报到了啊，长东懒洋洋地说。长东皮肤晒黑了，人也瘦了，不过看上去挺精神。

又可以吃到你做的饭了。吃饭的时候，西风假装轻松地说了一句，说完才发现这么说好像不妥。但是长东已经咧嘴笑了，说那你就多吃点。然后两人边吃饭边有一搭没一搭地闲聊。聊到卉卉，长东说，放假在家正好有时间，把卉卉接回来给她补习了一下功课。卉卉开学读初一。

哇，卉卉都这么大了。说起下一代，西风顿时心生感慨，觉得自己老了一大截。长东离婚后，卉卉判给了前妻，奇怪的是当年害长东抛弃妻女的相好，后来不知道为啥没有跟他成一家。

　　　　　　　　　　　　　万物生

你和那个女同事进展得咋样了？多久喝你的喜酒？西风问。

长东说，去家里看了一趟回来就算了，人家嫌弃咱。长东有点不好意思地说。

哦，西风点点头。这结果早在预料之中。不过她还是安慰他说，这种事要看缘分，别太认真，以后慢慢再遇。

印象中长东单身的时间似乎也不短了。

长东笑笑，说，这算啥啊，都过去一个多月了。我还记得你有个著名的受伤理论，一般伤口七天愈合，复杂一点的需要一个月，伤筋动骨一百天就好了。套用你这个理论，我跟她连复杂伤都算不上，充其量只是一般伤，七天就好了，没啥大不了的。

这之后西风就很少和长东坐在一起聊天了，她觉得跟小叔子聊天有点怪怪的，四不像的关系，藏着掖着，还不如不聊。他们又恢复到先前那样，午饭一起吃，晚饭谁也不管谁，晚上他继续神出鬼没，互不干扰。

一天上午西风正在给病人做骨穿，手机嘀了一声，知道是短信就没去看。忙到快下班的时候看手机，原来短信是副处发过来的：在上班？有空了请你喝茶，看能不能给加点分。

西风笑了，回了一个好。上次他短信问西风给他打多少分，西风说五十。西风问他，你给我打多少分？他说我不打，我都没及格，凭什么要给你打？这人不讨人嫌，但也不讨人喜欢。看他短信，还有些孩子气，有时他会发条段子过来，有时只问一句：在上班？

西风回过去，就没下文过来了，而且是明知故问。等他再发段子过来，西风就回一个表情。不是微笑就是龇牙咧嘴的笑，要么捂着嘴笑——反正是五花八门的笑。笑，总没有错吧。

西风下班，走到楼下，后面有一辆白色吉普 SUV 开过来，车窗摇下来，是副处。他朝她招手，上车。他说。

到了饭店她给长东发短信：中午有事不回去吃饭。短信回来得很快，就一个字：好。

副处从洗手间出来，听见西风的手机响，说了句，还挺忙啊？

西风笑了一下，没有说话。

服务生拿着菜单过来，副处摆摆手说，你让她点。西风点了虾仁冬瓜和一个时令青菜。副处点了黑椒牛排、南瓜浓汤和红酒。

饭后两人聊天。副处说，我那个三年前就不在了，周医生跟你说过吧？宫颈癌。你那个是肝癌？哪年不在了的？去年？哦。

西风不明白他怎么突然说这个。两个死人夹在两个活人中间，算怎么回事呢？顿时兴趣索然。

下午到了班上，西风还在想这事。知道他老婆不在了，还当是不久前刚发生的事，不承想已经过了这么久。那么，他说这话啥意思呢？标榜他重情重义，还是想说他单了三年了，

　　　　　　　　　　　　　　万物生

对这事不着急，有耐心慢慢找，还是在暗示她，他着急了想加快步子走快点？这人让人捉摸不透，浑身上下好像裹着一层厚厚的盔甲。你那个是肝癌——他说这个，是介意呢，还是怕传染？想到这里，西风忽然意识到一个非常可怕的问题：宫颈癌是有传染性的，比肝癌可怕十倍都不止。宫颈癌患者的男人是隐性带毒者，就像一个卧底，一个特务，一个复仇者，会在适当时机把宫颈癌病毒传染给他的下一任性伙伴。

性伙伴——这三个字就这样阴险地跳了出来，像蝎子一样，狠狠地蛰了西风一下。哦，原来她不是在找对象，而是在找性伙伴。他也一样。这才是事物的本质，一语中的。他约她，绝对不是表面吃饭喝茶那么简单。他想要她，想跟她发生关系。把手机号给她就是说他满意了，打分是为了试探她，看她有几分愿意，目的很明确，就是让她主动送上门去。

那么，她愿意吗？她不知道，她是真的不知道。性就那么回事，它既不是毒蛇猛兽，也不是蜜糖甜点，对她来说不稀罕也不拒绝，是可有可无的东西。有也不多，没有也不会遗憾。

问题忽然就透明了，他的盔甲也给剥了下来。但怎么做西风心里依然是模糊的，自己也闹不明白该怎么办。就在说完宫颈癌之后的一个下午，下班前西风接到副处的电话，说晚上一起吃个饭，我一会儿去接你。没等她回答，他就匆匆忙忙把电话给摁了。

绝不是因为他忙才这么做的，而是他拿准了她会去才这么做的，甚至是故意这么做，像是给她下达一项指令，简明扼要，她收到就必须立即执行，他无须跟她啰唆。他要的就是这种感觉。西风心里有些不满，有些愤愤然，可是当她走到楼下，还是没忍住往四下里张望了一番，寻找那辆熟悉的白色SUV。白色很显眼，但是停车坪只有一辆白色小轿车。她把目光收回来，心里有些失落。心里说，既然你不在，那我就回家去了，你来晚了不能怪我。

到家手机也没响，说明他根本就没去单位接她，如果去了找不到她他会打电话过来的。可能他说的是来家接她吧。她没理解对。

她用了几秒钟思考了一下要不要去的问题。去还是不去？人家一说去你就答应，太没面子了吧，好像自己一直在等着人家约，可是拒绝，又恐伤了对方的面子，没有以后了。西风摇摇头，原来人心这么复杂。接下来她就去卫生间冲澡，心想冲澡出来答案也就出来了。冲澡出来，心思又转移到哪件衣服穿上比较好看：是穿套裙还是穿连衣裙？

没等她磨磨蹭蹭收拾利索，手机就响了。一看是副处打过来的，她等了一会儿才按下接听键：下楼。他简明扼要，口气还是那么霸气。

这次他们去了一个村子，门口挂着一排大红灯笼，进了楼门，是一个宽敞的四合院，青砖碧瓦，像过去财主家的宅院，一个穿红着绿打扮成丫鬟模样的姑娘领着他们进了二楼的一间宴会厅。西风顿时傻眼了，一屋子的男人，准确说是一屋子的半老男人，打牌的打牌，抽烟的抽烟，搓麻将的搓麻将，有十多个，满屋子的乌烟瘴气。

他们俩进去，那些人回过头来看了一眼，又扭过头去该干啥干啥。

副处丢下她走到麻将桌跟前。有人说，处座，要不要摸两把？他摇了摇手，冲那人笑笑，然后就立在人背后看。

西风还站在门厅那里，一双脚不知道该往哪儿搁，心里直后悔不该来，这哪是自己来的地方？埋怨副处事先不跟她说清楚，知道这么多人就不来了。也怪自己心眼实，没提前问一声，以为就他们两个呢。正不知如何是好，沙发上坐着的人忽然向她招手：美女，过来喝茶。

那人跟副处年龄相仿，模样看上去也差不多，头发稀疏.短而肥的一双手十指张开搁在隆起的肚子上。西风笑了一下，坐过去，他殷勤地替她叫了一杯茶，随便聊了几句，也没有多余的话。

菜上得差不多了，服务员过来招呼客人们上桌。等这一群人围坐在一起的时候，西风发现主宾位坐的是一位四十多岁的中年男子，他们叫他刘局。刘局显然是这群人的核心，是贵宾，是月亮和星星的关系。副处的位置和刘局之间隔了两个位。他们招呼西风坐过去，西风因为跟这些人都不熟悉，担心自己坐错地方，就站在那里迟迟不动。招呼他喝茶的那人说，跟我们处座坐一起，晚上让他多喝几杯。其他人听了只管笑。

副处也不说话，也不招呼西风坐过去，还是坐那里。西风端着水杯，假装喝水，继续磨蹭。等多数人都落座了，西风就找了个副处旁边的旁边位子坐下去。她不好意思当着众人的面跟他坐一起，尤其是在他什么都不表示的情况下，她更不能傻呵呵地坐过去，那太丢人了，她跟他还没熟到那个份儿上呢，让她去贴着他。再说官场上的人，不知道心里想啥呢。后来西风才发现整个晚上就这一件事她蒙对了。

接下来就是敬酒，喝酒。西风喝的是果汁。集体举杯的时候，她端起来应付一下就过去了。酒过三巡，男人们的表情开始松动，饭桌上的气氛变得活络起来，说笑话的说笑话，讲段子的讲段子，端着酒杯找人碰杯的碰杯，气氛一下就热闹了。开始还有人说开车不能喝酒，旁边马上就有人纠正说这不是理由，代驾是干吗的，开个车算啥啊。

副处也说自己不能喝酒，身体不给力，医生让禁酒。旁边就有人指着西风说，是你说的不让他喝酒？西风闹了个大红脸。那人扭过头去说副处：处啊，你真没出息，我要是你，今天非喝醉不可，有人伺候你还怕个啥？喝吧，大不了她不伺候我去伺候你。

然后就是挨个敬酒。那人走到西风跟前就不走了，手指着西风杯子里的液体明知故问，这是啥，果汁还是酒？上了酒桌不喝酒你说这行吗？西风说，我不会喝酒。那人说，你没喝咋知道不会喝？喝了才知道，不喝哪知道？西风说我没喝过，真不会喝。那人说没喝过就更应该喝了，不会学呀，

　　　　　　　　　　　　　　万物生

啥都是学会的，没见谁一生下来就会喝酒是不是，一生下来会喝的那叫奶。

众人大笑。

那人说，赶紧跟我学吧，我包教包会。西风说，男女有别，有些事儿是学不会的。那人呵呵一笑，说哪些事学不会你说来我听听。西风绕口令一样说：喝酒学不会。那人说，没听说过吗，眼镜片儿，头发辫儿，红脸蛋儿，不喝不知道，一喝吓一跳。尤其是你们女人说不会喝酒，那纯属说瞎话，宰相肚里能撑船，女人肚里能装人，地球人都知道的事儿，装点酒算啥啊，还说不能喝？喝！

西风站在那里有点慌乱，看看副处，又看了一眼招呼她喝茶的那个人，然而这俩人和周围的人一样，都是满面红光，饶有兴趣地看着她和那人演对手戏，像看耍猴一样。这让西风心里叫苦不迭，知道自己掉进老狼窝里了，不被人算计是不可能的，不喝很难堪，喝了同样会很难堪，除非这会儿她把脸一抹，眼珠子一瞪，撕破脸皮跟他们说，老娘认识你们是谁啊，谁跟你们喝！然后把杯子一摔，拂袖而去，留下一群老狼大眼瞪小眼，岂不快哉？

西风信马由缰，胡思乱想。旁边这只老狼还在一个劲儿苦口婆心：给美女敬酒美女不喝，你说我这脸往哪儿搁？

西风接过酒杯，看了他一眼，把心一横，说声好好好，我喝就是了，承蒙领导看得起，别说是让我喝酒，就是毒药我也照喝不误。说完英勇就义一样把酒杯往嘴边一推，咕咚

万物生　　　　　　　　　　　　　　　　　113

一声，一杯酒就灌下肚了。

有人鼓掌，有人大笑。

西风以为这一回合就结束了，正准备道声谢赶紧坐下去喝口水，嗓子眼里正冒着火，没想到那人忽然说，这是毒药吗，请问？西风笑。那人又说，你笑就说明这不是毒药对吧，我哪能舍得让美女喝毒药，有毒药我自己留着喝，你说对吧？

西风继续装笑，但笑容有些僵硬。

那人说，这样吧，既然不是毒药，那就再喝一杯。我俩碰一个，这叫好事成双。

西风越发不敢说话了，端起酒杯就去碰，只听叮的一声，玻璃亲密地碰撞结束，她端起杯子还像刚才那样一扬脖子灌下去。后来还有两个人过来跟她喝酒，说不能厚此薄彼，跟熊处喝了不跟他们喝。原来那人姓熊，真是个熊玩意儿。西风猜这几个家伙都是副处的同僚，职位相当，才故意拿她穷开心的。推托不过西风又喝了几杯，这次虽然是分几次喝下去的，但还是感觉有些上头，脸颊发烫。中间有一会儿她和副处的视线碰到一起，他抬起下巴，意思问她咋样。西风伸出食指摆了两下。他掏出手机亮给她看，然后发短信给她：给他们敬个酒，自己想办法少喝。

西风心里说，放屁。能少喝谁还喝？摆明了是想让我喝醉。但是她还是顺从地站起来，走到了主宾位。心里说这世间没有白吃的食儿，算是不欠他的。

　　…………

　　　　　　　　万物生

西风醉得一塌糊涂。她应该是有些酒量的，以前跟着长安出去应酬，有时候还替他喝几杯，脸不红心不跳跟没事人一样，但这一群男人，是狼，她不喝醉绝无可能。直到西风喝得天旋地转，趴在酒桌上。恍惚中她记得有两个丫鬟打扮的服务员一左一右把她搀扶到车里，然后小轿车一路摇摇晃晃开到她家楼下。年轻司机把她从车里拖出来，摇晃她的肩膀问住几楼，她口齿不清地说，六楼。

他送她上楼。她蛇一样缠在他身上，搂着人家的腰叫长东。到了六楼，司机问住哪边，西风笑起来，说你还跟我开玩笑啊，哪边都不知道。你掏钥匙开一下，哪边能开开就哪边。

长东开门出来，看着醉醺醺的西风，跟司机道了谢，把她扶进小卧室。西风看见床便一头栽过去，顿时天旋地转，人好像飘起来了一样。眼前的长东看上去忽远忽近。他帮她脱掉鞋子和袜子，拽她起来脱身上外套的时候，她好像怕摔着了似的抱紧他的脖子，身子贴在他的胸前。好像还笑着跟他说啥了，她记得不是很清楚。感觉像在做梦。昏昏沉沉睡了一觉，胃里一阵翻腾，她醒过来。意识渐渐恢复，开灯，去卫生间呕吐。哭天抹泪狂吐一阵，感觉把胃都要吐出来了。洗漱的时候，见镜子里的人满脸通红，五官都有些变形，忍不住叹了口气。拉开门，忽见长东站在门口，着实吓了一跳。两人都站在那里看着对方不说话。西风摇摇晃晃走回小屋。坐在床上愣怔片刻，关灯，接着倒头便睡。

这一夜睡得非常纠结。酒精的缘故，睡得一点都不踏实，醒来睡着，再醒来睡着，断断续续。她感觉自己像膨胀了一样，肉身沉重，每走一步都十分吃力，累得精疲力竭。太阳明晃晃地在头顶上晒着，她热得不行，口干舌燥，嚷嚷着要渴死了，让长安去给她买水喝。然后就梦见和长安走在一起，在人群里挤来挤去，她紧紧地跟在他身后，印象中走了很长时间最后走进一家医院，穿白大褂的医生带他们走进一间屋子，桌子上架子上到处都摆着瓶瓶罐罐，看样子像是一间实验室。医生拿出其中的一只玻璃瓶指给他们看，说那是他们的受精卵，一会儿要放进西风的身体里面去。西风透过玻璃看过去，瓶子里确实有一串像葡萄样大小的东西，浅黄色的，圆滚滚，每一颗上面都有鼻子有眼，都望着她笑。

西风顿时惊醒过来。睁开眼，看了一下手机，差五分钟八点，去上班显然来不及了。她给主任打电话谎称自己生病了，要请一天假。打完电话她又躺了一会儿，回想梦里的情景，觉得十分怪异，她居然梦见了长安。梦里的长安不是生病时候的样子，人看上去挺精神，满脸微笑。最让西风难以忍受的是梦见他们去医院看胚胎，瓶子里那一串葡萄一样的东西，有鼻子有眼。

——西风四十岁那年，他们确实去过省城的生殖中心。西风的熟人诞下双胞胎试管婴儿后，西风就开始打这个主意，她让长安跟她去生殖中心试一试。因为问题出在长安身上，但长安对这事一点都不热心，觉得根本就没有希望。因为每次从医院回来，他都要经受好长的心情抑郁期。三十岁以前，西风对生孩子的事情满不在乎，说生不了正好，免得她受罪。她害怕生孩子，看身边的女人生孩子，做人流，吓个半死，自己少了这些麻烦，不用带环吃避孕药做人流多好啊。可是长安想要孩子，想生个孩子，他总觉得生不出孩子很丢人。父母见了问，亲戚朋友问，都以为他们潇洒，赶时髦当丁克，经常找上门来给他们做工作，说养孩子多好多有趣，让他们抓紧时间赶紧生一个。每当这时候西风就自告奋勇承揽责任，说是自己想晚一点生孩子，想多玩几年，不想被孩子拴住。她说得越无所谓，长安心里就越有所谓。

　　他不跟她商量，私下里找医生看病吃药，一年又一年，心里慢慢生出了绝望。他曾经跟西风说，过了四十岁还生不出孩子，就去领养一个回来。结果西风坚决反对，西风的意思是没有就算了，她不喜欢孩子，也不想养别人家的孩子。这样一来，长安也无话可说，病根在自己身上，说话本来就气短。对西风的话虽然半信半疑，但也没有办法。

　　等年龄稍大，西风忽然对生孩子的事热络起来，说他们也能借助现代科技生出属于自己的后代，能赶一回时髦，非让长安跟她去试一下不可。她说自己四十岁了，再不试就没机会了，试了不行也不后悔，命该如此。做完检查，结果还是跟以前一样，长安偷吃了那么多药都白搭，精子还是量少畸形。但接待他们的赵博士说可以用单精注入的方法提高卵子受孕的机会。抱着这个希望他们往省城跑了三趟。做检查，定方案，第二次去省城住了一个多月，西风每天都去医院打果纳芬，肚皮都打肿了。十天左右，卵子长大成熟，一次取了六个成熟卵。赵博士说西风的卵子质量很好，如果六个卵都受孕的话机会就很大，说不定能生下多胞胎。因为长安的精子量再少，在浩浩荡荡的精子大军中找出六个精锐小分队还是不成问题的。两人听了这话都特别兴奋，从医院回来，晚上在旅馆里忍不住又做了一次。长安说，说不定西风身体里还存了一个卵，刚刚长大，碰巧就碰上了。

三天后他们去做移植胚胎，赵博士告诉他们，受孕的三个胚胎都给放进西风的子宫里了，运气好的话他们会生个三胞胎，差一点的话生个双胞胎，生一个是肯定没问题。他们差点都要欢呼起来了，要不是医生交代西风必须卧床休息，不能用力，她都要跳着走了。长安当着医生的面亲了亲西风的脸颊，把她搂着送进休息室。她的麻药劲还没过去，浑身软得跟面条似的。长安守着她，两眼含泪，他比她要高兴一百倍，他做梦都想要个孩子。

胚胎移植回西风体内后，连续又打了一个多月的黄体酮，照 B 超的时候，医生告诉他们有一个胚胎发育了。西风不信，让医生再看看。她说怎么只有一个啊，两个多好。但是长安已经知足了。他请假在家照顾西风，不许她起床，什么活也不让她干，说她是国宝。他跟西风说，以后他再也不跟她吵架了，再吵架他就不是人。他说她为了他吃了那么多的苦，受了那么多的罪，不管以后有没有孩子他都会疼她，爱她。唉，真是乌鸦嘴，不幸的事又让他说中。胚胎两个月的时候停止发育，西风去医院做了终止妊娠手术，这一打击是致命的，长安也因此一蹶不振。

6

西风起床，发现长东在厨房里忙乎。等她洗漱完毕，早餐已经摆上桌了。绿豆粥，一碟凉拌黄瓜，几片黄灿灿的油煎馒头。西风忽然觉得自己饿坏了，伸手捏了一片馒头就喂到嘴里。

吃完早饭，长东上班走了，西风重新回到床上躺下，感觉还是头重脚轻，胃里不舒服，心里也生气。昨晚的事，副处做得太过分了，她以为就他们俩，没想到那么一群人，他事先不说也就罢了，去了还装得一本正经，故意让她出丑卖乖。什么意思呢？真是不可理喻。西风的心里像爬进了无数只毛毛虫，一时间又疼又痒。

正想着，短信就过来了，真是心有灵犀啊。副处假惺惺地问她：还好吧，上班没有？

西风瞬间就愤怒了，恶狠狠地骂了一句，好你妈个蛋！她把手机一扔，决定不理他了。一个破处有什么了不起。

躺了一会儿，睡不着，她干脆爬起来出去买菜。好好做顿午饭，不然说不过去。昨晚醉成那样了，也不知道长东咋想，显然他也不好意思问她。她躺倒就睡，外套和袜子还是他帮忙脱掉的，她记得脱外套的时候，他抱她起来，他们好像搂在一起，好像……她想不起来了。不过，裙子没有脱，她穿着裙子睡了一夜，好好的一条亚麻长裙，被她踩蹒得不像样子，早晨起来才把裙子换下来。还有，她记得半夜起来去上卫生间，他穿戴整齐站在门口看着她，肯定是听见她在里面惊天动地，不放心才在门口等她。

西风买了猪排、莲菜、山药和樱桃萝卜，准备炖一锅排骨汤。平时都是随便炒两个菜，太简单了。到家她就把排骨清洗干净，加了食材大料和枸杞一起放进砂锅里煲了。不一会儿，满屋里都是溢出来的肉香味。

长东回家也拎了一兜东西，有西红柿有黄瓜有鸡蛋，有水果，其中还有一串紫葡萄。

买这么多东西！西风说。看见葡萄顿时联想起梦里葡萄一样的胚胎，心里一阵翻腾。

长东说，我以为你想喝点酸汤，就专门买了西红柿。

呵呵，我以为你想吃点排骨，所以就炖了排骨汤。西风说。

那就再拍个黄瓜吧，长东说着就往厨房里走。

西风拦住他说，男人不能老进厨房，不然娶不到媳妇。

他们笑着看对方，感觉却不一样了。一场醉酒，滋生出一种叫作温情的东西在他们中间蔓延，拉近了彼此之间的距离。以前他们虽然生活在一个屋檐下，但不是朋友，不是亲戚，不是房东和租客，本来是小叔子，但因为失去了哥哥，小叔子也就名不副实，两人的关系成了四不像关系。有提防，有担心，有不满，有割舍不断的牵连。现在呢，以前那些好像都不存在了，是他们想错了，误会了对方。重新在心里调整了坐标发现她或者他都不是他们原来想的那样，她和他其实都很好。

从这一天开始长东坐在客厅里看电视，西风也过来看，两人一起喝茶、聊天。像新近才认识的老朋友似的，有时聊天会聊到半夜，然后互道晚安，各自回屋休息。西风出去应酬，给他发短信说一声。他也一样，跟同事吃饭了，单位有活动了，都会跟她汇报。最近的一个周末，因为下雨，长东没有回家，主要还是他不想回去。他请她去影院看了一场电影，余下的时间两人一起买菜做饭，喝茶聊天。

有一次西风回家，见凉台晾的衣服他帮忙收回来了，叠得整整齐齐放在她的床上。不由想起以前，他捏着衣架连衣服一起拎回来堆在沙发上的情景，恍然醒悟——原来他会叠衣服，只是不想摸她的东西而已。衣服是人皮，也难怪。想想也觉得好笑。

转眼到了十月份，这是一年当中最好的季节，不冷不热，阳光透明干爽，令人十分惬意。医院里病人也不多，谁有理由在这么好的天气里生病呢。

副处还像个鼻涕虫一样，时不时给西风打电话。有时西风接了，有时不接。接了无非是不咸不淡地说两句，问她在做什么，上班没有，忙不忙。对于那晚醉酒的事他是这样解释的：都是他的朋友熟人，他请客，他们答应去吃饭的条件是他必须带上女朋友。副处说我要敢给你玩小动作暗示什么的，结果会比这还惨。西风想，能惨到哪里去？大不了你也喝醉。这充分说明了什么？这家伙不够意思，不够爷们，太卑鄙阴险了，让女人当炮灰，太不是个东西。西风怀疑他可能还有别的女朋友，恐怕还不止一两个。后来他再请她吃饭西风就断然拒绝，说不敢去了，鸿门宴啊，小命要紧。有时候电话里西风明明答应了，临时短信放他鸽子。这年头谁稀罕吃你的饭，去是赏脸，是你面子大。西风不打算给他面子了，他没面子，有面子的人是周医生。再说，西风没有把他清理出去的原因只有一个，就是想看看这人还能玩出什么花样来。她觉得他先退出比她拒绝他要好看一些。

放假前夕，他打电话给西风说，出去玩吧？云南双飞。

西风说，去不了，科里俩小妞结婚，我答应主任要加班。西风没有说谎，她是上了三天班，休了四天假。

七号下午长东从老家回来，西风坐在窗前绣十字绣，因为实在无聊她网购了一幅名为《沉思》的人物画，用来消磨时间。她打算绣好后挂在小卧室的墙上。

长东进门，她就发现他气色不对，脸色发黑。问他怎么了，他说没怎么就是太累。问吃饭没有，说不想吃，想睡一会儿。他进卧室就把门关上睡去了。西风煮了粥，去敲门不见答应。推门进去，发现他在床上昏睡，额头摸上去烫手，量了体温，三十九度二。她给他打了退烧针，绞了冷毛巾敷在额头上。温度降下来以后，西风端了粥喂他吃了半碗。夜里去看他，体温仍在三十八度以上，又给他吃了一片对乙酰氨基酚。半个小时后，他大汗淋漓，西风凉毛巾换成热毛巾，帮他擦了汗，又替他换了条干净床单。西风说，你待遇不低啊，专职高护，别忘了发加班工资。把他弄利索了，西风要去睡觉，他忽然拉住她的手。别走，他说。

西风犹豫了一会儿，去关了灯，然后在他旁边躺下。

但她无法入睡。长东却偎在她身旁很快就睡着了，似乎很累很累，在梦里发出轻微的鼾声。她伸手摸他的额头，一点都不热了。但她还是睡不着，脑子里有一些亮闪闪的东西在不断地跳跃、翻滚着。

天快亮的时候，她忽然睡过去了。长东起床去卫生间冲澡都没有把她吵醒。他冲完澡过来，就躺在旁边看着她。

她睡着了的样子像个小女孩似的，偶尔还咬咬嘴唇，一忽儿不知梦见什么了，眼皮颤动着好像在笑。看她纠结的样子，长东忍不住把嘴巴凑过去轻轻亲了她一下。她还是没有醒，他又亲了一下。

这次她醒过来了，睁开眼睛用茫然的目光看着他。

他伸手把她搂进怀里，紧紧地抱住，吻她。西风仿佛重新坠入了梦境，被一些簇新的感觉包裹着，身子发烫，动弹不得。

他抚摸她的身体，温柔地去亲吻她的嘴唇，脖子，吮吸她已经不十分饱满的乳房……

她抓紧他的肩膀，双腿紧紧缠在他的腰上，感觉自己像被吊在了悬崖峭壁上，然后拱起身子拼命往上攀，用尽了全身的力气。

有一会儿，西风感觉自己被抛到高空中，身体好像被炸开了似的，奇异的快感让她浑身颤抖，像井喷一样持续了好长一段时间，接着她开始往下坠落。在坠落的过程中她用力裹紧了他。

平静下来，他亲了亲她，翻身下来，躺在她身边。

她心里十分诧异——长安永远都是草草了事，她还没开始他就已经结束。他却一直照顾着她，极力迎合她。她从来不知道做这事是这样子的。原来是这样子的。

怎么会这样？等风平浪静之后，她不好意思地说。

这样不是挺好的吗？他笑吟吟地看着她，心满意足。

到了班上，她还是一副魂不守舍的样子，身心都还没有从高强度的刺激中恢复过来。上班第一件事是跟着主任去查房。她是副主任护师，每次查房都少不了要跟着，她走在人群后面，心不在焉，像个木偶一样一句话都不说。她在想他。她为啥没有拒绝他呢？她不仅没有拒绝，甚至还怂恿了他。事实上她并不是一个胃口很好的人，甚至有些冷淡。跟长安二十多年她从来都没有主动过，可是换了长东，她的感觉就不一样了，好像第一次做这种事情，表现出不合时宜的疯狂。她自己都不知道这是怎么回事了。难道在心底里，她把他当成了另一个长安——对他隐含了某种期待？

他会怎样看待她呢？她在床上的表现，他会不会笑话她？他真的是令人称奇。他和长安可是亲兄弟，差别怎么就那么大。长安是老实到死，这个家伙，女人却一堆，风流成性。前妻，前妻之前的女友，前妻之后的小三，还有那个胸脯鼓鼓的高个子女同事，还有西风不知道的那些艳遇情史。他和她，这算怎么回事呢？是爱还是性？

不到九点钟，西风已经把这些问题在脑子里想了一百遍了，从情欲高涨、面红耳赤到怀疑恍惚，心里如过山车一般。她确实给自己出了道难题。

过了十点半，她就开始盼着下班。想知道两人再见面是什么状况——是不好意思，还是假装什么事都没发生过？

正胡思乱想着，就听见走廊里有人喊她名字，说有人找她。她拿不准是谁找她，跑出去一看，见长庆两口子领着老头老太太等在楼道里。她顿时睁大了眼睛，不相信似的看着他们。这些人早不来晚不来，偏偏赶在这时候来。西风的脸忽地就红到了耳根。

咱妈又病了，过来瞧瞧。长庆媳妇说。

咋不好？西风的目光在老太太脸上停留了片刻。她三个儿子跟她长得都很像。

头晕，走不动路，腿还肿……长庆媳妇叽里呱啦说了一大堆。

西风打断她，转身去值班室拿了医疗卡。这张卡好像就是专门为他们家人准备的，长安在的时候两张卡都不够用，还得用现金支付。这不，上面刚刚有了点钱，他们就来了。

挂号，看医生，检查缴费，西风领着他们在医院里转圈子。快下班的时候，长东过来了。

西风没想到他们会这样见面，心里顿时乱套了。他是怎么知道他们要来的？不会是刚刚知道的吧？西风把手上的B超单递给长东，让他带他们去做检查，说自己要去科室看一下，然后就走开了。

　　西风回到科室，主任叫她去他办公室。西风去了，主任指了指椅子让她坐。

　　西风说，我刚有事出去了一下。

　　主任说，我知道，他们又来找你看病。你老公兄弟几个？

　　西风说，三个。

　　主任说，那怎么还找你，是不是你们当时遗产没有分割清楚？

　　西风说，当时抚恤金、丧葬费和养老金退回来的钱不到七万块，我添了三万，给了他们十万。家里存折也给他们看了，没剩下多少了。他们家经常来要钱，我们根本就存不住钱。

　　主任说，你给了他们十万块，当时他们没说啥吗？

　　西风说，说啥？你指哪方面？

　　主任说，没说房子的事？他们会不会觉得房子也有他们的份呢？然后就不停地来找你的麻烦。

　　这一点西风还真没想到。房子是单位分的福利房，写着他们两人的名字。去年年底他们这个小区新开盘的房价是三千每平方米，按这个价格算她家房子八十平方米，值二十四万。现在房价涨到四千就是三十二万。按遗产继承法，这套房的一半要三个人分，她把家里的钱都拿出来给他们也不够，假如他们家人那样想的话。

从主任办公室出来，西风的心头就压上了块石头，沉甸甸的。

7

他们一前一后到家，午饭西风打算还像以前那样让长东领他们出去吃就是了。

长庆媳妇春节过后就没来过她家，上次找她去的是医院。她进门见屋里大变样了，顿时好奇心大增，这间屋子看看，那间屋子转转，连厨房厕所都不放过，挨个看了一遍，然后就扬着她惯有的大嗓门，在客厅里嚷嚷开了，哇，弄得跟新房似的！

听得西风心里一跳一跳的。

唉，这房住着多舒服啊，亮亮堂堂，干干净净，看咱们住的，跟猪窝似的。她不停嘴地唠叨。

当她知道长东住在这儿的时候，就指着长东说，我就说嘛，他婶子不让小东来住，是你把地儿给占了呀！

长东说，这哪儿跟哪儿啊，我调过来没地方住，暂时先住一阵子，等学校有房了……

西风忽地站起身，冷着脸说，我的房子我想让谁住谁住。说完她一扭身就进了小卧室。

客厅里的那几个大眼瞪小眼，长庆媳妇小声嘀咕了一句，西风没有听清她说的是啥。

长东起身打圆场说，我们出去吃饭吧！吃完饭大哥大嫂你们去看小东，我陪爸妈去医院，办完事我给你们打电话。然后就领着他们往外走。长东走到最后，他在小卧室门口停了一下，见西风背对着他坐在床上，想叫她一起去，知道她不会去，话到嘴边又咽回去了。干脆啥话也不说，跟着往外走。

下午去医院相对要简单一些，西风拿了报告单领他们去看医生。还是像以前那样，不同的是身边跟的那个人由长东代替了长安。

医生都是熟人，该问的问，该说的说，说完了再开几样药，嘱咐病人拿回去吃。

长东先走一步，拿了西风的医疗卡去楼下缴费拿药。西风走在后面跟医生道谢。医生悄悄捏了捏西风的手，小声说，他们怎么又来了？西风一脸苦笑。医生又说，知道你不容易，给他们开点药打发走算了，糖尿病哪儿治得好，换个人就要让住院了。

长东送走他父母哥嫂回到家天已经黑了。西风在小屋里躺着，没有开灯。她曾经在心里谋划了无数种跟长东见面的情景，唯独没想到的是把他们一家人都见了。难道说前公公前婆婆前大伯子前妯娌要继续连任？她在心里冷笑。

嫁给长安本身就是个错误，不然她也当不了寡妇。现在长东仗着年轻勾引她，好像算准了她会上钩，故意让她难堪，出她的丑。这家人就是毒瘤，以前是，现在还是。

万物生

看见长东，她忽然很想大哭一场。

长东说，你吃饭没有？

西风不说话。

长东在床边坐下说，我把他们送走了。

西风还是不说话。

过了一会儿，长东俯下身来抱她，西风把他推开了。长东又抱，西风还是推他。这次长东事先有准备了，紧紧地抱住她，吻她的唇。并三下两下把自己脱光，然后贴着她的身子躺下。西风一时没有了主意，就由着他来折腾，感觉自己的身体彻底沦陷了，当了叛徒。整个过程让她焦虑而愤怒。身体的争夺战持续了一夜，天亮的时候他们又做一次。西风说，把后半辈子的都做完了。

然后他们坐下来吃早餐。咖啡，煎蛋，面包切片。

饭后时间尚早。西风忽然说，你们家人是不是觉得这套房子也有他们的份儿？

长东吃惊地看着她，问为什么这么说？

给了他们十万块钱，是不是嫌少？

长东说，我不明白你的意思。

西风说，你不会装糊涂吧。你老实告诉我，他们来看病你是不是早就知道？

长东说，我妈身体不好你是知道的，三天两头看医生。我在家的时候已经领她去镇上看过病了，我哪知道他们要来？

你不知道，那就是老大两口子的意思。如果他们觉得这套房子有他们的份儿，想打房子的主意，你告诉他们，让他们找个律师来，我们把账都算清楚，免得三天两头来折磨人。我现在已经成寡妇了，折腾不起。

长东张大嘴巴看着她，脸慢慢地红到耳根上。你怎么这么说呢，他们找你，是没有把你当外人。要是当外人，就不来找你了。我哥不在了，我们还是一家人，谁也不会把你当外人。大嫂说话就那样，你是不是误会了？

误会？你说得多好听！你们没有把我当外人，那你们把我当傻子吗？西风咄咄逼人地看着他。

长东一张脸由红变青，脸上已经有了愠色。他强忍着不快说，你嫌他们来找你，以后不让他们来找就是了。你说我们一家人都在打你的主意，打你房子的主意，我不知道这话从何说起？你要讨厌我住在你这里，我就搬出去住，你别把话说那么难听。以后我保证不让他们再来打搅你，我们家人虽然穷，但也没穷到要打你主意的份儿上。我哥临走前跟我说过，说他对不起你，没有给你留下子女，他说只要你没结婚，就永远是我们家的人，让我多照顾你。看来是我想错了，是我们家人给你添了麻烦。

那你哥说没说让弟弟娶嫂嫂？西风那会儿已经管不了那么多了，当寡妇的不幸，心中压抑的委屈，以及跟长东不明不白的性事，都让她陷入困境。于是她不管不顾地说，你是怎么照顾我的呢？床上照顾我是吗？

她连这种话都说出来了。长东瞪着她，他显然没想到她

　　　　　　　　　　　　　　　万物生

会说出这番话来，顿时脸都气青了。

西风还在不依不饶地说，去问问你家人，想要房子明说，我可以搬出去住，不用你们撵，你们只需要把属于我的那份儿给我就行了。

长东气得浑身打战，站起来门一甩就出去了。但是接下来发生的事情连西风自己都没有想到。她家的房产证以前是长安收起来的，她从来就没有打开看过。长东走了之后她就从大立柜的抽屉里把房产证找出来看，发现里面夹了一张 A4打印纸。她把打印纸展开，见上面写着：属于我名下的房屋所有权将归西风所有，特立字据。后面是长安的签名，日期是去年三月八日。长安还在自己的名字上面郑重其事地摁了一个鲜红色的指纹，下方加盖了大鹏律师事务所的公章，有一个名叫刘力伟的律师也在上面签了名。

原来长安立了遗嘱，只是她不知道而已。西风拿着房产证怔了半天，看来真的是自己想多了。不过，如此说来，长安比她想得更多。奇怪的是他为什么不告诉她？

早知道这样她就不会跟长东吵架了。晚上长东也没回来，西风大睁着眼睛在床上躺了一夜，也没听见开门锁的声音。第二天一天又过去了，接下来的一天眼看也消失了。长东像沉在水底的石头，连个气泡都不冒。可见男人才是世间最无情的动物，放下身段做爱，提起裤子走人，半点情分都没有。这让西风有种被轻视、被侮辱了的感觉，心情特别糟糕。

最初几天，西风下班回家，在开门的时候，还时不时会想，长东会不会在家？他回来了她怎么办？时间久了，知道他不会回来了，却想，要不要把门锁换了？干脆来个彻底的，再也不想这事了。但是门锁最终没有换成，因为接下来那段时间实在太忙，进入冬季以后，寒冷，雾霾，病人都跟赶集似的往医院跑，西风忙得四脚朝天，哪还有精力顾及其他。忙是治疗一切情伤的特效良药，缓解了她心中堆积如山的绝望和对长东滋生来的恨意。

其实她只需要打电话或者发个短信，或者步行十几分钟去他上班的小学，假装偶遇就能找到他，但是她知道那样做一点意义都没有，只会给自己徒增不必要的麻烦。她的自尊心也不允许她那样做。他没打算娶她，她也没打算要嫁他。因为一场性事，重走回头路，她知道可能性不大。倒是长东的到来，开发了她沉寂压抑已久的欲念，她不知道为此应该高兴还是应该感到羞耻。

接下来的一个周末，她接到副处的电话。副处生病了，他在电话里可怜巴巴地问她，能不能去他家里一趟。我快不行了，他说。

问清地址和他生病的症状，西风准备了点药就骑车去他家了。

果然不出她的意料，感冒只是个幌子，偶尔咳嗽两声，远没有他说的快不行了那么严重。快不行了？西风心里好笑，但表面上不露声色。她按医生对待病人那样做了一些常规交代和用药指南，接下来就是坐下来喝茶聊天，半个小时后，他终于按捺不住假装起身给她斟茶，从一侧沙发移过来坐到了西风的身旁，并温情地把她的一只手攥在掌心里，轻轻地抚摸着。西风虽然没有感觉，但也没有拒绝。她怂恿了他接下来的一连串的动作，把她抱进怀里，亲吻她的面颊，手伸进她的衣服里。但关键时候，她还是推开了他。

如果在长东之前，他步子迈得大一些，速度快一些，西风或许还能跟他把温暾水一样的性事进行下去，说不定还会嫁给他。但是现在不行了，西风的胃口被长东吊得老高，心里有了标杆，副处软硬件哪方面都很难达标，吸引不了西风为他献身，连试一试的可能性都彻底消失了。

西风以自己正在特殊时期为由婉拒了他，但是看副处一脸受挫的表情，知道他不信。不过好的一点是，他没有进一步去查证西风是不是说谎，彼此都不难堪。

从他家出来，西风就知道跟他到此结束，不会再有以后了。

（原载《文学港》2016年第12期）

寂静之音

1

时间是海棠家定的，10月2日农历八月二十。他们说找人算过了，这一天是好日子。

海棠母亲说，你们的事要能定下来，就这一天办，你们看咋样？

那时候惠秋跟海棠认识才三个月，听海棠母亲这样说，心里就有些忐忑，好像是猛地被人从背后往前推了一掌，有些站立不稳。但又不好意思说别着急，容我再考虑考虑——那样说也可以，但明显不知好歹。这本该是惠秋办的事，现在打了个颠倒成了海棠家的事。

老宋之前问过惠秋，跟海棠谈得咋样。老宋是惠秋的上司，也是媒人。惠秋含含糊糊地说还不错吧，挺好。老宋说既然这样那就再加把劲，年龄都不小了，年底前争取把事儿办了。惠秋以为这是老宋的意思，哪知她家就这意思。

万物生

海棠用胳膊肘搡了她母亲一把，撒着娇说：急啥急，不关你的事。

海棠母亲说，啥叫不关我的事？你们俩年龄都不小了，你们同学早都结婚了，惠秋那边也没个人商量，我不操心谁操心？我命苦有什么办法？

明摆着，这家人对惠秋很满意。惠秋对他们的感觉也不错，可提起结婚心里就发怵。但惠秋还是知趣地说了句，阿姨这事你定吧，我不懂。说完才发觉说了跟没说一样。是害羞呢，还是推托呢——就看他们怎么想了。他其实应该说，赶紧吧，我早盼着这一天呢。

假如他真这样说了，还不知道这家人咋想。这话还真不好回答。

接下来就是商量订哪家酒店举行婚礼。到这会儿惠秋才明白过来，他们家提前定日子是有道理的。镇上人办婚礼，至少要提前半年预定酒店，不然到跟前根本排不上队。听说有人提前两年就给酒店交了定金。这办法其实也行得通，不管你跟谁结婚，婚礼总是要举行的，多久定酒店都没错。

海棠母亲的意思是定在广源大酒店。化工集团中层以上领导家办喜事基本上都在广源。体面是一方面，另一方面是海棠父亲在酒店里有熟人能享受到打折优惠。但海棠父亲认为阿波罗比广源好，宴会厅大，气派，档次高，设施齐全。广源地方小，到时候还不知道要跟谁家撞上呢。

几家挤一起办婚宴的事司空见惯，但海棠父亲担心的不是宾客们走错地方，送错了礼金，而是害怕自己的处长身份被人比下去，失了面子。

这些本该男方家承办的事情由女方家操办，惠秋就没好意思说话。他一边听，一边走神，遇到某一句话在他心里投出涟漪，就悄悄在心里嘀咕几句。再说，十月份真的还早着呢。

惠秋之前一直待在北京。去年李浩结婚，他回来参加婚礼，受了李浩蛊惑，随后才回到镇上工作。

李浩跟惠秋是发小，从小学到高中都是同班同学。但惠秋父亲不喜欢李浩。他认为儿子会跟李浩学坏。原因是李浩家是卖烟酒的，还因为……惠秋不听他的。在惠秋看来，烟酒不过是成人调料品，没有什么坏不坏的，享用是迟早的事。要按他父亲说的那样，成年人简直都坏透了。李浩父母也可以说，李浩是跟惠秋学坏的，因为惠秋母亲出了车祸，他是单亲家庭，父亲对他不管不顾。李浩是吃了同情心的亏，才跟惠秋搅在一起的。当然了，这都是些歪理邪说，赤裸裸的歧视，没人拿它当回事。他们该怎样还怎样。抽烟喝酒成了习惯，打架斗殴少不了。有人打总要打回去。老师们早就对他们睁一只眼闭一只眼，放任不管。

一个周末，他们还像往常那样，假装补课，躲进公园里抽烟喝酒，吃零食，用弹弓打鸟。傍晚的时候，叼着烟卷在马路上晃荡。他们走到公园北门口，遇见一群低年级学生，合伙欺负一个小个子男生。几个膀大腰圆的家伙把小男生抬起来，拽膀子的拽膀子，扯腿的扯腿，让人呈五马分尸状，然后齐声呐喊"一二三"，合伙让小男生的裆部往树上撞去。这可把他们高兴坏了，立马凑过去跟着瞎起哄。后来那群人闹够了把受伤的小男生一扔，跑了。就他俩没跑，喷着酒气去扒男生的裤子，让警察当场逮住，在派出所的小黑屋关了一夜。第二天警察找学校，学校找家长，他们不仅白挨了顿冤枉打，老师还添油加醋趁机告了他们的状。没过几天，惠秋就转了班，跟李浩彻底分开。这一决定现在看来十分英明，学校和家长联手施压，对他们严加管束，他们不得不有所收敛，心思往功课上用了些。高考的时候，惠秋的英语出乎意料冒了尖，李浩成绩也不错，总分都过了二本线。惠秋去北京读财经大学，李浩则考取了本省的一所师范学院。

但惠秋的运气实在是太差了。大四那年眼看就要毕业了，他父亲突发心梗猝死。惠秋选择留北京，也是没办法的事情。

李浩毕业后就回镇上工作，在企业中学当了一名物理老师。闲暇时间帮父母打理生意。短短的三年时间，购房买车娶妻，人生大事基本上都解决了。

惠秋明显差了一大截。除了胸腔里多积攒了些灰尘雾霾，汽车尾气，要啥没啥，混成了彻头彻尾的赤贫户。

李浩说，赶紧回来吧。再不回来，儿子都耽误了。等我抱孙儿了，你儿子还没生出来呢。

那几天是李浩的蜜月期。李浩没有重色轻友，丢下惠秋不管，而是每天晚上照样跟惠秋推杯换盏，说东道西。北京的房和女人是他们谈论最多的话题。

李浩说，你舍不得回来，是不是北京有勾魂的，勾了你的魂？

惠秋说，哪有啊？我一穷二白，北京的女人看不上我。

李浩说，看不上你，那掏钱买啊，那地方卖啥的都有。李浩总觉得自己这方面见识少，外面的花花世界还没来得及见识呢就结婚了。因此觉得特别遗憾，话题总往这方面拐。

惠秋不否认，说有是有，可咱们这种人享受不了。

李浩就笑话他，说你不会穷到连这个钱都拿不出来吧。没钱吱一声，我给你出钱，你去给咱长点见识。

惠秋说，你是土豪，与其拿钱让我当炮灰，还不如你亲自去上阵。

李浩就笑，既然连这想法都没有了，还留北京干啥？还不赶紧滚回来。李浩的意思是北京房子贵，城市大，人又多，就算你把吃奶的劲儿都使上，四十岁以前挣下的钱充其量只够在北京五环外买一间厕所，娶妻生子基本上是奢谈。还不如趁早回到镇上来，安安逸逸过日子。该有的都会有。

李浩的苦口婆心没有白费。经过一番谋划运作，惠秋在化工集团总部下属的财务中心谋到了一份职位。

回来上班的第二个月，惠秋就认识了海棠。

海棠是八中的音乐老师，李浩的同事，据说钢琴都考到十级了。但她的长相气质跟音乐不太搭界。小圆脸，圆眼睛，圆乎乎的鼻头，圆乎乎的身材，扎着马尾辫，怎么看都像个

万物生

中学生。二十八岁还没嫁出去，长相是一方面，另一方面她家庭条件优越，一般人也高攀不起。所以海棠的婚事就高不成低不就地拖着了，这一拖倒成全了惠秋。

2

惠秋回镇上就住雪姨家里。这套一百三十六平方米的房子，是当年化工集团分配给他父亲和雪姨的福利房。惠秋父亲是高工，雪姨是副主任医师。如今惠秋父亲不在了，房子就留给雪姨一个人住。

雪姨嫁过来那年，惠秋还在读初中。她三十岁，但看上去比惠秋大不了几岁。可能这个缘故吧，在上大学之前，惠秋跟他年轻的后母几乎没怎么说过话。实际上他跟他父亲也无话可说。在外面碰见了，假装没看见，目不斜视就走过去了。他父亲找他说话，他也是爱理不理。后来他跟雪姨说，那些年他特别讨厌他父亲。

雪姨说，你母亲不在了，又不是你父亲的错。他总要好好地活下去才对啊。

那他也不能娶个比自己小那么多的吧！也不嫌丢人！

你希望他娶个老女人回家？

对，那样才像话！我还可以找她出出气。

这不是惠秋的真实想法。他对父亲的讨厌里妒忌的成分可能更多一些吧。

第一次去海棠家，海棠母亲就问，你后娘结婚没有？

后娘？惠秋愣住了。你说我雪姨？

海棠母亲说，她结婚没有？

惠秋说，没有。

海棠母亲问，她为啥不结婚？

惠秋摇摇头，这个他哪能知道。

惠秋把他交女朋友的事跟雪姨说了。雪姨说，需不需要我请海棠吃顿饭，或者去见一下她父母？

惠秋说没必要。

惠秋从一开始就把自己的事跟雪姨的事分得一清二楚。海棠家相不相中他，都与她没关系。相不中就算了，相中了，就把他娶过去。此话虽然不中听，但事实上就是这回事。自己没有了父母，娶个媳妇外带一对父母，不能说不是一件好事。他暗自庆幸以后再也不用跟雪姨住一起，从此可以结束寄人篱下的生活。

3

定下日子，惠秋出入海棠家的次数也渐渐多起来。周末基本上都在她家过。这个家也即将成为他的家，他要尽力去适应新环境，熟悉家庭的每一个成员。

一个周末，海棠父母有事不在家，六号院这套小别墅里，就剩下他们俩。

　　　　　　　　　　　　　万物生

海棠不喜欢看电视，就去餐厅弹钢琴。这架钢琴本来应该搬到三楼海棠的卧室，可是为了照顾听琴人方便，加之钢琴笨重，就把钢琴放在一楼餐厅里了，餐厅移出去跟客厅合在一起。她家客厅三十多平方米，餐厅占去一角，看上去也挺合适。这样一来，有客人来家或者是吃饭前，就能听海棠演奏一曲——他们家人大概就这意思吧。

惠秋跟着海棠走进琴室，临窗而立，听她弹琴。钢琴靠墙摆放着，琴凳位置和窗户成九十度。窗外是一大片香樟树，枝丫都高过屋顶。窗户下面种着月季，正是开花时节，团花簇簇，不仅妖娆而且香气袭人。再远处，是六号院半人高的围墙，上面覆盖着爬山虎和蔷薇。

因为树木遮蔽的缘故，屋子里显得凉幽幽的，透进来的光也是淡绿色的。

海棠穿了素白色条纹长裙，端坐在琴凳上。她深吸气，让腹背收紧，姿势显得挺拔而端庄。从侧面看过去人似乎也苗条了不少。随着激昂的琴声从她指间流淌出来，海棠的十根指头像一支训练有素的作战部队，在黑白琴键上奋力搏击，琴声铿锵有力。小小的琴室也成了航行中破浪的船，正乘风前进。她的身体随着节奏起伏摇摆，面部表情也被乐声滋养得明艳而生动，甚至连身上那条素白色的条纹长裙也华贵时尚了。

惠秋站在她旁边，内心随着音乐节奏变化着，并默默地体味着这种变化。

一曲弹完，海棠转过脸来看他，期待着他的赞许。

惠秋由衷地鼓了鼓掌，夸奖她弹得好。

《德国战车》，听过没有？海棠问他。

没有，惠秋老老实实地说。他对音乐一窍不通，听不出什么门道。只是刚才听海棠弹奏的时候内心有种澎湃的、想流泪的感觉。

海棠说，还听吗？

惠秋说，听，再弹一个。

那就再弹一首德国战车乐队的 *Eifersucht*。这两首曲子都是我最喜欢的，只有我一个人的时候我才弹。

什么叫一个人的时候才弹？这不是还有他吗，难道他俩是一个人？

后来惠秋才知道德国战车和德国战车乐队不是一回事，不过对他来说知不知道这些都无所谓。海棠的目的也不是要给他上音乐课，而是想在他面前表现她的魅力，她的与众不同，以此来俘获他的心。结果早就摆在那里，过程还需努力。所以音乐在某些时候就充当了道具，用来打前奏罢了。就像酒。音乐比酒厉害，在软化人的情绪方面堪称无坚不摧。

两支曲子弹完，海棠转过身来解释说，这两首曲子，第一首叫《德国战车》，是德国19世纪作曲家卡尔·奥尔夫的著名史诗音乐剧《布兰诗歌》中的开场大合唱，是希特勒的最爱。后一首是德国战车乐队的成名曲，翻译过来叫作"嫉妒"。杀了我，吃光我，我更诚实；咬掉我的舌头，我更富有；夺走我的所有，我更勇敢。听听这歌词，疯狂吧。

我也嫉妒，惠秋说着就把海棠拉起来拥进自己的怀里：我嫉妒你弹得这么好。我要吃光你，咬掉你的舌头，夺走你的所有——

这难道不正是她所期待的吗？他吻她的眼睛，然后是嘴巴。

他们紧紧地拥抱在一起。

去楼上，海棠扭动着胖乎乎的身子说，你抱我上去。

惠秋说，就这里吧。心想这怎么能抱得上去，除非他是大力水手。

惠秋坐在琴凳上，把海棠拉进怀里，掀起她的裙子。开始海棠抗拒着，不肯就范。但惠秋不依不饶用手去纠缠，过了一会儿她便像水蛭那样乖乖地吸附在他的身上。这是两人认识以来第一次做这种事，但很快都明白，彼此都不是第一次。意识到这一点，也不是什么坏事，两人反倒是放开了。从开始的小心翼翼，到后来的歇斯底里，轮番上阵。海棠换了姿势，扶了琴凳，像成熟妇人那样翘起白白肥肥的屁股。惠秋从后面抱紧了她，感觉自己骑着一匹发飙的野马，正在奋力向前。那感觉怎么说呢，好像一不留神就要摔下来跌进深渊似的。所以他全神贯注，丝毫不敢马虎，拼命向前追赶，一口气跑到终点。

海棠脸上的潮红渐渐退去。整理好衣衫，她打了他一掌，嗔怪他，怎么能在琴室里做这个。

琴室里怎么就不能做这个了？他疲倦地看着她。

当然不能。说着，她搂着他的脖子亲了一口，坐在他腿上，以后不许在这里。她继续强调这个事。

你用德国战车勾引我，我哪能不上车？惠秋用狎昵的表情看着她说。

我勾引你？她拧他的脸，手探下去在他裆里捏了一把。那里已经软绵绵的，棉花似的。她咯咯地笑起来。

惠秋在她嘴巴上啄了一下，把她推开。起身，牵起她的手去客厅沙发上坐了。

果盘里盛着洗干净的樱桃，惠秋胡乱抓了一把，喂了几粒给海棠吃，剩下的全塞进自己嘴里：赶紧吃点东西，一会儿还得上车。

海棠听他这样说，笑嘻嘻地把嘴巴凑过来，把嘴里的樱桃吐到惠秋嘴里说，给你多吃点。

惠秋吐掉嘴里的核，说光吃这个不行，还要吃这个。说着他把她推倒在沙发上，把裙子掀起来，用嘴巴去叼她的乳头。

海棠用手推他，扭动着身子：你疯了，当心他们回来看见。

她丢下他去了厨房，冲了两杯摩卡过来。喝一杯吧，我饿了。

中午她父母打电话来，说不回来吃饭，海棠就开着她新买不久的白色迷你库帕，带惠秋去外面吃了牛杂面。在镇上兜了一圈，顺道买了一个刚上市的西瓜。

天气开始热起来，正午强烈的紫外线令人昏昏欲睡。惠秋试探性地说了句，要不我回家去吧，你也回去好好睡一觉。惠秋自己累了，浑身一点力气都没有。

　　海棠说，回去吃西瓜啊。

　　回到六号院，海棠切了西瓜，一人吃了一块。刚上市的西瓜吃起来不是很甜，有点肉。吃完西瓜，惠秋跟着海棠去了三楼。

　　到楼上惠秋就不管那么多了，直愣愣地往床上一躺，嘴里说，你爸妈看见我睡你屋里不知道会不会生气？话是这么说，但头一挨到枕头，就呼呼睡过去了。

　　一觉睡醒，惠秋睁开眼猛然看见一张女人的脸，顿时吓了一跳。海棠把脸趴到他眼跟前，用嘴对着他的眼皮吹气。

　　真能睡啊，你。

　　你的战车把我累坏了啊，惠秋龇牙咧嘴地说。

　　海棠在他胸脯上拍了一掌，还说！你跟饿狼似的。

　　惠秋说，那你这只肥羊还不赶紧来喂饿狼。

　　海棠在惠秋脸颊上拍了一掌，警告他说，以后不许说肥。

　　那说什么？胖？

　　海棠不说话，抱住他就开始亲。这正中惠秋下怀。他们把做过的事重新复习一遍。不过这次活做得明显细致多了，不急不慌慢慢吞吞，像蛇。

　　躺下来休息的时候，海棠说，哎，你以前谈过几个？

　　惠秋说，就你一个。

海棠拧他的鼻子，谁信你的鬼话啊。没谈过，你咋可能啥都知道。

惠秋不服气，争犟道：人生下来都会吃饭，你不也一样？这还需要教？

海棠用脚在他屁股上踹，生下来就会吃的是奶。

惠秋呵呵笑，那我再吃一口。

过后惠秋想，等下次她再问我谈过几个，我也问她谈过几个。

4

惠秋回家都很晚。虽然还在一个屋子里住着，但雪姨很少碰见他。这天下班回来见他在客厅里看电视，就惊奇地说，你怎么在家？说完又说，你的事定下来了吧？

定下的日子，因为觉得时间尚早，惠秋就没有对她说。

雪姨说，婚礼的事，他们说没说？

惠秋说，说了，他们家办就是了，我们不用管。

他们家办主场还是回门宴？雪姨关心这个。

惠秋说，就办一场吧。

雪姨说，你的房间要不要重新装修一下？要不，把我住的那间屋腾出来给你当新房，我去住书房。

惠秋说，这事不用你管，以后我肯定要住她家。

雪姨说，需要我做什么你跟我说，别让人家笑话。结婚是个大事，我总要给你做点啥吧。

其实惠秋也不知道她能做点啥，只是觉得越简单越好，总觉得这事跟她没关系。雪姨几次问及这事，惠秋回答都是不用她管，他们家都准备好了。

雪姨就不吭声，脸上的表情淡淡的，大概觉得自己多管闲事了吧。

过了几天，雪姨拿出一张存单给惠秋，上面有十万块钱，让他需要啥自己买。惠秋看了一眼就连忙还给她：雪姨，这钱我不能要！

雪姨说，这钱就是给你准备结婚用的。

惠秋说，他们家说了，啥都不要我准备，不要我操心。

雪姨说，人家是那么说的，你哪能当真。你要是真的一点钱都不出，以后授人以柄，在人家面前说不起话。

惠秋说，你想多了。她家不缺钱，就缺我这个人，房子什么都是现成的，这钱你还是留着自己用。

雪姨说，你拿着！

惠秋坚决不要，两人拉扯了半天。最后惠秋想了个折中的办法，钱算他收下了，但让雪姨帮他保管，等需要的时候再回来拿。

有一天海棠忽然兴致很高，提出来要去惠秋家看看。惠秋说，有啥可看的，那是雪姨的房子，又不是我的，我不过是一只寄居蟹而已。

海棠说，你租房子住我就不能去看了吗？何况那还是你爹留下来的房子。

惠秋说，我爹留下来的也是人家的，跟我没关系。

海棠忽然认真起来，说怎么跟你没关系，你爹留下来的难道就没你的份儿？

惠秋说，你要不想住你家，以后我们就自己买套房子住。难道你想跟我去住雪姨家？

才不！她的房子白送我都不会去住。我家房子还空着呢。

海棠曾经说过，她家市里还有一套商品房，是写在她名下的。

白送你都不会去住，那就别去看了吧，谁家的房子也没你家的气派。惠秋知道雪姨有洁癖，从不轻易带人去家里。

那我也想看看。看看还不行？

说这话的时候，他们正在大庆南路烧烤一条街吃烧烤，不远处就是大庆小区。

既然她好奇，那就去看吧。惠秋妥协了。

车还没开进小区，李浩的电话就打过来了，问雪姨在不在家。他儿子病了，想找雪姨看病。李浩儿子还不到一岁，正是频繁找医生的年龄。

惠秋打电话给雪姨，雪姨说她值夜班，让李浩直接去住院部找她。

惠秋跟海棠商量，要不他们也去医院，陪李浩儿子一起去看病。

海棠说，我们去了能干啥？等他们看完了打电话问一声不就知道结果了，干吗还要跑一趟？

惠秋觉得她说得也在理，看病这种事前呼后拥也挺烦人。再说李浩跟雪姨也挺熟，该照顾的地方雪姨自然会照顾到。他去了除了看看，还是看看而已。

海棠把车开进大庆小区，停在临时停车位上。

一进门，这个不速之客就被医生家干净漂亮的房子给镇住了，瞪大眼睛四处乱瞅。

哇！啧啧，真没想到，你居然住恁好的房子还不让我来看。说着海棠就在惠秋的肩上抽了一巴掌。

惠秋缩了缩肩膀说，这房子确实漂亮，是雪姨有眼光。

惠秋父亲去世后，雪姨把房子重新装修了一遍。把以前的地板砖撬掉，换成了北美白橡木地板，墙面家具沙发都换成了同一色系。窗帘也换成了两层，里层是白色绣花窗纱，外层是米白色亚麻有缠枝莲图案的落地窗帘。电视墙上挂着60英寸夏普液晶彩电，矮柜上的花瓶里斜插了几根孔雀羽毛。整个客厅给人的感觉是时尚、干净、一尘不染。房子装好后，惠秋第一次回来眼睛都没地方放了，以为走错地方。

海棠在沙发上坐了不到一刻钟，一盏茶没喝完，就钻进惠秋的房间。惠秋的房间跟客厅大同小异，铺着相同的地板，同材质的床和家具，除了电脑桌椅是黑色以外还多了个大飘窗。窗帘是白底上面绘着一簇簇翠竹。

海棠指着窗帘说，人家把你当成了大熊猫。

参观完惠秋的房间，海棠还要挨个房间都看一遍。惠秋说，雪姨的房间你就别看了。惠秋从来没进过雪姨的房间，也不想让别人进去看。他父亲还在的时候，虽然房门经常大开着，但作为儿子，他很忌讳窥视他们的卧房，路过门口总是三步并作两步，垂着眼皮就走过去了。后来他父亲不在了，他对雪姨的卧室更是唯恐避之不及，觉得那简直就像一个天体黑洞。

海棠说，她不在家，看一下能咋了？

说着，海棠就把雪姨的房门推开了。

雪姨的房间太惊艳了！除了和客厅相同的米色地板和家具以外，多了跳跃感很强的浅咖色和亮橙色，有种火焰在空间里腾起来的感觉，让人眼前一亮。所谓的火焰其实是雪姨的床品和卧室窗户上的窗帘，因为色彩的缘故让视线有了跳跃感和延伸感。她的房间比海棠的房间大，跟阳台连在一起，阳台窗户下面设计成榻榻米。榻榻米和窗帘同色，都是清爽的奶油白。墙角摆了一盆长势茂密的非洲茉莉。最后他们的目光不约而同盯上了墙上的那幅画。那是一张60英寸的人像摄影，黑色背景，照片上的女郎身着黑色低领衣裙，整个人陷进了一团黑色当中，故而面部十分突出，雪肤，红唇，媚眼，神情有些淡漠，但冷艳近妖。居然是雪姨。

连惠秋也颇感意外。

海棠说，以后我也要弄一幅这样的艺术照挂在卧室里。

从雪姨屋里出来，书房和茶室，海棠没兴趣看了。她一屁股坐在沙发上，琢磨照片的事。问照片是多久拍的？是在哪家照相馆拍的？

惠秋说，我哪知道？说着他忽然想起有一年除夕，雪姨去绿都跳舞，半夜他父亲接她回家，就是照片上这副样子，浓妆艳抹，一头浓密的卷发散乱到胸前，黑色低领毛衫紧紧地裹在身上，因为拉扯的缘故，大冬天露出了大半个雪白的胸脯，外面却裹了件火红色长到脚踝的羽绒服。当时是惠秋开的门，雪姨烂醉如泥靠在他父亲身上，他父亲一半是拖一半是抱把她弄进卧室。那一年他上高二，照片应该就是那前后拍下来的。

没想到她那么有钱，海棠感慨道。

惠秋纠正她说，雪姨不是有钱，是舍得花钱。

没想到，你家比我家还阔气。海棠酸溜溜地说。

那是雪姨家，跟我有什么关系？

你还别说这女人还真有钱。要不是你老爸留下来的，就是有人给她钱花。

你别乱说！惠秋制止她说，雪姨是主任医师，收入不会低。你家就是房子老旧了些，但东西随便拎一件都比这屋里的值钱。只是看上去没这么养眼罢了。

我才不信呢！我早就听人说过，你雪姨这个人怪得很。上大学那会儿有成群结队的男人去追她，她偏偏正眼都不瞧一下，却要送上门去倒追他们学校的一个老教授。人家教授有老婆孩子，她追不上，气得割腕自杀，差点连小命都送了。你没想到吧。

惠秋说，你听谁说的，我怎么不知道？

海棠说，哼，你知道了还了得？她嫁给你老爸，别人咋可能跟你说这种事？我也是认识你之后，听人说起来的。他们说她嫁不出去了才嫁你老爸。人家就喜欢老男人。还说你爸不在了之后，她又跟一个副局长好。不然她为啥现在还不结婚？还那么有钱？还住大房子，开奥迪 Q3？一个单身女人，你说是不是太招摇了？

惠秋警告海棠不许造谣。房子是单位分的，谁都知道。你不也开着迷你库帕吗，比她的车还贵。你才挣多少钱，咋没人说你？雪姨没招你惹你吧，她的事与我们无关，以后不要再听别人胡说八道了。

海棠说，哼，你还不信？！早知道就不跟你说了。

这天晚上，海棠坚持要留在大庆小区惠秋的房间里过夜。惠秋开始不同意，担心雪姨回来撞见。

海棠说，她不是值夜班吗？撞见了又能怎样？与她有关系吗？她管得着吗？

好吧好吧，你想住就住吧。惠秋让步。

第二天是周六，雪姨下班回来他们还没起床。听见开门声，两人大眼瞪小眼。惠秋做了个鬼脸，意思是让海棠悄悄的，别吱声。等雪姨回屋休息了，他们再起来。迎面碰上多少有些尴尬，惠秋不想让她撞见。

可是他不做鬼脸还好，一做鬼脸，这女人就故意跟他捣乱。一双手不老实，这儿挠他一把，那儿捏他一下。本来清晨他就容易兴奋，这么一闹腾，就有些把持不住。他小声跟她讨饶，让她别闹，别闹。他越说海棠越上劲儿，咧着嘴嘲笑他，手底下动得更欢实了。一气之下，惠秋干脆翻身上马，把她压在身子底下，用嘴去堵住她的嘴。

他以为这样就能够控制住局面，让她安静下来，谁知道她闹腾得动静更大了，弓起身疯了一样去撞击他，最后没忍住的倒是惠秋。他叫出了声。

雪姨在门上敲了几下，问惠秋怎么了。

惠秋说我没事。雪姨就没再问了。

惠秋起床，见雪姨的房门是关着的，估计是睡着了。

洗漱完毕，出门的时候惠秋拿钥匙插进锁眼里，轻轻把门锁上，走进电梯里才长出一口气。在电梯里他学海棠的样子，揪住她的耳朵使劲拧了一把。

5

七月底最热的那几天，海棠生病了。去医院一查，居然是怀孕。也不知道是哪一次种上的，他们在一起偷偷摸摸的次数不少了。糟糕的是当时海棠父母也陪着一起，海棠的反应太过激烈，孩子气地搂住她母亲的脖子又哭又闹，让惠秋非常尴尬，站在一旁，脸没地方放。

海棠母亲拍着海棠的肩膀，说别哭别哭，你看别人都看你呢，多丢人啊。翻来覆去就这几句话，再也找不到别的话可说，大概是事出意外，不知道说啥好。海棠父亲沉着脸一言不发。惠秋也是无话可说。他觉得他们看向他的眼神都是责备和不满，所以一直到她家，都如芒刺在背。

海棠到家就躺着了——这也是医生的建议，怀孕初期，那些恶心呕吐类似于中暑的症状都可能是怀孕引起的。嘱咐回家好好休息，喝点菊花茶、绿豆汤之类的解暑饮料。这会儿惠秋正觍着脸给她喂西瓜吃呢。

海棠这会儿不哭了，却把责任推到惠秋头上，说都怪你！都是你害的！

惠秋说，怀上了就怀上了呗，还不是迟早的事？

海棠不愿意了，踹他一脚：你说得怎轻巧？那东西又不是长在你身上！你害死我了，我还没照婚纱照呢，肚子先鼓出来，然后再长一脸黄褐斑，难看死了！

惠秋低声下气地说，我觉得好看就是了。你不就是给我看的吗？

海棠说，哼，反正我不高兴。我咋怎倒霉呢？啥还没干呢，就先撅个大肚子，气死我了！

惠秋忍不住笑出了声。什么叫啥还没干呢？

海棠知道他想歪了，又踹他一脚，你还敢笑？！

惠秋忙说，不敢不敢！你总不至于让我哭吧。我都当爸了还不偷偷乐一下子？

　　　　　　　　　　　　　　万物生

海棠说，滚一边去！谁让你当爸？我明天就去医院给做了！

惠秋吓了一跳，拿不准她是认真的还是说着玩。想了下说，你别闹，这事你跟你爸妈商量一下，看他们啥意见。

海棠说，我跟谁都不商量，我自己的事我自己做主。我才不要挺个大肚子，啥还没干呢。

惠秋忽然觉得再说下去一点意思都没有，搞不懂海棠脑子里到底在想啥。他站起来说了声，我去楼下看看绿豆汤好了没有，就去了楼下。

海棠母亲在厨房忙乎。厨房里虽然开着空调，但炉子上煮着东西，温度比外面要高出几度。惠秋站了一小会儿就出了一身汗，但他又不便马上出去。瞅见台子上放着黄瓜，就拿过来，坐在小凳上开始削黄瓜皮。

海棠母亲不让他削，让他去客厅吃西瓜。

惠秋说刚吃过了。

海棠母亲就盛了碗绿豆汤让他端上去给海棠喝。

惠秋端上汤碗刚要走，海棠母亲忽然说，海棠不懂事，你别跟她一般见识，找个时间去把证领了吧，这也是件好事，只是大家心理上都还没准备好。这段时间你俩都没吃药吧？

惠秋说，我没吃药。

忽然说这个，惠秋一时没反应过来。过后想她可能是指吃避孕药吧。

晚饭时候，海棠继续闹脾气，不想吃饭想吃青苹果。

惠秋赶紧放下碗筷说，我这就出去买。借此机会赶紧躲出去。

超市转遍了，买不到青苹果。他们告诉惠秋青苹果还不到上市季节。惠秋就买了几颗青橘子、几颗红苹果。不然担心回家交不了差。

惠秋忽然觉得有点怕见海棠。走一路都在叹气，情绪低落。

到家把橘子洗了，掰成瓣，苹果削了皮，切成小块，用碟子装了拿给海棠。海棠吃了橘子，说橘子不好吃，苹果是面的，不过没有发脾气。

饭后一家人坐在沙发上看电视。《新闻联播》结束后，海棠父母出去散步。往常这时候，惠秋和海棠早溜出去了。玩够了，然后各回各家。可是这会儿，惠秋得老老实实坐在这里看电视。空调虽然开着，他心里还是毛毛躁躁的。晚上是走还是留？留和走惠秋都很为难。赖着不走不好，假惺惺离开也不好。

正左右为难，手机响了。听到李浩的声音，惠秋绷紧的神经顿时松弛下来。

李浩在小田烧烤摊等他。不等他走到跟前，李浩就嚷开了，你小子咋回事？心急火燎让我把你约出来，有啥事赶紧说！

万物生

惠秋拿眼睛瞄了一圈，周围都是食客。虽然都在埋头苦吃，可说不定其中就藏了个听墙脚的。这显然不是个说话的好地方。

他问李浩，吃饭没有？

李浩说吃过了。

惠秋说，那走走吧，转一圈我们再过来。

李浩说好。

两人沿着马路，边聊天边溜达。

惠秋把海棠怀孕的事跟李浩说了。

李浩听了很兴奋，一掌拍在惠秋肩膀上：果然是好哥们儿！连这种事都干得一模一样，我也是把孩子先种进他娘肚里才结的婚。反正是迟早的事，不妨先试试，心里也踏实。

惠秋没精打采地说，踏实个屁，你以为都跟你一样啊。你媳妇是巴不得怀孕了赶紧嫁给你，海棠还说要去做掉呢。

她疯了吧？！李浩睁大眼睛：你同意她做掉？她都多大了，还打这种主意。她爸妈啥意思？

惠秋说，估计不同意吧。

李浩说，那不就结了？你好久不来找我，我就说嘛，肯定是在家里干大事情。这不，人都造出来了。

惠秋说，你放假了，我去哪里找你？你整天忙得跟你爹似的，哪有闲工夫理我？

惠秋找过李浩一次，他替他爸去外地酒厂提货去了。他老婆孩子一大家，整天这事那事。再说上次他儿子生病，惠秋也没去他家探视。自己先不好意思了。

李浩说，有人找我，我还能趁机出来溜达溜达；没人找我，我就在家里窝着，这事那事一大堆，还都是事。我一跑出来，反倒啥事都没有。你说怪不怪？

惠秋说，原来你小子是个事儿妈啊。早说嘛！看来以后我们还是得经常溜出来，不能老闷在家里。你想出来了，给我发短信，我打电话给你；我想出来了，给你发短信，就像今天这样，你赶紧把我救出来。

李浩说，这办法好是好，不过你发完短信赶紧删掉，免得让你家海棠看见了找你麻烦。

惠秋说，海棠很难缠吗？你们是同事，你比我了解她，她到底咋样你得跟我说实话。不能眼睁睁看着我掉火炕里，见死不救。

李浩说，你这家伙，想多了吧。都啥时候了还说这种话？你跟海棠认识的时候我就跟你说过，要做好思想准备。

惠秋心里陡然一紧：准备啥？

李浩说，海棠从小娇生惯养，大小姐脾气你应该能想到，其他也没啥，她家人我都认识，挺好的家庭。你找上她，算你运气好。我要是你，能娶到这样的媳妇，做梦都会笑醒。可惜，人家瞧不上咱，是吧？这事就看你咋想了，女人只要你会哄就行。

惠秋苦恼地说，海棠真的很任性。

他们刚认识的时候，海棠不是这样子的，任性是他们之

　　　　　　　　　　　万物生

间有了性关系之后。有了这层关系，女人就觉得捏住了男人的把柄，让男人受制于自己。动不动就撒个娇，耍个赖，不是拧他几下，就是抽他几巴掌。惠秋想起她刚才在家里闹腾的样子心里就犯怵，以后生活在一起，还不知道她咋折腾他哩。

惠秋说，我一想到结婚生孩子的事头都大。也不知道你是咋过来的？我想想都怕了。

李浩说，都一样。没结婚的时候盼结婚，结婚了，又念起单身的好。人本来就是矛盾体，不然咋叫人哩？谁的日子都是稀里糊涂过来的，别想多了，想多了就没法过。

李浩的日子在惠秋看来，一般人已经没法比了。有房有车，父母有父母的房子，想回自己家就回自己家，想回父母家就回父母家。他媳妇家也在镇上，岳父岳母都是双职工，两边经济都宽裕，还时不时帮衬他们一下，回家蹭饭就更不在话下。他媳妇是幼师，跟李浩一样一年有两个假期，两人想去哪儿去哪儿，有钱有闲，日子过得跟神仙似的。

再联想到自己，无父无母，无依无靠，孤零零的，去哪儿都没着落。现在寄居在雪姨家，以后跟海棠结婚，寄居在海棠家。过的永远都是寄居蟹的日子。

是不是也应该买套房？惠秋这些年也存了一些钱，在镇上付个首付不成问题，然后还月供。他把这想法跟李浩说了，李浩劝他先别买房，一是房价可能要跌，化工集团的家属区要从镇上转移到市郊，买镇上的房以后可能会亏钱。不如先别买。再说海棠已经怀孕了，接着就是生孩子，养孩子，住海棠家还有人帮忙，不至于一结婚就手忙脚乱，啥事都要靠自己。而且海棠大小姐当惯了，家务活不会干，跟她父母住一起还有人帮忙，多少会好一些。一旦住出去，恐怕两人光忙着吵架了。所以李浩给惠秋出的主意是，你把老丈人和丈母娘巴结好就行了，保管你以后风平浪静，天下太平，啥事都不会有。

惠秋觉得李浩说得在理，就打消了买房的念头。重新回到小田烧烤摊，天已经黑透了。街灯一盏盏亮起，一街两旁烟雾缭绕，人头攒动，所有食客都在灯下挥汗如雨，为满足口腹之欲跟食物奋力搏杀。

他们等了一会儿才找到落脚的地方。安顿好屁股，惠秋就招呼小妞过来点菜，点完让李浩过目。

李浩说我不管，你随便点，我随便吃。

小妞拿着菜单唱菜：羊眼10个，羊肉、羊皮、羊脆骨各50串，羊腰2个，黑扎啤2升。小妞问，羊腰是红腰白腰都要吗？

惠秋说当然都要。

李浩开玩笑说，他要的就是这个。你最近好像特别需要这东西补一补。

惠秋说，你不更需要？

长得像黑山羊一样的小妞捂着嘴笑着跑开了，显然她听懂了。

小妞一走，两人还在笑，越琢磨越觉得是这么个理。在女人那里亏下的，让替罪羊来弥补。这世界就是这样，有亏有赚，有来有去，所以才和谐。

在等烤肉上桌的那会儿，两人停止了说话，都掏出手机来看。半个小时前，海棠发了条短信给惠秋，问他在干啥。

惠秋回了条短信：跟李浩和税务上的朋友一起吃饭。

平时李浩只要跟税务部门的人应酬，都会叫上惠秋作陪。惠秋跟他们也有业务联系。不过这都是很久以前发生的事情，这会儿趁机拿来当借口，也不算撒谎。

然后海棠就不发短信过来了。

羊腰烤好送上桌，两人都把手机揣兜里。这会儿正是补腰子时间，无暇顾及其他。

这一晚照样是不醉不归。新疆人的黑啤酒劲儿太大了，喝了多少不记得，总之是喝醉了。

还是李浩厉害，醉酒照样开着车把惠秋送回大庆小区。惠秋回家就吐了个一塌糊涂。雪姨本来已经睡下了，被他的呕吐声吵醒，爬起来见他烂醉如泥，又去厨房给他弄了柠檬汁醒酒。

惠秋吐也吐过了，柠檬汁也喝过了，意识还是有些模糊。总觉得自己在空中的某一处飘浮着，看着沙发上躺着的这个男人，视线忽远忽近。

雪姨拧了湿毛巾过来给他擦脸，他忽然记起海棠说过，雪姨割过腕。冷不丁抓住她的手不放，想知道她手腕上到底有没有割腕留下的疤痕。可惜恍惚中他摸到的是雪姨手腕上戴着的碧玉镯子，误以为那温润光滑的感觉就是雪姨肌肤的感觉。

早晨起床，惠秋的脑子还是晕乎的，昨晚发生的事，说过的话已经记不清楚了。不过，割腕的事他还是有点印象。他起床，雪姨已经上班去了。

惠秋赶到单位，给海棠打电话。海棠说我刚起床，正在喝牛奶，吃妈妈做的戚风小蛋糕。听上去似乎心情挺不错。

惠秋说我昨晚喝多了，早饭都没吃，这会儿饿得要死。

海棠说，饿死活该。谁叫你去喝酒？

她的潜台词是说，你要不去喝酒，一样有机会跟我享受这些美味小蛋糕。可惜你不知好歹。

惠秋当然听懂了。他笑了下说，你想吃啥，我下班去给你买。

6

中午回六号院，海棠一见他就兴冲冲地说，你赶紧去请假，我们明天去上海。

惠秋吃了一惊，心想这变化也太快了，怎么说风就是雨？

不过他马上就反应过来，知道怀孕的事她已经接受了。可是大热天去上海合适吗？要知道这个时间段上海最热，城市跟蒸笼似的，去了就是活受罪。

能不能八月下旬再去？惠秋跟她商量，赶在她开学前去一趟就行了，总比现在去要好。

不行！那会儿去你让我咋照相？还不丑死算了。

那也比热晕了强。

真像你说的那样，上海那么多人都别活了。我还没听说过上海热死过人，也没听说有人嫌天气太热跳黄浦江。你听说过吗？

海棠一旦任性起来，满嘴歪理邪说。她认准的事，三头牛都别想拉回来。

既然拗不过她，就只好顺着她了。虽然月底财务室忙疯了，但惠秋去请假，老宋还是满口答应。

第二天一早，海棠父亲开车送他们去火车站。海棠本来要自己开车去上海，但她父亲坚决反对。一千多公里路程，谁开车他们都不放心，何况海棠还怀着身孕。答应让她去就已经不错了。

她父亲托人买了两张软卧，帮他们打电话定好宾馆。住陆家嘴化工集团上海办事处。

他们在上海待了一星期。光拍婚纱照就用了三天时间。一天选影楼选服装，一天拍照，一天选照片后期制作。六套服装拍下来，费用9999元。一听外地口音，当地人就拒绝还价。海棠情况特殊，水下不能拍，想去外滩拍个外景，但摄影师说就算你们有耐心等，不怕热，我们有耐心耗到傍晚去拍，但是拍出来的效果肯定不理想。遂作罢。海棠的反应也是越来越严重，油烟味汽油味闻见就恶心呕吐。天气太热，怕她中暑，也不敢随便吃东西，怕她拉肚子。结果，第二天她还真拉肚子，化妆的时候不停地跑厕所，化妆师和摄影师的脸都气绿了。

选照片的那一天，天气转阴。他们约好下午四点钟去影楼工作室。上半天没事，两人去浦东转了转。吃完午饭出来，门口就是公交车站。刚好有一趟经过影楼的公交车停靠在站台上，惠秋没多想拉着海棠就上了车。感觉快到了，却发现坐反了方向。

从车上下来海棠就大发脾气。惠秋争辩了几句，海棠拦了一辆出租车就扬长而去，丢下惠秋一个人傻站在马路边干瞪眼。惠秋的手机钱夹都在海棠的小包里装着，大热天出门，他就穿了短袖T恤和沙滩裤，口袋里一分钱都没有。

惠秋跟路边水果摊老板谎称自己遭遇了小偷，借对方座机给海棠打电话，打了不下十遍，海棠都不接。

联系不上海棠，身无分文的惠秋就坐在马路边的树底下，坐了半个小时。分分秒秒都在想找她还是不找她，接下来该怎么办，不找她会出现什么样的后果。半个小时后，惠秋恢复了体力，人也冷静下来。海棠不可能一个人跑去选照片，唯一的可能就是已经回到了办事处。

惠秋再次以遭遇小偷做幌子，在众目睽睽之下免费换乘了两趟公交车回到陆家嘴。他当时那副狼狈样，从头到脚都像是遭贼偷过。汗湿的短袖T恤、沙滩裤，两手空空，眼神疲惫，根本就没人怀疑。

海棠果然如他所料回到了办事处。分别两个小时后，惠

　　　　　　　　　　　　　　　　　　万物生

秋心里的怒气怨气早已消失得一干二净，看见海棠眼泪汪汪地站在他面前，伸手就把她拥进了怀里。

从上海回来惠秋就住进了六号院。海棠父母在阿波罗大酒店给他们接风洗尘，饭后不等他假惺惺说自己要回大庆小区之类的废话，汽车直接开进了六号院。到家海棠母亲就说，你们先上楼休息，惠秋抽空去把东西搬过来，免得来回跑了。

你看，这话说得多直白啊。姜还是老的辣，知道他们不开口邀请，惠秋是不好意思在他们家留宿。他们说了，惠秋当然是点头照办。

过了两天，惠秋请假跟海棠去镇政府领了结婚证，回来在秋实酒楼请她父母吃了顿饭。席间他改口喊海棠父母爸和妈，当他们的面把在上海买的婚戒给海棠套在左手无名指上。从这天起他正式成为这个家庭的成员。

惠秋又分别请李浩和上司老宋喝了顿酒。周末回大庆小区整理东西，整理完毕才发现他除了几件换洗衣服，所谓搬过去，就是搬他这个人而已。当季的换洗衣服一只塑料袋就装下了，不到季节穿的衣服暂时用不着，他也不想带过去。留在这里，算是留点念想。以前他总觉得这是雪姨的房子，是雪姨的家，自己是只寄居蟹，这里跟他没关系。现在要离开了，忽然觉出这里才是他的家，有他的亲人，有他十多年的成长记忆，有欢乐，有梦想，还有悲恸。这些长在他生命里，跟他融为一体，无法割舍。他用目光轻抚屋里熟悉的一切，有失落，有心酸，有难过，一些说不清道不明的情绪在心里咕咕嘟嘟冒着泡。东西装好了，放在地板上，他却四仰八叉躺在床上。

雪姨回家，见惠秋的房间门大开着，人在屋里躺着。叫他不吭声，问话也不回答。雪姨不知道出了什么状况，就走进他的房间，习惯性摸了一下他的额头。没想到被他拦腰抱住，他一头栽进她怀里。

7

接下来是惠秋最忙碌的一个月，这个月一结束就要举行婚礼。海棠的房间要重新布置，要贴新壁纸，添新家具，屋里的用品、床上铺盖，两人的穿戴都要买新的。新衣服新鞋子虽然在上海已经买过了，可一些小零碎，比如袜子内裤还得现买。全部东西要焕然一新，这可是个庞大的工程。所以几乎每个周末都用来逛街购物了。还有一些杂七杂八的事情，忙上添乱。

结婚照从上海发回来，凡是看过的人都说不错。当然最令人瞩目的还是新郎的帅劲儿，简直如明星一般的耀眼，得到众人的交口称赞。海棠看上去也不错，像个温婉的小妇人。她说到做到还真弄了一张像雪姨那样的60寸照片回来。她学不来雪姨的冷艳，就让摄影师拍了张弹钢琴的特写，也蛮有艺术范儿的。结婚照挂在三楼卧室，钢琴照自然而然挂进了琴室，看上去也特别妥帖。她肚子已经明显隆起，也许是准备做妈妈的缘故吧，脾气也好了不少，脸上始终挂着笑容，只是神态越来越像个小妇人了。她跟她母亲谈论营养，挽着惠秋的胳膊去医院做孕检，回到家随时对他发号施令，随时随地需要有人照顾。这学期她的课程有人帮着减少了，回家也没有家务活让她干。从学校回到家稍事休息，她就坐进琴室弹一阵子钢琴。她不再弹《德国战车》和德国战车乐队的曲子了，好像那是几百年前发生的事情，跟她扯不上任何关系。现在的她弹《秋日私语》《蓝色的爱》《水边的阿狄丽娜》《寂静之音》。有时候什么都不弹，就静静地在琴室里坐着，眼睛看向虚空，谁也不知道她心里想什么。

除了忙碌，惠秋彻底失去了自由。不管去哪里都要给这家人招呼一声——跟同事出去应酬了，下班要晚回来了，要加班或者有什么事要耽搁了，都得请示汇报。有时候不光要给海棠请示汇报，还得跟丈母娘请示汇报。不回家吃饭总得给人说一声。这让一向自由惯了的惠秋感觉特别扭。尤其是，回家面对这仨新成员，你得表情舒展，拿捏好分寸。有些事是绝对不敢再做了，比如玩电脑、玩手机，晚上熬夜，早晨赖床，抽烟喝酒基本被禁止。现在他连起床和睡觉这些小事都要完全遵循海棠的作息时间表，海棠睡觉了他可以不睡，但不能反着来，海棠还没睡觉，他先上床躺着了，那就绝对不正常。要是那样的话，丈母娘第一个准要来问他，是不是病了？早晨一家人都起床了，如果他还睡着，他们肯定是守着餐桌等他吃早餐。所以惠秋觉得从住进六号院开始他的生活就完全成了模仿秀。

转眼到了中秋节。他们一家准备去临县海棠姥姥家过节。先一天晚上他们去超市买了水果、月饼，说好第二天早餐后出发。没有人征求惠秋的意见，问他去还是不去。显然他们认为他肯定要去。作为准女婿他这是第一次参加家庭外事活动。可惠秋却在绞尽脑汁找借口，以什么理由不去，留在家里。

想来想去只有找李浩帮忙。

李浩说，你不能一条道走到黑，老说我有应酬找你喝酒。明天过节，单位都放假了，我们跟谁喝酒去？你让我怎么说？假话也得听起来像真话才行啊。

惠秋也是苦恼得不行，要不就说你病了，要做手术——

话还没说完，李浩就在电话里呸呸个不停：你怎么能咒我呢，混蛋！

惠秋说，这不是想不出来办法才胡诌嘛。

李浩说，想不出来也不能说我生病，多不吉利。再说生病了有医院，有家人，怎么也轮不到让你陪我吧。

两人在电话里讨论了半天，因为编不出来谎话，李浩就懒得跟他磨牙了。说等你想好了再找我，就把电话挂了。

惠秋整夜都睡不踏实，不停地翻腾。窗外月光很亮，蛋清似的从玻璃上透进来，给人一种似是而非的感觉。海棠盖着夏凉被侧身睡在一旁，她本来就不够苗条，现在看上去就更膨大了，像座小山似的。她已经无暇顾及胖瘦的问题了，身体就像气球一样不断地膨胀，再说这也不是她能控制的事情。

大家也没人在乎她是胖还是瘦，只盯着她的肚子看。

惠秋现在很少碰她。有时候她好像有需求，过来骚扰他，惠秋就悄悄说一句不敢压着肚子了，不跟她来真的。这确实是个好借口。

海棠说，我就知道怀孕了你会嫌弃我！

惠秋说，这不叫嫌弃，这是爱护你。

海棠说，爱护我？哼，恐怕你心里最清楚你爱护的是啥。

有时候惠秋不忍心，就让她骑在他身上玩一会儿。但多数时间，只要惠秋表现出有那么一点点应付差事，海棠就长时间不搭理他。

吃早饭的时候，惠秋还没有找到不去的理由。起床后他本来想跟海棠说他不想去。但一想到海棠有孕在身，恐怕比他还不想去，就没敢吭声。

一餐饭在惠秋的纠结中很快结束了。海棠母亲让海棠去换衣服，让海棠父亲把要带走的东西装进后备箱。没有说让惠秋干啥，惠秋就自觉地站起来帮忙收拾碗筷。

惠秋忽然说，妈，我今天就不去了吧。有点不舒服。

海棠母亲吃惊地看了他一眼，垂下眼皮说，不舒服啊？那你就别去了，在家里待着。

那两人的目光也一齐看向他，但都没有说话。

惠秋说，妈，这些让我来收拾，你就不要管了。

他把碗筷收进厨房，出来见海棠从楼上下来，穿了条短袖连衣裙，就说，我去给你拿件外套带上吧，免得晚上冷。

海棠说，我都快热死了，你以为我会冷？

孕妇身上热，惠秋哪里知道？不过，看她那样子，似乎他不去她也无所谓。

他帮他们把东西装进后备箱，看着这家人驾车驶出六号院大门，才松了口气。回到厨房他洗了碗筷，又怀疑自己是不是做得过分了，眼看就要举办婚礼，这些客人都要请来。他不去他们会不会很扫兴？

但转眼就为自己能留下来而高兴。他在屋里转了转，一时间还有些不适应。他掏出手机给李浩打电话，李浩说，你想好了赶紧说！

惠秋呵呵一乐，说不用了，他们都走了。

李浩说，你没去啊？

是啊，我没去。我说我不舒服，他们就不让我去了。

李浩说，原来这么简单就搞定了。呵呵，看把你难的。中午请我喝酒？

惠秋说，我昨晚没睡好，等我睡醒了再说。

惠秋躺到床上，以为自己能睡着，却翻来覆去睡不着。脑子里干干净净，没有一点迷糊的迹象。躺到十点钟，决定爬起来去街上转转。

小镇的街道很简单。一条L形主街道，大型超市都紧挨着居民区。但这天不同，L形街道上挤满了逛街的人。工业重镇就是这个样子，平时街上人很少，遇到周末或者节假日，不上班的人都涌到街上，周期性特别明显。

文体中心的广场上临时搭起了一圈红帐篷，里面搞月饼促销。惠秋刚走过去，几个姑娘就围上来，把他当成潜在顾客，拉着让他品尝月饼：帅哥，尝尝，好吃了买一盒。说着就有人用小叉子举着切成小块的月饼往他嘴里送。

惠秋赶紧躲，你看你看，你们太热情了把顾客吓跑了。

走了几步，惠秋忽然想，中秋节确实应该买盒月饼。可是什么样的月饼好，他不知道。雪姨不吃月饼，他却是知道的。

他这是要去雪姨家。从雪姨家搬走后他就没回去过。那天他抱着雪姨哭哭啼啼，像出阁的大姑娘似的。雪姨有没有笑话他？

他去破街买了苹果、石榴和葡萄，还买了些芒果和柠檬。雪姨喜欢用芒果和柠檬做果汁。他把葡萄拎在手上，余下的水果让老板装进纸箱里，然后打车去了大庆小区。

雪姨居然不在家。他把水果搬进厨房，忽听有人敲门，急忙放下东西去开门。以为是雪姨回来了，其实不是。

一对父子来给雪姨送月饼。

他们问惠秋是谁？

惠秋说，我是她弟。说完没忍住自己先笑了。

等雪姨回来他说给雪姨听。雪姨说你是我弟吗？

惠秋说，谁说不是呢？

雪姨说，假冒伪劣。

雪姨快十一点了才回来，她给她父母家送月饼去了。

惠秋笑她，咋没留下来吃午饭。

雪姨说，家里人多乱糟糟的，大鱼大肉不想吃。昨晚没睡好，回来随便吃点补一觉。

惠秋说，那你想吃啥，我请你。要不在家里做也行，我都会做饭了，正好给你露一手。

雪姨说，你中午不回海棠家吃饭？

惠秋说，他们回她姥姥家去了。我没去。

雪姨说，才几天你就溜号了呀。

惠秋叹气：好不容易偷个懒，出来透透气。

雪姨说，那我们出去吃吧。

他们去吃老妈火锅。吃完回来一点还不到。雪姨去厨房泡了两杯黄山云雾过来喝。惠秋喝着茶，笑微微地坐在沙发上跟雪姨说话。这种状态让他很享受。

还是回来好，坐在这里喝你泡的茶，跟你说话，真是太幸福了。我以前真是身在福中不知福，你不知道我在她家多遭罪。惠秋诉苦。

雪姨安慰他说，刚开始，等习惯了就好。

惠秋说，或许吧。

雪姨起身去卧室，出来手里多了只锦盒。她把锦盒递给惠秋说，本来要打电话让你回来拿，正好你回来了。

什么东西？惠秋拿在手里沉甸甸的，打开一看，是一只黄灿灿的金镯子。

送给海棠的，雪姨说。

你怎么又送？惠秋想起上次给钱的事。

雪姨说，那是给你的，这个是给海棠的。不一样。

惠秋拿着镯子，一时间为难起来。他们家写请柬的时候，惠秋这边同事同学的名字都写上了，唯独雪姨，他们说不请她。

结婚不请雪姨，惠秋本来就过意不去，她居然还买了金镯子。

虽然难为情，但惠秋还是把话挑明了说：雪姨，他们家请客，我就不请你去了。回头我单独请你。

雪姨说，我去了没地方坐是吧。忽然哈哈笑起来。

惠秋会意过来也跟着笑。两人各笑各的，虽然意义不同，倒也免去了尴尬。

惠秋拿起镯子看。他在上海没给海棠买镯子，只买了婚戒。其他首饰也都没买。

雪姨说，也不知道大小合适不？里面有发票，在金伯利买的。如果不合适或者嫌款式不好看，你们可以去调换。

惠秋说，你戴上我看看。

我戴上有啥好看的？雪姨说。

惠秋说，你戴上我看看，下次我也给你买一只。

雪姨说，你可千万别买。

那你戴上我看看。

雪姨躲着不肯戴，惠秋一把抓过她手腕拉过来。这会儿他看清了，他抓住的这只是右手，手腕上戴着一只宽边碧玉镯子。惠秋想起他喝醉酒的那一晚，握住的应该就是这只手，那种温润如酥的感觉令他痴迷不已。

可是玉镯不好取下来，惠秋看了一眼就从他坐着的沙发一侧移到她旁边坐了。

还是戴左手吧，惠秋说。

雪姨左手戴了一款天梭女表，是皮表带。见他执意要她戴给他看，就忙说，好好好，我自己来。说着就挣脱开惠秋的手自己动手解表带扣。

一小块暗褐色的陈旧疤痕即刻呈现在惠秋眼前，虽然过去多年，颜色淡去不少，但形状仍然像一小截被切断的蚯蚓，面目丑陋地趴在她手腕血管突起的地方，伺机而动。

惠秋伸出拇指在疤痕上轻轻摸了摸。

雪姨想把手抽出来，但惠秋握得更紧了，并就势将她拥进自己的怀里。

8

惠秋躺在床上，听外面落雨的声音。风把雨丝抽打到窗玻璃上，发出一阵阵急促的颤音，听上去让人觉得更冷了。他紧了紧被子。

这日子过得也太快了吧，一转眼都入冬了。才傍晚五点多钟，看上去就像天黑了一样。他病了两天。昨天还发着烧，去医院打了吊瓶，早晨起来烧退了，不过头还是晕乎乎的，人懒得提不起精神。

从打喷嚏流鼻涕开始，他就搬进二楼的书房里睡了。书房虽小，但一个人住还是蛮舒服的，感觉又回到了单身时代。书房有电脑，书架上有书，看电脑看书都不错。以前住三楼，想用电脑还得跑二楼来，闹不好就撞上丈人丈母娘。海棠的笔记本，多数时间她自己占着玩。惠秋就只能玩手机，海棠还经常趁其不备抢手机过去看。现在好了，因为怕传染，海棠跟他要保持一定的距离，手机也别想来抢了。就连陪她上医院做检查这样的差事也交给她母亲去做了。她肚子越来越大，像抱了一只锅，加之冬天穿着大棉袄，看上去笨重得像只母熊。

还是李浩说得对，海棠怀孕了，有她父母照顾，惠秋就当甩手掌柜，还真是这么回事。他几乎什么都不用管，吃的喝的用的，都不劳他操心。她母亲会准备好。这几天，这母女俩给未出生的小宝宝连小衣服和小包被都买回来了。她们还买了绒线，自己动手织小线衣小线裤。惠秋笑她们不嫌麻烦，丈母娘乐呵呵地说，嫌麻烦呀。可她照样团着脸，慈眉笑目地坐在沙发上，拿了毛衣针一针一针地编织。海棠有时候也凑热闹过来挑几针，但她不熟练，就不停地喊她母亲过来看看她有没有织错。她母亲就说，你放那儿吧，等我有空了再看。海棠就丢下线团和毛衣针，摇摇晃晃去琴室弹钢琴。心情好的时候，琴声就像流水，叮叮咚咚。她弹完了还会过来问惠秋好不好听。惠秋说了，她就告诉他那是谁的奏鸣曲，或者是谁的小夜曲、谁的圆舞曲，此人有多知名。遇到心情不好的时候，那琴声就有一搭没一搭，像要断气似的，猛然间又噪声大作，冷不丁再喘上几声。遇到这种情况惠秋就提醒自己要当心了，千万别去招惹她，不然可就吃不了要兜着走了。

实际上是惠秋多虑了。婚礼过后，海棠几乎很少发脾气，虽然不见得心情有多好。婚礼当天，她挺着六个多月身孕，本来就圆滚滚的身子极度膨胀，婚纱穿在身上像厨娘似的，她都快要气哭了。拜见父母的时候又因为早晨起得太早，四点多钟起床，化妆，招呼客人，空腹时间过长，诱发了低血糖差点晕倒。聪明的司仪一眼就看出端倪，趁机偷工减料，把过程缩减了大半，让婚礼仪式草草收场，省了不少麻烦。

惠秋当天的状态也不是很好，人跟木偶似的，躯壳在现场微笑着，魂儿却跑远了。海棠晕倒的瞬间，她父亲立马反应过来一把扶住女儿的肩膀，但离海棠最近的惠秋，却傻愣愣地看着她，半点反应都没有。她父亲用责备的目光深深地看了他一眼，那一眼是他后来看录像的时候发现的，当时惊出了一身冷汗。不过，他的失态在宾客们看来却是正常不过，他不失态反倒是不正常了。他们知道他的身世，感同身受地看着他并善良地祝福他，为他有个好归宿感到欣慰。没有一个人会往歪处去想。

可惠秋心里明白。他知道有什么东西在某一处拽着他，吸引着他，使他不由自主地去联想，去渴望。温暖潮湿的洞穴，迷离扭曲的身体，巨大绝望的喘息声……在他脑子里轰隆隆地碾过。他浑身战栗，血液从胸腔拥堵到下身。一些可怕的词语钻进他的脑海：攻城略地，收复江山，乱伦……

他们不请雪姨是对的。她若是真来了，坐在某一处观礼，惠秋还不知道有多失态呢。

中秋节那天，他们打电话说晚上不回来，惠秋就留在大庆小区过夜了。他黏附在她身边，寸步不离。她去厨房，他跟进厨房，她去卫生间他就守在卫生间门口。雪姨说你疯了，然后把门从里面插上。她洗澡的时候，他还是跟进去了。

雪姨说，老女人了有什么好看的？雪姨害羞。

惠秋说，我不看，只帮你搓搓背。

接下来那背搓的，都不知道搓哪儿去了。

惠秋迷恋雪姨的程度，连他自己都觉得不可思议。他渴望她，渴望住进她的身体里，永远不要出来才好。

开始雪姨很矜持。她说惠秋，你疯了，这都敢？！我可是你后娘。

她故意把"娘"字在嘴里咬出重量，然后吐出来给他。

惠秋却说，谁承认过？！

是啊，惠秋确实没有承认过。

雪姨说，你不承认有什么用？事实摆在那儿的。你就不怕把你爸气活过来？

惠秋说，我爸以前那么爱你，宠你，他儿子跟他一样宠你有什么不好？历史上就有李隆基杨玉环——

惠秋猛然想起以前父亲守在卫生间门口，一手拿浴巾，一手拎吹风机，等雪姨洗澡的情景。现在想来，是父亲担心被他撞上的缘故。

雪姨说，这哪跟哪啊，尽胡说！这么说来，你是替你爸来爱我？

惠秋说，是我们两个。

雪姨不说话了，她把惠秋抱进怀里，紧紧地搂着，不停地去吻他的喉结。

月亮升起，雪姨拥着惠秋去茶室喝茶赏月。因为茶室和阳台连在一起，中间只隔了一道玻璃推拉门。门外的阳台虽然安装了防护栏，却没有安装防风玻璃。于是有风从远处吹过来，落在皮肤上，是凉飕飕的凉。视野是通透的，月光是昏黄的。人悬在半空中，感觉就像坐在山顶上一样。

雪姨搬了茶桌出来，沏了壶沱茶。又开了一瓶红酒，关闭了室内灯。

雪姨说，先喝酒，酒醉了喝茶，茶醉了喝酒。

惠秋说，反正我没打算去睡。

雪姨说，终于有人跟我一起赏月了。惠秋说，以前没有吗？你不会请一个人过来陪你赏月？

雪姨把脸贴过去亲他。惠秋就不说话了，把舌头伸进她嘴里。

惠秋把雪姨送的金镯子拿给海棠的时候，海棠并没有起

万物生

疑心。她只是淡淡地说了句：她怎么想起送我只镯子？她这人可真怪。她送的镯子我敢戴吗？

一句话戳到惠秋的心尖上，魂都要惊掉了。

惠秋说怎么不敢戴？戴上试试看。里面有发票，你要是不喜欢，还可以去金伯利重新换一只你喜欢的来戴。

海棠摇摇头说，我不戴，你放柜子里吧。金镯子戴上多俗气啊，以后留给你儿媳妇戴。

镯子就此收进柜子里。不戴也好，雪姨的东西戴在海棠手上，怎么说也别扭。不过，雪姨买镯子在前，跟惠秋好在后，她大概也没想到会这样吧。当她听说海棠怀孕了居然说，你不会因为海棠怀孕了，才这样吧？

惠秋脸都气白了，差点跟她翻脸：你把我当成什么人了？

雪姨笑嘻嘻地说，男人啊！男人不都这样嘛。你没听说过吗，没吃过人肉的老虎从不吃人，吃过一次之后就要被击毙，不然专门祸害人。你就是刚吃过人肉的老虎，吃上瘾了。

惠秋被她气笑了，恨不得学海棠的样子，上去拧她一把：你也太小瞧我了不是，我都快三十岁了，你还当我是刚吃过人肉的老虎。

雪姨说，很早以前你就吃过人肉？

惠秋说，那是！

雪姨说，说来听听。

惠秋说，高二的时候。听了啥感觉？

雪姨叫起来，我不信！你跟谁？你那会儿抽烟喝酒，打架斗殴我知道，你爸经常去学校找老师，不过也没听说过有这事。

惠秋说，这种事我不说别人咋可能知道。当时我爸非要把我跟李浩分开，给我换个班。我去了那个班之后，班主任对我另眼看待，班里同学没一个人跟我说话，我跟过街老鼠似的。只有英语老师上课的时候还点我名，对我笑眯眯的。英语老师三十多岁，人长得很漂亮，五官跟你长得有些像，就是个子比你矮一些。我上高三的时候她才调走，她老公在上海。我到班里没多久，有一天快放学的时候，她忽然叫我去她办公室，拿我们班的英语测试卷，我就去了。我当时英语成绩还不错，但也不是很好，心里就有些奇怪，她为啥不叫英语课代表而叫我。但老师叫，我又不能说不去，我就去了。办公室当时就她一个人在，她让我把我的试卷找出来看看错在哪里。我找出来，她指着错的地方，让我拿笔在错题下面重新做一遍。就在我做题的时候，她忽然在我脖子上亲了一口。我顿时就傻掉了。好像被冻僵了，又好像被火烧焦了。连呼吸都停止了。我浑身颤抖，心都要蹦出去了，生怕被人推门进来撞见。她牵起我的手，拉我站起来，走到门后，靠在门上，舌头伸进我嘴里。那是我第一次跟人接吻，浑身上下都冒着火，感觉要炸了一样。她摸我下身，问我喜不喜欢她，如果喜欢就把门插上，不喜欢就拿着试卷走人。虽然我很害怕，但我还是伸手把门插上了。她牵着我的手让我坐进椅子里，然后掀起裙子骑上去。这之后，我们就经常在一起。她没调走之前我经常去她家，去了就做这个。她这方面很厉害，开始我手

　　　　　　　　　　　万物生

忙脚乱，没两下就软了。后来她教我，怎么保存实力隐忍不发，怎么跟女人做前戏，怎么四两拨千斤。还真亏了她，不然我什么都不懂。

哇，真有你的！居然还有老师投怀送抱，吓人！你高考英语分数很高就是这个原因？雪姨说。

嗯，算是吧。不过没多久，她就调走了。她走了之后，我就像丢了魂儿似的，做什么都没意思，只好下功夫念书了。惠秋说。

雪姨说，没想到啊。你是喜欢英语老师，还是喜欢跟她在一起的性？

惠秋说，那会儿我哪知道啊，就想跟她在一起。

当年英语老师调走后，惠秋给她打电话，甚至连学都不想上了要去找她。要不是她发脾气阻止，他还真敢去。那会儿惠秋色迷心窍，只要英语老师招呼一声，就是有人要拿刀砍他，他也会心甘情愿把头伸过去让人砍。也就那会儿，他忽然发现雪姨跟英语老师长得很像，尤其是背影，有几次看着她背影，他错以为是英语老师，差点就要扑上去拥抱她。他躲着雪姨，很怕看见她也有这个原因。因为那会儿只要看见雪姨的背影他俩腿都会打哆嗦。

雪姨点点头：那现在知道了？

惠秋说，知道了也没用啊。有时以为是性，其实不是；有时以为不是性，偏偏就是。

雪姨说，比方说？

惠秋说，就像我们看到某种东西特别诱人，吃到嘴里却味同嚼蜡。有些东西表面看上去不怎么光鲜，可一吃就上瘾。

雪姨说，什么东西表面看上去不怎么光鲜，却让你一吃就上瘾？

惠秋笑起来，马上反应过来说，榴梿啊！差点被她拐到沟里去了。榴梿浑身长刺，不喜欢的人被那气味吓跑，喜欢的人又被那气味诱惑，最后喜欢到疯狂。惠秋真的是很喜欢吃榴梿。那黏黏的、糯糯的感觉，芬芳的香甜让人爽到骨子里去了。用来比喻他和雪姨的情事似乎也恰如其分。

这么说来，你后来还经历过不少的女人喽？雪姨问。

没有你想的那么多。惠秋说。

没有那么多，那就说说你那不多的。雪姨说。

惠秋说，我不说了，该你说了。这些年追你的人应该不少吧？

惠秋想起海棠说过雪姨跟某个局领导好，当时他不信，不让她乱说。早知这样当时就应该问个仔细。不然总觉得是个悬案，悬而未决地搁在那里，可不是啥好滋味。

雪姨说，我老家伙了没啥好说的。

是不是因为惠秋父亲也要算在内，她说起来难为情？不说也罢。

9

虽然没有人怀疑他和雪姨,但惠秋找借口离开六号院也不那么容易。不回家吃饭,总要找理由找借口,你可以说单位有应酬,同事请客,跟李浩喝酒,但总不能说我去雪姨家了——那分明就是没事找事。晚上想不回家在外留宿那是绝无可能的。有时候单位真有事,不见他回家,海棠电话还没打过来,丈母娘电话就抢先一步打过来了。

有一天老宋忽然找他聊天。问他祖籍是哪里的,下班都忙些啥。惠秋当时就有些警觉。东拉西扯了一阵子,老宋又把话题拐过来,说海棠家是当地人,做的饭菜不知道合不合你口味。他们家人对你咋样?住六号院还习惯吧?

惠秋做贼心虚,心里顿时翻江倒海。忙赔着笑脸说,宋科,怎么忽然关心起我来了?

老宋说,我能不关心吗?我跟海棠她爸妈几十年老交情了,海棠就是我另一个亲闺女。她的事就是我的事,不然她爸妈也不会找我做媒,这你应该最清楚。前几天我去广源吃饭,正好碰见海棠她爸,我们坐一起闲聊了一会儿。我说起现在年轻人都不喜欢跟父母住一起,嫌拘束。海棠她爸就让我问问你,要是不习惯跟他们老两口住一起,就重新给你们买一套房子住。

看来这家人也不是什么都不知道,知道却找不到根源所在。

惠秋就不敢再假借单位的名义不回家吃饭,只能时不时给李浩栽赃,说李浩约他喝酒。

这样过了没多久，一天下午李浩忽然打电话喊他过去打篮球。惠秋好久都没去他们学校打篮球了，最近也很少见李浩。

李浩一见他就说，你最近搞什么鬼？好久都不见你了，是忙着泡妞吗？

惠秋说，你尽胡说。

李浩说，你家海棠找我了，说以后不许我找你喝酒。我心想我多会儿找你喝酒了？我要这么说了你小子是不是该遭殃了？

惠秋说，那你咋说？

李浩说，她一说我就知道是咋回事了。我就说，男人喝酒你还管？你要不放心下次就跟着。海棠说，那你们也不能经常在一起喝酒，影响人家夫妻感情。说只要你不回家吃饭，她爸妈就问她咋回事，是不是吵架了，闹别扭了？为这事，海棠她爸妈老说她，所以她就来找我了。你老实跟我交代，你在搞什么鬼，说实话我还能帮你。

惠秋说，交代啥？啥事都没有。有事还能不跟你说？就是因为她爸妈对我太好了，反倒让人觉得不自在。饭吃少了，她妈就说是不是她饭菜做得不合我口味。有时候我刚上班，她妈电话就打过来了，问我下班想吃啥？你说是不是发神经？她应该问她家海棠才对，我又不是孕妇。看我脸色不好，就说我不高兴。我哪天要是早睡一会儿，他们就当我生病了，要不就是跟海棠闹别扭了。你说气不气人？这日子咋过？

李浩擂了他一拳，说，你小子真不知好歹，身在福中不知福。人家要是都不搭理你，不把你当回事，你还有啥意思。我看你这种人还是趁早搬出去住为好，免得祸害人家老两口。

惠秋只有苦笑。

越是这样，他越想见到雪姨。几天不见就心里发慌，好像再也见不到似的，心里有东西堵在那里，做什么事都心浮气躁，静不下来。一旦见到她立马精神倍增，做完那事也不觉得累，整个人反倒舒展了，好像重新获得了某种力量，身心都是愉悦的。人也安静下来。

这次感冒就是雪姨传染给他的。那天下午他给雪姨打电话，听她声音沙哑，拿不准她是哭了还是感冒了，就逃班去了她家。在她家耗到下班，又急慌慌赶回六号院。这中间折腾得有点过火又吹冷风，夜里就开始发烧。第二天他搬进书房住，感觉跟中彩了似的。他给雪姨发短信说，我终于跟你同病相怜了。

连生病都能生出这种境界，真是疯了。

雪姨说他，你这样发神经是想害死我吗？你就不怕海棠找我麻烦？

他当然怕，不过相比之下他更怕雪姨不理他。雪姨顾虑太多，从不主动联系他。不打电话，不发短信，她不想让别人以为她勾引他，也不想在他面前跌了面子。

雪姨在惠秋面前常说的一句话就是，我都老家伙了呀。本来她好好地老去，没有什么心理负担。有了惠秋之后反而让她觉得自己老了，自卑了。

每当这时候惠秋就说，你不老。当年你都不嫌我父亲老，我怎么会嫌你老？

雪姨说，照你这么说，我嫁给你爸倒是嫁对了。嫁个老的，赚个小的。

惠秋感冒好了之后，他又来找雪姨。

雪姨说，你再这样我都不理你了。海棠挺个大肚子，你不在家陪她，却往我这儿跑。

惠秋强词夺理，这是我家啊。我回家谁敢说我错了？

雪姨说，是你家你咋不敢光明正大往家跑，要偷偷摸摸？你敢跟海棠说，你是来我这里了吗？

惠秋不吭声。他当然没有胆量这样说。虽然海棠没有怀疑过他和雪姨，但从开始就不喜欢雪姨。可能潜意识当中就已经把雪姨当成情敌看待了。事实也确实如此。

女人的直觉有时候简直太神了。

雪姨说，你现在是有家有口的人了，要负责任。以前你可以随便，现在不可以。

惠秋说，有啥了不起的？大不了离婚，我正好搬回来跟你住。

雪姨说，你这不是害我吗？你把钥匙还给我，暂时不许你回来。

惠秋说，那我想你了怎么办？你总不能不要我了吧？

雪姨说，我要不起啊！你乖乖地回家去。除非你想害死我。

　　　　　　　　　　　万物生

惠秋说那你亲亲我，我就回去。

那一晚他照样磨蹭到十点多才往家赶。外面冷风呼啸，马路上连鬼影都没有。他回到六号院的时候，海棠父母还没有睡，都坐在客厅里看电视。

丈母娘问他吃饭没有，给他留着饺子。

惠秋说吃过了。他问海棠呢，回答说海棠早睡下了。

惠秋躺在床上，猛然想起今天是冬至。

第二天上班，李浩电话就打过来了，问他昨晚干啥去了。

惠秋说，出去吃了个饭。

李浩说，你是不是跟海棠说跟我一起喝酒去了？

惠秋说，是啊，不行吗？

李浩说，你小子简直混蛋透顶！海棠打电话问我，是不是跟你一起喝酒？我说是。结果海棠跑我家里来了，指着鼻子把我臭骂一顿。

惠秋说，那你咋不赶紧给我打电话？

李浩大发脾气：我给你打啥电话？！你手机关机！

惠秋是把手机给关了。只要跟雪姨在一起，他手机总是处于关机状态。昨晚回去太晚手机就忘了开，早晨起来看到有李浩的未接来电，心想等上班了再跟他联系。哪想出这事？他琢磨着中午回去怎么编个瞎话，先蒙混过去再说。

他瞎话还没编好，雪姨电话就打过来了。她说海棠去医院找她了，问惠秋是不是跟海棠说啥了。

惠秋说，啥也没说。

雪姨说，没说就好！你赶紧来医院把海棠弄走，她这会儿在医院安全科。

听到这个消息，简直如同炸雷，令惠秋感到前所未有的紧张和惶恐。他跟雪姨的事被海棠发现了？仅仅是怀疑还是证据确凿？

惠秋硬着头皮去医院接海棠，但是晚了一步，海棠已经被她父亲接走了。这让他长长松了口气，暂时可以不用看见她。本来他对她还有点愧疚，但现在愧疚消失了，替代愧疚的是对她的讨厌和憎恶。因为她的鸡肠小肚，她的多疑善妒，她的不可一世，才给他惹下这么大的麻烦。这事很快就会被传得沸沸扬扬，尽人皆知，不可收场。后果很严重。他的处境会变得非常糟糕。现在他能想到的办法就是赶紧想办法应对。

他去找雪姨，希望雪姨能跟他说点什么。两个人的办法总比一个人多。可是雪姨不在诊室。她被海棠闹腾得班都没法上，请假走了。

见不到雪姨，惠秋的惶恐又增大了一圈，并持续在心里发酵。离下班还有一个多钟头，搁在往常，这个时间段，他不是溜回家，就是偷偷去跟雪姨约会。但现在，六号院他回不去，不敢回去。哪有自己往枪口上撞的？躲都躲不及呢。回大庆小区找雪姨，显然也不合适。她这会儿恐怕也是一头火，自顾不暇。想来想去，他只好先回单位。不冷不热的办公场所，这会儿反倒成了最安全的去处。但是还没等他走到单位，雪姨的电话就打过来了。他接了，却不是雪姨。一个陌生女人在电话里说，雪姨撞车了，让他赶紧去医院急诊科。

雪姨是跟人会车的时候动作慢了点，眼看要撞车了才猛打方向盘，车头撞上电线杆，结果造成胸骨骨折、右手腕骨折。除了两处骨折，她右手腕处还多了一条两厘米长的伤口，缝了三针。

海棠就更糟糕了。动了胎气，早产，孕了八个月的胎儿最终没有保住。医生诊断她患了产后抑郁症。

这一天，惠秋夹在两个女病人中间，一会儿觉得自己罪孽深重，不可饶恕，一会儿又觉得他才是受害者，摊上了一大堆倒霉事。他像溺水的人那样，在漩涡中挣扎着，渐渐被无力感包裹了。

（原载《广州文艺》2019年第9期）

初　雪

这座城市天生就适合恋爱，你天生就适合我的灵魂。

——杜拉斯

1

这年冬天，惠秋回到北京。他到的那天，西伯利亚冷空气过境，气温骤降，寒风刮在脸上就像扇人耳刮子。到处尘土飞扬，城市笼罩在脏牛奶一般的雾霾之中，不过这在惠秋看来，都不重要，天气会转好，雾霾会消散，假以时日，中国蓝就会出现在头顶上。可是生活中有些事情一旦发生就无法逆转，比如生米煮成熟饭，婚外情，不伦恋（别人嚼舌头），还有离婚。当然了，离婚也没什么大不了的。一个人离婚无非就是终止长期性合同，淘汰彼此，这跟别人有什么关系，跟工作有什么关系呢，可偏偏有人就要搅扯在一起。签完离婚协议的第二天，老宋就来找他了，让他调离岗位去分公司工作。老宋假惺惺地说，去基层锻炼一下对你有好处，年轻人就应该有上进心。惠秋说，既然有好处就照顾别人去吧，我暂时不想去。老宋说，上级决定让你去，你就得去。干工作不是请客吃饭，没那么随便。再说了，别人都拖家带口去了也不方便。惠秋说不管别人方便不方便，都跟我没关系。反正我不去。老宋说，这由不得你！你去也得去，不去也得去！惠秋说，我不去你能把我咋样？！两人当即吵起来，老宋骂惠秋白眼狼，不知好歹。惠秋骂老宋公报私仇，跟他干闺女离了婚，就来撵他走。老宋拍着桌子叫，是啊是啊是啊，你说得没错，我就撵你走！我就公报私仇，你赶紧给我滚吧！

好吧，滚就滚，没啥了不起。此处不留人，自有留人处，何必在一棵树上吊死？惠秋当即辞职，买了火车票，第二天就往北京赶。

当时他脑子里只有一个念头，那就是赶紧走，走得越远越好，再也不想看见这些人。至于去北京找谁，在哪里落脚，他还没顾得考虑。车到山前必有路，到了跟前再说，这是他一贯的处事态度，想多了就啥也干不了。在火车上过了一夜，早晨车到石家庄，他在微信朋友圈发消息称自己回北京了，想看看谁接招，谁接招他就去找谁。不一会儿，赵同学的电话打过来了，说要开车去西客站接他。惠秋说接就免了吧，发个定位过来，我打的过去。

定位发过来一看，他居然还住在老地方。这个老古董。这些年手机号没换，租房子的小区没换，工作还是原来的。

女朋友换没换？恐怕早就是万水千山了。

2

惠秋他们班当年七个同学留京，到如今失联的失联，变僵尸的变僵尸，基本上少有联系。就是赵同学也仅限于逢年过节发个短信问候一声，电话都懒得打。大二那年他俩还是死对头，有一天睡半夜，睡下铺的赵同学忽然抽风从床上跳起来去掐惠秋的脖子，差点将他掐死在睡梦中。两人从床上扭到床下，像螃蟹那样纠缠在一起。一个被揍歪了鼻子，流了一摊鼻血；一个眼睛肿得像包子，一个星期都没去上课。

为一个女同学两人闹得你死我活，赵同学说惠秋睡了他女朋友，给他戴了绿帽子。惠秋不承认：鬼才知道谁是你女朋友？是你的你管紧点啊，别让她出来发骚，祸害人，你用过的我还嫌脏——

要不是舍友们及时拉住，赵同学差点撕了他。俩人仇恨了半年。半年后女同学不知何故休学，他们也各自有了新女友。有一天在酒吧相遇，仇人相见分外眼红，都瞅着对方的女朋友看，越看眼越红。所谓旧的不去，新的不来，除旧迎新原来都是拜对方所赐。原来他们才是情投意合的战友，搞的都是别人的老婆，占的都是别人的便宜，英雄所见略同大概就是指这个，于是一笑泯恩仇，跟对方点头致意，算是前嫌尽释。赶巧那天酒吧人多，身边的两女生怂恿坐一起，于是两男两女就凑成了一桌，喝酒聊天，后来每逢周末，就约一起吃饭，打升级，或者去逛街。有俩女生在中间添油加醋，他们越发臭味相投。到毕业的时候情侣们都一拍两散，但好战友仍然是好战友。

赵同学老爹后台过硬，给赵同学谋就了某国企驻京办事处的职位，不等毕业就入职实习，公司就在离学校两站路的地方。所以赵同学租房子一直就在学校附近。租期到了，换个房东或者合租人就是了。

赵同学现在租的房子是两室一厅，他是二房东，住主卧，连着阳台。小卧室租给了一对小鸳鸯，据说是化工大的学生。赵同学说，他们中午一般不回来，只有晚上才回来睡个觉。

惠秋想，城市的房子也就睡个觉。有女朋友睡个荤的，没女朋友睡个素的。他现在还不知道晚上睡哪里。几年前两个大男人还可以一张床上挤一挤，现在想起这事就觉毛骨悚然。好在赵同学并没有邀请他跟他同床共枕，只是帮他把行李搬进房间，然后一起出去吃饭。

吃完饭你自己回来休息，我赶着去单位上班。赵同学出门的时候把房门钥匙递给他。

要是不方便，我去登个房。惠秋说。他看见窗台上有一只水晶发卡，料定他有人同居。

不料赵同学在他肩上拍了一掌说，没有不方便，方便得很。你晚上就住我这儿，我有地方住。柜子里有干净床单，你愿意换就换，不愿意换就凑合着用。

赵同学说这套房的租期还有两个月，你先住着，合适了就续租，不合适你再出去找地方。最好就住这儿，我的这些东西就不用搬来搬去，就先存你这里。

那你睡哪儿？

女朋友家。

哇，傍了个富婆。准备多会儿结婚？

不急。

他们吃饭的地方，是以前常去的一家川菜馆，中午一般人少，到了晚上才会爆满。他们找了临窗的位置坐下。

惠秋想起以前他跟同学来这家餐馆吃饭，餐单上有一道菜，叫葫芦头泡馍。他们当时不知道葫芦头泡馍是什么东西，就叫服务员过来问。

惠秋问赵同学：你还记不记得这家餐馆有道菜叫葫芦头泡馍？

赵同学说，咋不记得，你当时把茶水喷人家小姑娘身上，大夏天的，害人家胸口湿了一大片，连文胸都透出来了。

我不是故意的。

你当然不是故意的，没人说你是故意的。不过你以前每次来都叫服务员过来问葫芦头泡馍是什么东西，司马昭之心大家就都知道了。

不知道现在还有没有这道菜？

我看看，要是有的话给你来一份？

惠秋说，我才不要吃猪大肠，要吃你吃。

饭后回到赵同学的住处，惠秋倒头便睡。头一挨枕头瞬间就睡死过去。被吵醒之前，他正做梦在海棠家吃火锅，桌子上摆满了盘盘碗碗。中间的盘子里是一盘羊眼，他看羊眼的时候，羊眼也看着他，每一只羊眼都在咕噜咕噜转动。他惊出一身冷汗，然后就听见手机响。

到了吗？

到了。

还好吧？

还好。

这会儿在干吗？

在同学家睡觉。

哦。那你接着睡吧，再见。

电话来得快，挂得也快。他呓挣半晌，感觉还像是在梦中。他答应她一到北京就打电话，居然把这事给忘了。

再醒来天已经彻底黑透，屋里黑沉沉的。有女人的说话声隐隐约约传过来，起初他以为是雪姨，但很快就明白过来，雪姨在一千公里之外。这是赵同学家。

他抓过手机看了一眼，差几分钟六点。就是说他睡了整整四个小时。这次是真醒了。惠秋拉开房门，顿时就愣住了。客厅中央站着一个姑娘，穿一套碎花棉衣棉裤，背对着他，脑袋歪在肩膀上，一只手在空中舞着，大喊大叫，像跳大神似的，抖动着身子。惠秋盯着她的后背看，闹不明白她在干啥。姑娘忽然转过身来，瞅见惠秋就像见鬼似的，嘴巴大张，电话也忘讲了，呆呆地看着他。

他冲她咧嘴一笑。姑娘缓过劲儿来，狠狠地瞪他一眼，抱头窜进小屋，嘭的一声把门关上。

惠秋没有猜错，姑娘那天打电话是跟男朋友吵架。

我以为家里没人，赵哥下午从来都不在家。姑娘后来解释说。

惠秋洗漱完毕，换好衣服出来，姑娘的电话也打完了。她站在客厅从头到脚将惠秋隆重打量了一番。

请问你是谁？姑娘毫不客气地问。

赵豪的同学。

姑娘说，他让你住这儿？

对啊，他不让我住我飞不进来。你住这儿？

嗯。姑娘咬了咬嘴唇。等她松开牙齿的时候，惠秋发现她上嘴唇往上突起，嘴巴有点翘。皮肤苍白，眼珠子很黑。看人的时候一对儿黑珠子乌溜溜地在眼眶里滚来滚去。

惠秋避开她的目光说，我要出去吃饭了，然后点点头就往门口走。

姑娘冲着他的脊背说：你打算在这儿住多久？

惠秋说，可能要住上一阵子吧。

姑娘说，那我可不可以跟你一起出去吃个饭？你别误会哈，我不是让你请客，是想跟你一起搭个伴，我们各吃各。要是我一个人我就懒得出去吃了，宁愿饿一顿。

惠秋虽然有些讶异，但不管怎么说有姑娘陪着共进晚餐，也是件令人愉快的事儿。尽管这姑娘看上去太稚嫩，雏鸟不合他胃口，但这一点不妨碍他站在门口等她。

那晚他们去的小餐厅就在财大对过的巷道里，干炒牛河的味道不错。饭毕惠秋坚持替她付了账。

3

找工作却不顺利，看了两家都不合适。一家给的薪水太低，2500加提成，试用期三个月。惠秋一听扭头就走。还有一家就更离谱，招聘黄页上清清楚楚写着，民营企业，公司注册资产过亿。他跑了几条街，好不容易在一条胡同里找到，什么民营企业，充其量就一小作坊，门脸只有狗屁股大。担心上当受骗，惠秋只站在门口望了一眼，就落荒而逃。

两天就这样耗过去了。转眼又到了周五，吃完早餐，惠秋继续在58同城、赶集网、智联招聘上面浏览招聘信息，写邮件，投简历。中午去小餐馆吃了碗牛肉面，回来接着上网，投简历。午后小睡片刻。下午看天气不错，从柜子里找出干净床单被罩换上，脏的丢进洗衣机里，胡乱掬了几勺洗衣粉倒进去，按下洗衣键。他得让自己住得舒服一点，不定多会儿才能找到工作，在这里住上十天半月也有可能。

还是有些莽撞了。以为还跟以前一样，北京工作遍地都是，只要用心找就能找到。他忽略了一点，那就是他已经不是从前的他，有些工作做不了，工作对他有要求，他对工作一样有要求。离开小镇之前，雪姨劝他先别忙着辞职，她说你既然打算不干了，干吗不先混着，等新单位落实清楚再走也不迟。雪姨的意思是可以先弄个停薪留职，或者请长假，或者等调过去以后再找人挂靠在基层单位，在工资和社保都不受影响的情况下，随心所欲地玩，找工作，两头都占着，将来不吃亏。但惠秋执意要走，他已经无心在镇上再待下去，一连串的挫折令他心烦意乱，焦躁不安。想到要从六号院搬回到大庆小区，在雪姨面前出出进进，他顿觉颜面扫地。过去他为她偷偷摸摸跑回来，冒着被戳穿的风险，做贼似的担惊受怕，心里却甘之如饴。现在让他光明正大流落在她这里，被她收留，他反而觉得这种光明正大来路不正，害人害己，再待下去一点意思都没有。再说他还担心一旦按她说的留下来，她免不了要替他去求人托关系，这样更难堪，还不如一走了之。就算在外面混得猪狗不如，她看不见，他装也能装个人模狗样。

浏览了一天网页，天黑下来，他头昏脑涨，觉得自己快要闭气了，赶紧关了电脑往楼下走。

出了小区，马路上人来人往。公交车一辆接一辆地开过来，开过去。风刮在脸上有些冷。他把衣领竖起来。

他边走边掏出手机给李浩打电话。李浩身边人似乎很多，听上去乱糟糟的。他以为李浩又跟什么人在一起胡吃海喝，李浩却说他母亲摔伤了尾骨，在医院住院。他问是多久的事，李浩说就昨天，他母亲出去买菜的时候，不小心摔了一跤。他在电话里问候了她老人家，匆匆聊了几句就挂了电话。

万物生

走了差不多一个小时，路过几家小吃店，透过玻璃窗看进去，里面都很热闹，人们三五成群挤在一起吃吃喝喝。看见他们吃喝他顿时没了食欲。一个人不想吃也不想喝，也不想进店里去。小区门口有一家饼屋，往回走的时候他进去买了羊角面包和一块三明治，打算饿了再吃。吃剩下的明天当早餐。姑娘说得没错，一个人懒得吃饭，宁愿饿一顿。

走到楼下，他习惯抬头看了一眼他住的那户窗户，跟他走时一个样，还是黑洞洞的，没有亮灯。他请姑娘吃完晚饭，这几天她没回来。小卧室的门关得死死的，大概是锁着吧。不知道她晚上回不回来，他担心洗澡的时候她忽然开门进来，于是就搬来一把椅子放在卫生间门口，把衣服脱下来放上面。这样她看见了就不会推卫生间的门。

他洗完澡出来，她还是没回来。

他歪在床上玩手机，看微信朋友圈。给赵同学晒的吃喝图片下面点赞，问他去哪里腐败了？等了好久那家伙都没回复。

什么时候睡着的，他不知道。只是猛然惊醒，似乎有人敲门。仔细听又没有。翻个身接着睡，响声又起。侧耳一听，是那种极富韵律感的撞击声，他忽然醒悟。于是，眼前就浮现出姑娘嘟起来的嘴唇，蝌蚪一样的黑眼珠子，心里十分好笑。

他在这个年纪连想都不敢想，人家倒好，干脆租房子住一起，生怕别人不知道。看来还是自己落伍了，差距简直不是一点点。那边的叫床声一浪高过一浪，他开始觉得可笑，后来就嫌烦。天亮的时候刚迷迷糊糊睡过去，那边又开始闹腾。也不知道赵同学以前是怎么过的，这深更半夜的，烦人。

4

他起床那边门还关着。洗漱完毕，打开阳台的窗户透气，打了一套八段锦。回屋烧水冲咖啡，吃了既当晚餐又当早餐的糕点，那边屋还是没有动静。

中午的时候，他放下手头工作，穿戴整齐准备出去吃午饭，推门出去，见那两人在客厅里埋头吃喝。

姑娘一见他，立马就给了个笑脸。她对旁边的男生说：他是赵哥的同学。随后又冲他挤出一个微笑说，我老公，马力。

呵呵，马力，还是老公，这名字不错。惠秋心里笑，脸上也笑。说了一声，你们好，随即也递过去一个大大的笑脸。

马力拿起一包奶，招呼他过去喝一包。

他忙摆手道谢，说自己要出去吃午饭。你们这省事，早餐午餐一起解决。

那一对互相看一眼，继续往嘴里塞东西。

真应该劝他们多吃点，马力看上去那么单薄。姑娘也应该多吃点，柴火妞似的，该长肉的地方没长肉，不该长肉的地方更是瘦成麻秆了。两人秤秆秤砣，放在一起倒蛮匹配的，不然马力真的像匹马，一匹公马，那姑娘却不像一匹母马，那

万物生

是很要命的。他们不管是五官还是身材，左看右看都是小一号的人间精品。看精品们闹腾当然比看庞然大物们闹腾有意思多了。惠秋笑眯眯地打量着他们，见他们上面吃，想到他们下边也吃，忍不住想大笑几声。他又担心自己笑得鬼里鬼气不礼貌，就说了声，你们慢吃，然后就笑眯眯地推门出去了。

这时候手机叮了一声，掏出来看，是赵同学。

赵同学说，下楼，去吃饭。

真是瞌睡遇见枕头，此人来得正好。

惠秋说，你有空了？

赵同学说，废话，赶紧滚下来吧。

出了楼洞，就见赵同学在树底下站着。白羽绒服，牛仔裤配褐色矮靿马丁靴，双手别进裤兜里。

牛逼！跟你一比我就一农民工。惠秋自嘲着说。

赵同学说，农民工有穿成你这样的吗？你见哪个农民工穿普拉达？

惠秋说，我这不是要跟领导吃饭嘛。

惠秋身上这件夹克是海棠父母去法国买的。每次穿出去的目的就是为了给识货的人显摆，随便给自己充个脸面。

两人边说边往车跟前走。今天不陪你女朋友？

人家不让陪。

吵架了？

屁！你就知道吵架。人家值班去了。

噢，你女朋友是干啥的？

医生，妇科医生。

哇，妇科医生！惠秋叫起来。

咋了？听你鬼叫。

我听说妇科医生有洁癖，不知你家那个有没有？

有又咋了，没有又咋了？医生不都那样，这还用说？

有没有给你消消毒？惠秋边说边比画着。

消什么毒？

跟你干那个的时候，拿消毒水消你老二。

去你的，尽胡扯八扯。你倒知道得很清楚！你在哪儿享受过这种待遇？

我哪有这福气。只是听人说过，你不正好赶上了嘛，就赶紧问问。

惠秋是听雪姨说的，他们医院妇产科有个女医生，每次跟她老公做事前，都要拿消毒水消毒。一消她老公就不行了，她抱怨她老公坏掉了，就带他去看男科。结果两人当着男科医生的面大吵一架，被当成笑料传得尽人皆知。惠秋趁机拿来打趣赵同学。

5

周一惠秋去模具公司签了用工合同，试用期一个月，月薪四千。等签完正式合同，月薪可以拿到六千，给交五险一金，年底还有提成奖。听上去似乎还不错。虽然年底这一块是个未知数，不过暂时可以先干着，遇到合适机会再跳槽。大家都是这么干的。这事多亏了赵同学。那天在饭桌上，两人聊起了混小地方和混大城市的区别，赵同学说，你说大城市不好吧，有人来也有人走。小地方好吧，你待了几年又跑回来了。前几天我有个同乡，比我们高一届，刚辞职回鞍山结婚去了。他本来在这儿干得好好的，因为在北京找不到人结婚，只好奔能结婚的地方去了。赵同学感慨，地方没有好坏之分，适合自己才是最好的，所谓适者生存嘛。说不定再过几年北京我也待烦了，也想换地方，换个活法。

惠秋说，你打算去哪里？

赵同学说，只是这么想，遇到机会再说。

惠秋就问赵同学的同乡以前在哪儿上班，工资多少，因为同专业，可以当作自己的参照标准。赵同学的收入没有可比性，他后台硬，已经爬到财务主管的位子上，他虽然没说，但惠秋猜他的年薪少说也有二十万。

赵同学给他同乡打电话，他同乡说他空出的职位目前正虚位以待，可以引荐惠秋去试试。

第二天一早，惠秋按约定时间去了公司。面试他的是个女的，公司财务总监，姓俞，名之之。看上去比惠秋年长几岁，身材略显丰腴。她说话的声音又尖又细，像是捏着嗓子说话，问的问题跟专业关系不大，都是些私人话题：你是哪儿的（简历上写着）；多大了（简历上写着）；有没有女朋友（惠秋说没有。他不想坦诚自己有婚史，人家又不是征婚，在女性面前不打自招，等同当面大小便）；你在北京待了五年，后来为啥不干了，现在怎么又回来了。

她应该问惠秋会不会做假账，帮企业偷税漏税之类的，这才是正理儿。问闲话，惠秋就胡乱应付几句，觉得她大概看不上他，心里正打着退堂鼓，忽听她说你要愿意就留下来，试用期一个月。一个月如果合适就再签正式合同。我们这儿是私企，丑话先说在前面，干不好老板随时会撵人。

是威胁还是善意提醒？惠秋没有说话，给女人当下属，他感觉怪怪的。

签完意向书出来，她带他去财务室，指着角落里的一张办公桌椅，说以后那就是他的宝座，让他坐在此处办公。惠秋瞅了瞅那张陈皮色的旧办公桌椅，还有旁边占据了窗户位置的两位女同事，以及用玻璃墙围起来的俞总室，心里莫名地紧张。他对男性一枝独秀的工作前景一向感觉不是很妙。他问他的前任在公司干了几年？答曰两年。两年还好，对于不太丰满的薪水来说，似乎已经足够漫长了。

说到具体工作，也就是做报表、统计之类的。说到这里，俞总露齿一笑，等上班以后你听我安排就是了。

她让惠秋稍等片刻，然后扭着身子踩着高跟鞋一摇一晃出去了。过了一会儿她进来，身后跟了个年轻小伙。

你跟他去车间转转吧，熟悉一下环境。明天正式来上班。

惠秋跟着小伙往外走，没走几步她又喊住他说：上班不能迟到，出入要打卡。公司不允许喝酒。

惠秋在心里笑：她怎么知道我会迟到、爱喝酒？

绕着公司兜了一大圈，车间里全是些高矮不等各式各样的机床，金属零部件。一圈走下来，惠秋的嘴巴里满是铁锈味和油泥味。

6

不需要闹钟，惠秋习惯每天六点钟醒来。起床，洗漱，吃饭，七点钟到小区门口乘坐18路公交车，一个半小时后下车，再步行十分钟到达公司门口。第一天上班打卡，惠秋是新人，没有卡被允许直接入内。门卫告诉他，以后出入公司大门必须打卡。

公司有食堂，供应百十号人的一日三餐，但不包饭，吃饭凭出入卡去办理充值卡。然后拿着饭卡到售饭窗口打饭。售饭窗口有四个，每个窗口上面都有电子屏显示着所售食物的名称。馒头米饭，面食，粥，菜汤。炒菜每顿饭也有四个，两素两荤，装在不锈钢大盆里。四个菜全要，十元。一素一荤，五元。没有单价，估计是没人这么吃。

惠秋刚这么想，排在他前面的一个男的就要了两个素菜，师傅敲着饭盒叫道：两元！轮到惠秋，他说都要吧。心想不定哪个能吃，买四个总比买一个保险。果不其然，糟糕透了。土豆不面，白菜全是老菜帮子，粉条坨成了坨。那两个素菜，除了盐，什么味道都没有。感觉就是用水煮了煮，抓了把盐丢进去。也不知道这些菜洗没洗，干不干净。他以前在海棠家吃饭，那菜可是每次都洗出了绿汁，他去洗菜，洗完海棠她妈还要再洗一遍。每逢吃豆芽，都是仔细掐了根的。老太太烧菜水平那叫一个了得，刀工火候无一不精，菜品端上桌有模有样，据说曾专门请师傅上门传授过厨艺。饭桌上隔两天就有一盘清蒸鲈鱼，或者红烧鱼，那是专门烧给惠秋吃的，他喜欢吃腥。海棠戏称喂猫。海棠一家人都不吃鱼。

他旁边有个穿蓝工作服的大叔见他端着饭碗发呆，问他是不是新来的，惠秋说是。大叔说，刚来不习惯，习惯了就好了。

饭后回办公室上班，没有午休时间。惠秋在小镇三年养成了午睡习惯，每到这个点总是困得不行。有一天中午，外面刮大风，他坐在椅子上打瞌睡，正好让俞总撞见。俞总把报表往桌子上一扔，他以为刮台风，吓出了一身汗。俞总让他去车间核对一张出库数据。车间的出库单，每次交上来她都让惠秋再去核对一遍。有时是出库单，有时是入库单，惠秋认为纯属多此一举，可每次还得去。

熬到下班，累得人困马乏，坐上公交车就开始打瞌睡。到家快七点了。开门前，他以为那对小鸳鸯会在家，但每次都没有，他们永远比他回来得晚，总是在他洗漱完毕躺在床上以后，才听见门锁的转动声。有时他睡着了，他们把他吵醒。多数时候他不知道他们回来没有，早晨起床看见门口摆着一大一小两双形状不同的鞋子，才想起这屋里除了他还有别人。

　　　　　　　　　　　　　　　　　万物生

7

有一天下班前，俞总让他不要走，有个饭局要去应酬。来公司这还是第一次。俞总开着她的白色标致408带着惠秋一起去酒店。那天公司老总副老总都在，还有两个美女在座，加上惠秋和俞总，主人和客人的比例是八比四，等于两人陪一个。惠秋和俞总一边一个左右夹击跟他们业务对接的一个王姓科长。俞总频频举杯，跟王科长谈笑风生，酒杯在嘴唇上浅浅碰一碰，并不真的喝下去。真正喝酒的人是惠秋，让他来的目的就是装酒，老总副老总俞总的酒都由他代劳，他成了酒囊酒桶，酒一杯接一杯喝下肚，最后彻底喝趴下，死狗一样被人扔进值班室昏睡了一夜。半夜里，他醒过来，脏物吐了一地。胃里火烧火燎，他晕晕乎乎拿起手机，不知怎么就拨通了海棠的电话。她父亲对他的警告在这会儿完全失效。

惠秋说，海棠，海棠。

海棠说，混蛋，干吗深更半夜打我电话？！

惠秋说，我想你啊，我难受死了。

海棠说，死了算了，你这种人赶紧去死，打什么电话？我不想听你说话。过了片刻，话筒里传来海棠擤鼻涕的声音。

惠秋说，海棠，不要哭。我该死，我混蛋。

海棠说，你是不是喝醉了才打我电话？

惠秋说，我没有喝醉。我这会儿清醒得很。

海棠说，你就是个满嘴谎话的骗子。我才不信。

惠秋说，我没有骗你。

海棠说，你还想咋骗？

惠秋说，我不想骗你，我只想跟你说句对不起。海棠，对不起，都是我不好，你原谅我吧。

他对着手机唠叨着，后来居然哭起来。

早晨醒来，发现手机掉在一堆呕吐物当中。抓起来看，已经开不了机。充上电还是不行。午饭时间他去公司门口的维修店，花了一百五十块钱修理费。拿到手机的第一件事就是赶紧查看通话记录。没错，夜里他确实打过海棠的电话，他搞不懂他为啥要这样做。婚都离了还打什么电话，纯属没事找事。

8

周末又刮风又下雨，惠秋索性一觉睡到中午。屋里除了甩到窗玻璃上的风声雨声，听不到别的声音。他以为小鸳鸯没回来，起床推门一看，客厅沙发上窝了个人。马力歪在沙发上，垂着头玩手机。

他招呼了声，马力抬起头，冷冷地看了他一眼，随即又垂下头去，并用手捂住脸。他惊奇地发现他并没有玩手机，而是一脸怒容。

怎么了？他看了一眼他们的房门，门是关着的。

她呢？

万物生

这次马力像没听见一样，头垂得更低了，直接钻进裤裆里。

惠秋觉得没趣，就进卫生间刷牙洗脸。洗漱完毕，去厨房烧水泡茶泡面，在阳台上开始享受他这一天的第一餐食物。这时他听见门砰的一声巨响，出来看客厅已经没人了。

满屋都是泡面的味道，他把窗户和门敞开透气。快餐面这玩意儿吃的时候感觉还挺好，一旦吃完再去闻那个味儿就令人作呕。他打开电脑开始浏览网页。这几天网上最热的新闻是美国总统大选，人家选老大，管别人屁事。可网上的新闻铺天盖地都是：美国总统大选，黑马事件频出，计票舞弊是真是假。

文章内容他没看完，感觉有什么东西在门口晃动，他回头看，却什么也没有。

雨声大起来，他起身去关阳台窗户。关房间门的时候，他朝客厅瞟了一眼，忽然发现那边的屋门也开着。原来屋里有人。就在他朝那边张望的时候，那边也伸出来一个鬼鬼祟祟的脑袋朝他这边窥视。明显是一张陌生男人的脸，绝对不是马力。那人比马力至少要大一号。这就奇怪了。他听赵同学说过，租房子的人是马力，那姑娘是马力的同居者。奇怪的是，他常常看见姑娘一个人回来，碰见马力的机会很少。现在倒好，鸠占鹊巢，直接把马力给撬走了。

姑娘照例冲他笑笑，他也照例把好奇心藏起来，关起房门，打开空调，继续看他的电脑。他们爱怎样怎样，都与他无关。

十二点过后，他舒舒服服躺进被窝里睡午觉。朦胧中听有人敲门，他认为是敲别人的门，不予理会，翻个身继续睡去。

随后门被推开，一只冰凉的小手在他脑门上拍了一巴掌：哈！这么能睡。

你怎么跑我屋里来了？他咕哝着说。

帅哥，能不能帮个忙？姑娘说。

什么忙？

姑娘以前找他帮过一些小忙，比如在阳台上帮忙晾个床单被套什么的，阳台属于他这边的领地。

要晾东西尽管晾去，阳台上有撑衣杆。

撑衣杆是惠秋自己动手弄的，他找了一截铁丝，用废弃的拖把杆捆绑而成，他懒得踩着凳子爬上爬下。阳台上没有安装升降晾衣架，房东偷懒绷了两根铁丝。

这么冷的天谁洗衣服啊，你坐起来我跟你说。姑娘边说边动手搡他的肩膀。

别动手动脚，男女授受不亲。惠秋说着就坐起来，说，要我帮什么忙？

借我点钱，我有急用。

借钱？你想借多少？你怎么不问马力或者你同学借？

姑娘说，他们都是穷学生，哪来的钱。

我也很穷啊，我没钱还没工作。你凭什么认定我就会借给你？

大哥，有没有搞错，我们同住一个屋檐下，你不至于那么小气吧，就借我一千块钱，又不是借了不还。

惠秋说，先说你借钱干啥。

姑娘说，哎呀，这个不能说。我保证下星期还你好不好？姑娘嗲声嗲气地说。

第二天跟赵同学吃火锅的时候，他说了姑娘和陌生男子和马力之间的奇怪关系，又说了借钱的事。赵同学说，你怎么能随便借钱给人？我至今跟她都不熟，姓啥名啥都不知道，万一不还钱了你去哪里找她？

惠秋说，不还就算了，一千块钱也没啥大不了的，不至于会破产。

一起吃饭的女同学说，高富帅啊你。是不是对人家小姑娘有意思？

惠秋说，别胡扯。我才没那意思，你少来寒碜人。

赵同学说，那你对谁有意思，说来听听啊。

后来赵同学才跟惠秋说，女同学对他有意思，想泡他。

惠秋说我对她没意思，也不想被她泡。

9

一星期过完，还真被赵同学说中了，姑娘不仅没还钱，连人影都不见了。惠秋不认为她为了区区一千块钱会躲起来，但见不到她人，心里隐隐地有些替她担心。不知她遇到了什么事，急慌慌地问他借钱。这个礼拜他回家总是很晚，赶上月底加班，俞总又拉他出去应酬了两次，照样是不醉不回，保安把他往公司的值班室一扔就走了。睡半夜他不是被冻醒就是被渴醒，然后挣扎着从梦里醒过来，望着黑洞洞的窗户，心想他会不会在某一天醉酒后就再也醒不过来？如果他真把自己喝死了，这世上大概也没谁会难过。这样一想，思绪就漫无边际地发散开来，好像自己真的死了一样，被警察开肠破肚调查死因，再送到火葬场一把火烧成灰。

最近他情绪不佳，心里莫名焦躁。他抽空溜出去给赵同学打电话，赵同学劝他说，私企基本上都这样，换来换去都成了试用期，不如先混着，等遇到合适机会再跳槽。合同签了也没关系，到时候辞职就是了。

试用期最后一天下班前，俞总微信让惠秋去她办公室一趟。惠秋想着是签合同的事，估计会签一年。当初说的月薪六千不知道还能不能加一点，还有社保那一块，有没有月奖也要问清楚。

他敲门进去，俞总从抽屉里拿出一个信封递给他，里面装的是他这个月的薪水。惠秋道了谢。俞总冲他笑笑，随即目光调转过去看电脑，没说签合同的事，惠秋也没问。

从俞总办公室出来他就开始收拾自己的东西。水杯、手机充电器、雨伞，还有从当当网买来的两本书都一起扔进手提袋里，拿着这些东西他朝公司门口走去。那会儿还不到下班时间，他不顾门卫惊讶的目光，捏着门卡上前刷了一下，

　　　　　　　　　　　　　万物生

嘀的一声，大门敞开，随即哐当一声在他身后合上。不到下班时间擅自刷卡出厂门是要扣钱的。他当然不怕扣了。

他以为俞总一定会和他签合同。在酒桌上她跟他又说又笑，捏着他的手让他喝酒，有时还故意把身子歪过来借他的肩膀靠一靠。跟他说话的神态既温存又迷人，一副情意绵绵的样子。没想到人家只是逢场作戏，翻脸比翻书都快，他差点还当人家对他有想法呢。

快到公交车站的时候，一辆米白色标致408缓缓地跟在他身后，他扭过头去看，女司机冲他招手。上来，她说。

谢谢，不用，马上到车站了。惠秋说。

上来！她叫起来，找个地方坐坐，我请客。

俞总带他去的是工体附近的一家西餐厅。俞总说这家的炭烤猪排不错，烤土豆片也很好吃，于是每人一份，边吃边聊。主要是俞总说，他听。

俞总跟他说什么呢？说她的家庭。俞总是南方人，公司老板是她舅舅，她高中毕业就跟着舅舅在公司里干了，公司有她的股份。虽然她不懂财会，但这没有关系，只要别人懂就行。她说这些就是想告诉惠秋，她是资产阶级，多金还单身。这是一种身份的炫耀，关键时候亮出自己的底牌。什么意思呢？惠秋不懂。他只管听，有时点点头，表明她说得对，赞同她的观点。等她问及惠秋家庭的时候，惠秋回答说父母都是国企职员，家庭条件一般。他没有说父母都不在了，因为不想看她惊讶的表情。

一餐饭消磨到结束，闲聊了两个小时，她没有提及签合同的事，惠秋也没问，对他来讲签不签已经无所谓了，不签明天正好在家睡懒觉。俞总问惠秋，要不要换个地方再去喝点儿？惠秋说不喝了，前几天喝下去的酒劲还没过去，人还醉着。她就说那好，改天再喝吧。买单的时候惠秋把她推到一边，用手机支付结了账。

好吧，算我欠你一顿，改天我请。

出了餐厅，两人面对面站在冷风里。惠秋看她表情似有不舍，似有不甘，扭捏了一会儿，就说句我走了。她说，那我送你。

惠秋说不用送，你赶紧回吧。遂招手叫了一辆的士，侧身坐进去冲她挥挥手。

回家洗漱完毕躺在床上玩手机，听微信嘀了一声，翻过去看，是俞总。问他到家没有，惠秋说到了。

做什么？

躺着，累。

我也是。

10

第二天惠秋没上班，俞之之也没打电话过来问。惠秋又开始在网上找工作，投简历。下午六点半的时候她忽然打电话过来，让惠秋陪她去喝酒。惠秋说谢谢，酒就不喝了吧，以后有机会再喝。

俞之之说我马上就到你那儿了，赶紧出来吧。

惠秋的脑子瞬间短路，如果反应快一点就应该撒谎说，我跟同学一起吃饭不方便出去。可他转念一想，女人约酒岂有不喝的道理？现在他们之间没有工作关系，只是熟识的男人和女人，喝顿酒又不会怀孕，怕什么。

换好衣服他就往外面走。风很大，也很冷。在小区门口，他东张西望寻找米白色的车子，忽见眼前站了一个人，这人裹在一件黑色的长羽绒服里，粽子似的，头上戴顶红绒线帽，披了一条红格子呢大披肩。

好冷啊，这天。她说。

奇怪！这么冷的天，她居然没有开车。

惠秋跟她打过招呼，她自然而然把手臂伸进他的臂弯里，亲昵地依着他。

你咋来的？

打车呀。

去喝酒？

嗯。

惠秋带着她沿着马路往前走。不远处就有一家酒吧，生意特别火爆。他以前常和同学来玩，到周末基本上都是人满为患，找不到座位。平时还好，他们走进去找了一个角落里坐下。服务生送来餐单，惠秋也不跟她客气，自作主张点了比萨和土豆条、伏特加，给俞之之点了百利甜酒。

酒吧里光线昏暗，给人的感觉不那么冷了。服务生送酒过来，他们边碰边喝，暖意渐渐地浮上来，身体里有了热度，神经也跟着松弛下来。酒吧里闹哄哄的很热闹，有人唱歌，有人嬉笑，他们就管喝酒。一杯接一杯地喝，旁边桌的两个男人已经忘乎所以地搂抱在一起了，他甚至想，他和她干巴巴地坐在一起光喝酒是不是太无趣了，要不要做点什么？这念头也只是在脑子里一闪而过。

　　她喝完杯中物，又扬手招呼服务生拿酒过来。惠秋也不阻拦，一杯接一杯跟她碰。她端起杯子就喝，一副不醉不归的样子，好像跟酒有仇，非要干掉不可。惠秋虽然以前跟她应酬过几次，但她喝得都很少，理由一大堆，沾沾嘴唇就算了事。所以惠秋并不知晓她的酒量，以为她能喝，等发觉她喝过量的时候，麻烦已经来了，她已经站立不稳，并紧紧拽住了他的胳膊。惠秋扶她到门口叫的士。天冷加之深夜，好不容易等来一辆，车还未停稳，俞之之蹲下呕吐，司机一看是酒鬼，油门一踩又开走了。夜风呼呼刮过来，俞之之冷得直打哆嗦。去你那儿吧，我要冻死了。她小声说。

　　惠秋说，我那里不方便。

　　终于等来了车，惠秋拉开车门扶她坐到后座，正扭身要退出来关车门，被她紧紧拽住一只手。惠秋迟疑片刻，也跟着坐进去。深更半夜送她回去也应该。

　　半小时后，车到小区门口，司机将他们卸下来。他扶她出来，对的哥说，你等我一小会儿，我送她到家还要返回去。

俞之之说，你走吧，不用等他。

的哥笑着做鬼脸，冲惠秋打了个手势。

惠秋到她家，酒也开始往上涌，他去卫生间方便，泄完下边的泄上边。出来，俞之之已经沏好茶，她这会儿倒是清醒了些。她斟茶给他喝。惠秋坐在沙发上，俞之之就靠在他旁边。茶的香气混合着酒气还有旁边女人的香水气，味道浓得呛人。一杯热茶下肚，身上微微出了些汗，感觉畅快了不少。进卫生间去洗了把脸，出来继续坐在沙发上喝茶。一边喝茶一边打量俞之之的住处。

俞之之住的是一室一厅的公寓房，看上去很干净，家具沙发都是浅颜色，灯光下到处都透着洁净。

俞之之冲了澡出来，穿了件藕荷色棉睡袍，头发用白色毛巾裹在头顶。她挨着惠秋坐下，问他要不要吃点东西，或者水果之类的。

惠秋摇了摇头。他喝完酒什么也吃不下。

那好吧，早点休息。

俞之之拖着他的胳膊去卧室。卧室不大，床却很大，摆在屋子中央，屋子几乎被占满了。

床上铺着桃红色的被褥，猛然一见，会误以为是婚房。俞之之拉开衣柜，从里面拎出一只枕头，拍一拍放在床上。睡吧，她说。

我睡你的床？

怎么了，埋汰你了是怎么的？

惠秋忙说，我不敢睡哈。

不敢睡就去客厅坐着。

惠秋笑笑，这会儿他也管不了那么多了，三两下扒下自己的皮，留下内衣内裤一掀被子赶紧溜进去。然后眯着眼睛看着她。

俞之之咧嘴一笑，伸手把灯关了。惠秋躺在黑暗中听她窸窸窣窣脱衣服，心里有些好笑。跟她居然同床共枕，这是前世修来的缘分吗？不然做梦都不会梦到这种事。她喜欢他吗？他没看出来。那什么意思呢？他搞不懂。

她在床边躺下，跟他保持一定的距离，谁也挨不到谁。就像学生时代的男女同桌那样，中间画了一道三八线，大家都不会越过去。惠秋躺了一会儿，意识渐渐松懈，一下子就睡过去了，俞之之伸手过来，他顿时惊醒。

她抓住了他的……开始揉捏起来。你是柳下惠吗？听口气颇为不满。

喝了酒的惠秋，像是一摊烂泥，凭她怎么折腾，都要死不活。

哎，你怎么回事，不会长了个假的吧？女人的声音里半是调侃半是失落。

我喝多了就这样，谁要你让我喝酒。

你还没我喝得多。

你是女人。女人只管躺下去，喝多少都没关系。

男人喝了酒，都成你这样了吗？我不信。

　　　　　　　　　　　　　　万物生

你这会儿信了吧，我就是这号的。惠秋知道有些人喝了酒就跟吃了伟哥似的，功力倍增。赵同学借着酒劲什么事都能整成，据他说，他喝了酒没有一两个小时结束不了。

所谓酒是色媒人，但搁在惠秋这里行不通，一喝酒，老虎就被毒成了病猫。

女人还在不死心地捏他，捏得他都有些急躁。

等酒劲儿过去，让你见识一下我的厉害。

他拿掉她的手，温存地用手去安抚她。

…………

天亮的时候他起床小解，挺着老二看着黄色的液体在白色的马桶里起泡，咧着嘴笑了一下。昨晚要不是酒精使坏早就给她尿一泡。这会儿他坚硬无比，如果再回到床上去，一定杀她个片甲不留，让她见识一下他不喝酒的时候有多么厉害。

但他捏这根东西晃晃，遂又塞进内裤里。他丢盔弃甲从小镇上逃出来，可不想这么快再陷进去。他以前很喜欢异性投怀送抱，如今已经腻歪透顶，他宁愿自己抛头颅洒热血，也不想衣来伸手饭来张口。容易到手的东西总是令人心生疑虑。这么一想，他就悄悄地穿好衣服，拉开门走出去。

11

周六赵同学做东，请在京的老同学吃火锅，还是上次那几个。有心泡惠秋的女同学已经名花有主，泡上另一个男同学。这次他们双双出现，眉来眼去，吃饭的时候还互相喂着吃，赵同学直喊辣眼睛。

惠秋除了咳嗽，很少说话。他最近运气不佳，工作没着落，还患了风寒症。

赵同学说，你就是自找的，丢了工作活该。人家投怀送抱你都不肯，怨谁？这种好事打着灯笼都难找，咋不让我遇到？说话口气完全是李浩附身。

其他几个人也跟着瞎起哄，让惠秋传授经验，他是如何做到让女人主动投怀送抱。

惠秋苦着脸不语，过了半晌忽然说，你们说当猎人好还是当猎物好？

大家哄堂大笑。

赵同学说，谁是猎人谁是猎物都不一定。你以为你是猎人，说不定你才是猎物。把自己当成猎物的猎手，才是高手中的高手，不费一枪一弹，让对方全军覆没。

说谁呢，贼不打三年自招。大家都笑。

说惠秋啊，赵同学说。

惠秋说，明明是他在给大家传授经验，非要栽赃给我。你看我们几个，谁有他本事大？女朋友是医生还是当地人，有房还多金。人家这才叫本事。我们都要学着点。

赵同学说，那是你们不努力，打铁还得自身硬嘛。

那两家伙说，谁不硬啊，我们都很硬嘛。除了惠秋。可是我们没有铁打有什么办法?

惠秋后悔把那天的事说给赵同学听,让他们拿他取乐。不过就算他们拿他取乐,他心情还是好了不少,不然在这个城市他真的成了孤魂野鬼。

吃完火锅的第二天,惠秋咳嗽明显加重,咳起来没完没了,胸口隐隐作痛。他给雪姨打电话,雪姨让他去药店买阿莫西林和咳特灵回来吃。雪姨再三交代,不好好吃药咳成肺炎就该去住院了。听她这么说,惠秋赶紧去药店拿了药回来按时服用。连着几天都在下雨,也不用出门,除了吃饭就是吃药和睡觉。雪姨这几天对他很殷勤,每天都问有没有好转,感觉咋样。

惠秋说,有你哩我怕啥,大不了严重了买张车票回去找你。

吃了三天药咳嗽明显好转,胸痛也有些减轻。药就扔到了一边懒得再吃了。

到了周五,天气放晴,他去西单街头闲逛,忽听有人叫惠秋,心想这地方居然还有人跟他同名同姓,扭脸就撞见了一张熟脸。人称小六。叫小六是因为他右手大拇指处分叉多长了一个指头,真实姓名倒是一时半会儿想不起来。小六是个瘾君子,每当他抽烟的时候,大拇指翘起,那个多余的肉瘤就探头探脑,看上去特别怪异。

小六是惠秋在保险公司认识的同事,惠秋只待了两个月就辞职不干了,挣的钱还不够吃饭。据小六说,惠秋走后他跟着也走了。他后来去4S店卖过车，去居民区推销过拖把，做过租房中介。小六说他现在自己当老板，挂靠在一家旅行社下面做旅游，有车有老婆只是房子钱还没挣够。他老婆就是他挂靠的那家旅行社的导游。

小六说，你如果想发财又不怕吃苦就跟着我干吧，北京旅游资源全中国第一。人家靠天吃饭，咱靠老祖宗吃饭，咋也不可能给饿着。

跟小六分手后，惠秋在回家的公交车上接到阿里巴巴人力资源部打来的电话，通知他第二天上午十点钟去朝阳区温莱特中心面试。也就是生病这几天，他发现阿里巴巴有专门的应聘渠道，其中有不少适合他的岗位，据说薪水也很高。

12

那姑娘居然在家。

好久不见，惠秋说，下午没课吗？

自从借钱给她后，他就没见过她。赵同学说她拿着钱跑了，他觉得没这个可能。看来他的感觉是对的。

那钱，我能不能再晚一些时候还你？姑娘马上就说钱的事了，她咬着嘴唇不好意思地看着惠秋说。

已经做好了她不还钱的准备，这会儿听她这么说，惠秋就跟中了奖似的，忙回答说不急不急，没事的。多久还都行。

姑娘解释说，借钱是给朋友做手术，朋友暂时没钱还她，所以就拖了这么久。

惠秋热心肠地问了句，做什么手术？不要紧吧？

姑娘回答说，小手术，不要紧的。

惠秋说，不会是你做手术吧？

姑娘一张脸忽地红到耳根，她冲过来打了他一拳：你胡说！

惠秋笑着往后躲，绕开她往自己屋里走。

晚上请你吃饭。姑娘说。

好呀，惠秋很爽快地答应了。

太贵的我可请不起。

你随便请，俺随便吃就是了。

惠秋把自己关进屋里，利用饭前的这一会儿工夫上网搜了一下阿里巴巴怎么面试。网上说，如果面试结束让你回家等结果，那就是没戏。如果不停地换人来面试你，就是有戏。他又搜了一下薪资标准，像他这样资历的大概值个十万块吧。

姑娘过来敲门喊他出去吃饭。

马力呢？

跟他导师去石家庄做项目去了。

他毕业了吗？

没有。他读研二。

那还有一个帅哥呢？

哪个？

星期天来过的那个。

噢，那是我同学。马力跟我吵架，我就找了个人过来故意气气他。

是吗？

你不信算了。

惠秋没有理由不相信。

吃饭的地点是惠秋以前常去的那家川菜馆。姑娘说她跟马力也经常来这里。

惠秋就问她知不知道什么叫葫芦头。

姑娘说，葫芦头是什么鬼？能吃吗？

惠秋说，当然能吃。这家馆子有道菜叫葫芦头泡馍。你要不要吃？

姑娘说，你先说葫芦头是什么鬼东西，是葫芦吗？

惠秋说，猪大肠啊，你吃吗？

姑娘赶忙摇头，不吃不吃，臭死了。

惠秋说，以前我们每次来都要指着菜单问店里的小姑娘，葫芦头泡馍是什么东西？小姑娘不知道就跑后厨去问，问完再回来告诉我们。我们说，猪大肠为啥要叫葫芦头？这不是张冠李戴吗，摆明了故意欺骗消费者。我们是回民你知不知道？小姑娘说我不知道。我们说你这不知道那不知道，你知道啥？我们每次都问那一个小姑娘，有一次居然把人家问哭了。

你们真坏啊。故意挑逗人家小姑娘。

那不叫坏，看她可爱才逗她玩。

你们可真会玩啊。

万物生

吃完饭，惠秋抢着付了账。

回家又上网看了一会儿有关阿里巴巴的资讯，然后躺在床上玩手机。

十点钟的时候，赵同学打电话过来问他，房子还要不要继续租，房东打电话找他了。要是继续租，一年的租金一次交齐，给优惠一个月。要是不租，房东准备把房源信息挂网上去。

惠秋说，等两天吧，明天过了再说。如果阿里巴巴有结果，我就就近租房，不行还住这里。

赵同学说，阿里巴巴的薪水很高。

惠秋说，网上都这么说，就是不知道能不能去。

两人聊了一会儿闲话。赵同学忽然说，惠秋，模具公司想泡你的那女的你知道是怎么回事吗？我敢打赌，你绝对猜不到。

赵同学听他同乡说，模具公司老板根本就不是俞之之所谓的舅舅，她实际上是老板的小三。这样说来，她不跟惠秋签合同也就在情理之中。

看看！你的运气多好呀，差点就成爷了。

那不就成吃软饭的了吗？

软饭总比硬饭好吃啊！把软饭吃成硬饭才叫本事，如此大好机会让你白白给浪费掉了。赵同学在电话里哈哈大笑。

惠秋想，他怎么就没想到这一点呢。幸亏没有招惹俞之之。要不是醉酒，说不定真陷进去了。

这天晚上他早早入睡，连日来的担忧，焦虑，在梦里消失得无影无踪。他沉浸在另一个更为欢娱美好的场景中。他梦见了海滩，海滩上到处都是光屁股美女。她们的屁股都很大，圆圆的翘翘的，腰线呈现漂亮的S形。他很想上去摸一摸，但总是担心被人看见。所以他在梦里的心情是兴奋难耐，又惴惴不安。随后他又梦见捡金子，他捡了一筐亮闪闪的金子，不知道什么人遗落下来的，心想这下好了，发财了，以后想要啥有啥。为了防止被人看见，他决定在沙滩上挖个坑把金子埋进去。埋好金子，他把裤子脱下来盖在上面。然后他就光溜溜地在沙滩上走来走去，裆里的那根东西伸得老长，在两腿间晃晃荡荡。一只白毛贵宾犬，大老远跑过来，绕在他身边转来转去。他担心它咬他一口，张开两手想轰走它，可是这坏东西不仅没有被轰走，还趁其不备一口吞住他的东西，他吓得大声尖叫。意外的是它并没有咬掉他的命根，而是对着它狠劲吮吸起来，并且吱吱有声。

听到哭声的时候，天已经快亮了。起初他以为是做梦呢，再听哭声似乎就在耳畔，是那种压抑着的、哽咽着的恸哭。

他坐起来，这下听得就更真切了。就在隔壁。没错，是那姑娘在哭。他夜里起来解手的时候，瞅见他们门口摆了一双女鞋，说明屋里就姑娘一个人。

他没多想，爬起来就去敲门：咋回事啊？

哭声并没有停止，他又敲。着急中一推，门居然被推开了。

借着客厅的灯光，他看见姑娘像卷叶虫似的在床上缩成一团，头蒙在被子里，小小的身子瑟瑟发抖。

她不可能是梦魇了，而是得了某种急症。他不假思索上前就去掀她的被子，想弄清楚是怎么回事，需不需要送她去医院。他刚扯开被子一角，姑娘就叫唤着手从被子里伸出来胡乱舞动，一双脚也乱踢腾。

嗨嗨嗨，他吓了一跳，捉住她的手使劲摇晃，咋了你？

姑娘不动了，张开眼睛看他，好像刚从梦里醒过来一样。

你怎么回事，又哭又闹的？

我做了个噩梦。好吓人啊。姑娘说。

做个梦也闹恁大的动静，还以为你抽羊痫风呢。

你才抽羊痫风呢！

嗯，没事就好。没事我走了。

他刚一扭身，姑娘一把抓住了他。不知道是抓错了地方还是故意的，姑娘居然一把抓住了他的老二。

你……他推她，想把东西抽出来。没想到这一推，姑娘拽得更紧了，身子也贴过来紧紧地缠住他，并蹲下身子张嘴去咬。他哼了一声，梦里的情景跟现实不谋而合。那种温热的、敲骨吸髓般的奇异感再度袭击而来。他头晕目眩，站立不稳地倒在姑娘的床上，任凭她去逗弄。

13

三个男生一脚把门踹开。随之灯光倾泻而下。

哈哈！爽死了吧！率先冲进屋里的鸡冠头说。他手里举着一把明晃晃的匕首。

继续，继续，紧跟着进来的男生举起手机狂拍一气。慌乱中惠秋胡乱抓了件东西盖住下身，却被抢先进屋的鸡冠头一把抓过去扔在地下。

你们想干啥？！惠秋吃惊不小。

哈哈哈，他们笑着说，我们啥也不想干。参观，就参观。

说话间三个男生一拥而上，一个用匕首指着惠秋的脸，另两个用绳索捆绑惠秋的手和脚，绑好后让他靠床蹲着。

惠秋下意识并拢两腿。

哈哈，他们又笑。

鸡冠头在他脸上轻拍了两下：大哥，猜猜看，我们找你干吗？

惠秋说，你们是不是认错人了？

这三个嬉皮笑脸的男生，看上去年龄都不大，不会超过二十岁。其中有一个看着有些面熟，惠秋想起他曾在这间屋子里出现过，那时候马力就坐在客厅的沙发上。

鸡冠头说，我们没有认错人。抓流氓抓个现行，还能认错？啧啧啧，你这可是奸淫幼女哈，警察抓住了非要让你吃枪子不可！黑子，把证据拿来给他看。

惠秋不吭声，这会儿说什么都没用。人家挖个坑，他就往下跳。还能有什么办法？他这会儿除了累，就是冷，浑身鸡皮疙瘩起了一层。

万物生

哥们儿，冷。给点东西盖盖。

听他这样说，已经穿戴整齐的姑娘扯了被子搭在他身上。惠秋扭脸看她，姑娘忙往后缩。

叫黑子的年轻人走到窗户旁边的桌子跟前，拿起一个比手掌大不了多少的黑白两色玩具。他把玩具举起来，朝惠秋晃晃，又放在桌子上：没想到吧，针孔摄像头。你干的好事我们都录下来了。黑子在手机上面按了两下，然后凑到惠秋眼前让他看。手机视频里，赤裸着身子的男女正忙乎着，动作不堪入目。

惠秋把脸转到一边。黑子笑着把手机拿开，好看吧，比毛片好看。我们准备卖给你。

熟脸举起一只手说，五万，你跟她的事就算了，否则——

黑子说，否则我们就把视频分享到你朋友圈，让你熟人都看看。

五万！惠秋吓了一大跳。胃口也太大了吧。嫖个娼才多少钱？既然他们是一伙的，那姑娘也就不是什么好东西，还敢狮子大张口。至于发网上发朋友圈，明显是吓唬人的，他们不会真那么做。他们的目的就是要钱，玩这种下三烂的手段，惠秋才不会轻易就范，让他们得逞。他要跟他们耗一耗，耗不过去再说。

惠秋说，她愿意跟我好，你们管不着。不信你问她。私闯民宅可是犯法的。

她愿意？你尽鸡巴胡扯。她跑你屋里了还是你跑她屋里了？你搞清楚——鸡冠头从床上拎起一只撕烂了的粉色三角裤，旗子似的朝他舞动：这叫愿意？裤衩都撕烂了，还敢说愿意？！你不想私了，我们就报警，看警察怎么说！鸡冠头说着用脚踢了踢地板上的手纸说，我可告诉你，她不满十八周岁。只要报警，警察保管给你定个强奸罪，不信我们走着瞧！

黑子说，不跟他啰唆，我看他是欠揍。来个胖揍，你让他走东他绝不敢往西。

不等他说完，鸡冠头霍地站起来，抬脚就踹。惠秋忙说，停停停！随便打人不好，钱的事咱们再商量。不是我不答应给，是我真没钱。我才来一个多月工作都没着落呢，哪来的钱？

鸡冠头说，别跟我说你没钱。没钱找你爹妈要，找你朋友借。都这么老了还好意思跟我们说没钱，没钱还有脸？没钱还敢上妞？我看你是活得不耐烦了。

黑子说，真不给钱我们就打断你的狗腿，要不就割掉你的鸡巴，让你以后当太监。

惠秋说，打断我的狗腿对你们没啥好处，还费力气。不如先让我把衣服穿上。钱的事我们再商量，大家都不容易。

惠秋漏了点口风给对方。明摆着不给钱这事别想了。人家设套，就是为了钱。只要在合理的范围内，他打算出一点，把他们打发走了事。

熟脸说，你这样说就对了。黑子你去他屋里看看，帮他把衣服拿过来。熟脸边说边冲黑子使眼色。

惠秋看见了忙说，哥们儿，那屋里的东西可别动，那是我朋友的。我是临时借住在这儿的，不信你问她。

熟脸说，我们只认钱，给钱啥都好说。谁的钱都一样。

惠秋说，其实我比你们还穷，我要有钱哪会在朋友这儿蹭住，你们想是不是这回事？

熟脸说，那你打算给多少？

惠秋说，两千。

两千？！我看你是欠揍！熟脸说话间拳头就挥过来，少两万免谈！

鸡冠头说，给两万我们走人。

黑子拿了惠秋的棉衣过来给他披上，手上拿着他的钱夹。钱夹里的钱不多不少正好两千块。

惠秋说，我说两千你们还不信。

鸡冠头说，两千顶屁用！

黑子把身份证和两张银行卡都掏出来：说密码我去取，只取两万，多一分钱我们也不要。你要不说，我就拿你的身份证和银行卡去挂失。

惠秋说，那你去挂失吧，反正卡里也没钱。工行的那张卡是我女朋友的，钱人家早转走了。你拿去也没用。我那张卡上的钱早用光了。不信你拿卡去 ATM 机上查，要不去银行挂失也行。我们先打个赌，要是跟我说的不一样你们回来打断我的腿，要一样了你们就相信我是真没钱，拿两千块钱走人好不好。

说密码。

惠秋沉吟片刻，说出一串数字。那是他银行卡密码，就像他说的那样，卡里真的一分钱都没有。钱都在股市里，不到开盘时间谁也别想转出来，就跟进了保险箱一样保险。

熟脸说，我相信你卡里没钱，有钱你也不会这么痛快。

惠秋说，你相信我就对了，我真没钱。有钱早给你们了，何必跟你们耗着。我胳膊腿都冻木了。

鸡冠头说，口口声声没钱，你还要不要脸？没钱你自己想办法，问你爹娘要找朋友借会不会？！

我爹我娘都死了，你让我去哪里要？朋友也不是说借就能借来。

少啰唆！说着惠秋脸上就挨了一耳光。鸡冠头气咻咻地看着他，没钱就等着挨揍！

我真没钱，要不我给你们打个欠条，过几天你们再来拿。

他妈的，想骗谁？当我们是三岁小孩？不给你点颜色瞧瞧你不知道我们哥几个的厉害！

熟脸站起来，三个家伙一起围过来。鸡冠头一把把惠秋拽起来，推倒在床上，黑子对着他小腿猛踹几脚。

惠秋叫起来，妈的，你们还真打啊？

黑子说，不来点狠的，你不会老实。

熟脸说，打到吐血，就老实了。

惠秋说，再敢动我一下你们一分钱都休想拿到！你们不报警我都要报警，我说到做到！

熟脸说，答应给钱了？

惠秋说，看给多少了，看值不值那个价。

熟脸说，还说废话？！敢跟我们讨价还价！要么给钱，要么我让你光屁股去楼下站着，只要你不怕，视频我们发你朋友圈，再发网上，把你的身份证一起发上去，不愁别人认不出你是谁。

黑子拿着惠秋的手机，虎视眈眈地盯着他：说开机密码，不然我扔下去。

14

他们拿走了惠秋两万两千块钱。两千块是直接从钱夹顺走的，另外两万是惠秋打电话找赵同学借的。姑娘去赵同学处取钱。钱到手，这边的三个家伙才撤了。惠秋仍然被缚住手脚丢在床上，动弹不得。熟脸临走时假模假样拉过被子替他盖在身上。

熟脸说，哥呀，你要早听我们的话，兄弟哪舍得让你受委屈？赶紧暖和暖和吧，别感冒了。

黑子当他面删了手机里的视频。他从针孔摄像头屁股后面取出内存条扔桌子上，说留给惠秋做纪念。等你以后搞不动的时候拿出来看看，蛮有意思的。

摄像头他们带走了，黑子说上淘宝再买个内存卡装上照样还能用。

赵同学中午下班赶过来，看到惠秋的狼狈样，差点笑个半死。那三个混蛋说了，只要惠秋乖乖地照他们说的去做，他们走了以后就会有人来救他。

我还真以为你进医院做手术了呢，原来是被几个小混蛋宰了一刀。

赵同学说，我当时留了个心眼，趁姑娘不注意拍了张照片。你要不要报警？

惠秋说，算了吧，舍财免灾。就当上辈子欠他们的。

赵同学说不能就这样便宜了他们，遂打电话给马力，问那姑娘姓啥名啥，去哪儿能找到她。马力回答说，姑娘不是他同学，他们是在酒吧认识的。他也不知道在哪里能找到她。我们早吹了，她的事与我无关。马力强调说。

别找了，算我倒霉。惠秋摇摇头，一脸吃了苍蝇的表情。

赵同学也不好再说什么。惠秋是在他这里出的事，租客也是他招来的，他多多少少都要负点责任。于是就说那两万钱算他的，不要惠秋还。至于错过阿里巴巴的面试时间，赵同学让惠秋打电话过去解释一下，就说自己开车不小心遇上了碰瓷。

（原载《当代小说》2018年第3期）

暗　疾

　　过了五十岁，警察周至明显感到身体大不如从前，经常感冒，还不容易好。以前感冒不吃药都能抗过去，现在吃了药都不管用。虽然科学家也说了，对付感冒病毒没有什么好办法，你能做的就是好好休息，等待感冒症状自行消失。民间还有一种说法，当你把感冒传染给别人时，自己就好了。是不是这样呢，还有待专家去论证。但这次周至感冒时间太长了，比坐月子都长，什么感冒灵、一粒清、头孢、阿莫西林、阿奇霉素乱七八糟吃了大一堆，结果病还在身上缠着，他依然浑身没劲，头痛鼻塞，吸气不畅，胸闷难受，最糟糕的是晚上躺在床上就开始大汗淋漓。

　　这天下夜班，他硬着头皮去大医院看病。以前他都是就近在家门口的小诊所里拿点药，图方便，可这次他们给他开的药一点用都没有，也不知道是医生有问题还是药品有问题，还是他周至已经混成一截朽木到了无药可救的地步了。

　　但大医院人多，走哪儿都要排队，这也是周至不愿意去大医院的原因之一，原因之二是害怕跟医生打交道。就像所有人害怕跟警察打交道是一样的，医生和警察，从事这两个职业的人总是让人敬而远之，原因自然不用说，地球人都知道。

这天早晨周至跟在一大群人后面排队挂号，到了内科门口又耐着性子排了十几分钟的队。看着周围一圈病人，心想这样看病没病也会折腾个病出来，不禁替医生着急起来。好不容易轮到他，开口说了不到三句话，医生就打断他让去看耳鼻喉科，别在我这儿浪费时间，挥挥手就把他往外面撵。周至走到楼道里脑子才转过弯来，他或许真应该去看看耳鼻喉科，说不定就是鼻子惹的祸。他重新排队，挂号，心里已经做好了打持久战的准备，结果却发现耳鼻喉科冷清得要命，简直就是冷宫，诊室一个病人都没有，女医生正闲极无聊站在窗户那边抠手机。

他问：刘主任在吗？

女医生说刘主任前年就调走了。

去了哪儿了？

市医院。

显然他好久没来医院了，不过刘主任调走他是知道的，他有他的电话，他明知故问。

周至把号递过去，女医生仔细问完病史，然后让他坐在高凳上，用器械扩开他的鼻腔看了两眼，结论是他患了鼻窦炎，女医生让他去拍个 CT 片。

要拍 CT？

嗯，拍完了再过来看。

不拍不行吗？

不拍怎么看病？

开点药不行吗？

病没弄清楚你让我给你开啥？医院又不是菜市场，哪有人讨价还价？女医生目光炯炯地看着他，一脸的不屑。

医院怎么就不能讨价还价？看来人走茶凉，如今刘主任的虎皮一点用都没有。不过周至还是不甘心又说了一句：你都看出来我是鼻窦炎了还要照片子啊？

对啊，照完才能根据你的情况再决定咋治疗。

好吧，那就照一个。

姓名？

周至。

医生把周写好了，写至的时候不知道是哪个至，周至说至今的至，女医生瞪大眼睛看着他。至尊红颜？女医生还是不明白。至高无上？算了，周至伸手到裤兜里去掏医疗卡，女医生忽然说不用了，伸长脑袋去看电脑。也不知道她刚才在想啥，这给周至留下的印象就是此人业务不熟练，或者是心不在焉。

你说夏至未至我就知道了，女医生怪他没说清楚。

夏至未至是什么东西？

郭敬明的电影。

医生写好检查单，周至拿着去一楼大厅交费，交完费再去放射大楼里照 CT。到了 CT 室周至真正见识了一下什么叫作人山人海、人头攒动，队伍都排到楼梯口去了。这么多人都需要做 CT？看这阵势排到这些人屁股后头下班都不一定能轮到他。周至决定不等了，下午再来碰运气，运气好的话说不定走到就能做。

周至在医院晃荡了差不多俩小时，病只看了一半，却把肚子饿得前心贴后背，当务之急是赶紧找吃食，填饱自己的五脏庙。他跑到黄山小区对面的米粉铺子里屁股刚坐稳，一扭脸就看见一张熟脸，再看，旁边还有一张熟脸。没办法，小地方就这样，走哪儿都能撞见熟脸，甚至不熟的人多看两眼也觉得脸熟，好像在哪里见过。那两人就坐在他旁边的旁边，中间隔了条小过道。他们显然比他来得早，饭都吃到一半了。中间有会儿女人的筷子毫无顾忌地伸进男人的米线碗里捞了一筷子喂进自己的嘴里。女人碗里是稀饭，桌子上还摆着一屉小笼包。没错，就是这两个家伙，昨晚害周至一宿都没睡成。一点之前，周至先是跟同事去小汉街处理了一起酒后斗殴，回来刚躺下女人电话就打进来了。是总机转接过来的。女人在电话里说，有人在她家砸东西，让警察赶紧去救她。周至没敢耽误，问清住址，带上协警小杨开车就去了她家。女人住一楼，敲开门果然屋里一片狼藉，东西被砸得七零八落。地板上一层碎玻璃，摔碎的花盆、茶几和凳子四脚朝天，四十二英寸的电视机也被砸了个拳头大的窟窿。战事显然已经结束，敌对双方就是屋子里这一对男女。女的披头散发，四十多岁，名叫崔玉，报警电话就是她打的。年轻小伙，也就是砸崔玉家东西的人，名叫常晓春。周至要过常晓春的身份证看了一眼，九四年出生，按月份算还不满二十二周岁。

你儿子？

崔玉忙摇头说不是。

你俩啥关系？

崔玉不吭声。

周至说，他为啥半夜三更跑你家砸东西？

崔玉哼唧半天了才说，她准备出门几天，他不让去，两人为这事吵架，他就动手砸她家东西。

周至说，你男人呢？

崔玉说，不在家。

去哪儿了？

崔玉小声说，新疆。

周至说，你准备去哪儿？

崔玉说，新疆。

周至说，你去新疆看你男人，他为啥不让你去？

这下崔玉低下头又不说话了。

周至说，常晓春，你来回答，你跟她啥关系？

常晓春不吭声。

周至说，你为啥半夜三更跑人家家里砸东西？

常晓春还是低着头不吭声。

协警小杨站起来说，问你们话不好好回答，那就跟我们去派出所说吧，啥时候说清楚了啥时候再回来。我们可没时间跟你们在这儿瞎蘑菇。

崔玉说，我是受害者，我又没犯法，让我去派出所干啥？

小杨说，你报了警，我们来了你就要配合调查，不然你让我们来干啥？

女人这才说，她男人在新疆钻井队工作，一年只能回来探亲一次。这次男人打电话让她去新疆住一段时间，常晓春不让去，然后他俩吵架，他砸她家东西。常晓春是她买保险的时候认识的，他最初是为了推销保险给她，后来认识了就连自己一并推销给了她。

崔玉说她这会儿肠子都悔青了，早知道他是这种东西，不知好歹，没心没肺，她看都不会看他一眼。崔玉说常晓春吃她的喝她的，房租也没让他掏一分，她给他买衣服买手机，结果把他惯坏了，惯成了白眼狼，居然敢砸她屋里的东西，敢动手打她。既然她拿他没办法，那就让警察来收拾他，让他知道一下恩将仇报是啥下场。她要跟他一刀两断，再不来往。他要敢来纠缠她就打电话报警，让警察收拾他。

崔玉在诉说的过程中，一把鼻涕一把眼泪，她指着常晓春说，我买的东西你砸烂了就算了，房东的电视机你必须赔。等你赔了电视机我们就各走各的，一刀两断。明天我就把房子退了。

周至心里好笑，饶有兴趣看他们演戏。但还是板起面孔问常晓春，她说的是不是事实？提出的条件你答应不答应？愿不愿意给房东赔电视机？

常晓春低着头不吭声。

周至说，你不吭声那就跟我们走，拘留，治安处罚两百元。

一听说要拘留，两人都抬起头来看他，神色有些吃惊。他们以为警察是干啥的？

常晓春后来害怕了，哭着认错，喊周至叔。说叔我错了，电视机我赔，我这会儿没钱，等工资发了我就赔。说完就蹲在地上哼哼唧唧哭。那女人见小男人哭似乎又心不忍，转而跟周至求情，让周至放他一马，拘留就算了，给年轻人个知错改错的机会，赔东西的事他们自己协商解决，只要他保证以后再不胡来这事就算了。

这才过了多久啊，这一男一女又黏糊到一起，头对头吃米线，居然还让周至碰到了。周至心里的气儿就不打一处来。半夜三更一个电话把警察招过去，你以为警察是你家奴，专给你擦屁股，替你们解决争风吃醋？他可以以虚假报警的名义把他们抓起来。早知道这样，昨晚两百块钱的罚金也就不给他们免了。实际上周至这会儿也只是这么想想，但不会付诸行动。要是搁前几年他或许还真敢这么做。那些年经周至抓进去的人要用卡车来装，卖淫的，嫖娼的，打架斗殴的，小偷小摸的，为官的，经商的，啥人都有。后来这些人放出来了，周至走到哪里都能碰见。有些人看见他假装没看见，躲着他，有些人看见他咬牙切齿，背后咒骂他。甚至还有人放话出来说，要把他怎样怎样了。但周至行得端走得正，该怎样还怎样，没觉得有什么不对。直到四十五岁那年他从刑警队退下来，原以为去派出所会给他安排个副职当当。可是组织没瞧上他，倒是跟他一起去派出所工作的年龄比他小两岁的同事，被提拔成了副科。说心里话，同事的工作能力远在周至之下，只是比周至会来事罢了，会溜须拍马，会拉关系。这绝不是周至背后编派别人，而是同事们都这么认为。群众的眼睛永远雪亮，可群众眼睛再亮有什么用？周至虽然不喜欢当官，但被人比下去，不以工作手段取胜，心里当然很介意，觉得自己成了个笑话，被人嘲笑。因为他曾经拼命工作，节假日、休息时间都搭上，生怕自己不够积极。如今倒好，平庸的同事成了他的顶头上司，而他要屈居在能力不如他的人手下混饭吃，这让周至很没面子，觉得自己很窝囊。既然拼了大半辈子都这么窝囊，还不如把自己的分内事做好就是。所以这天早晨，周至心里哪怕再不爽，也仅仅是不爽而已，不会有人为此付出代价。

周至的米线端上桌，旁边那一对野鸳鸯已经吃完了。女人起身的时候不经意瞄了周至一眼，觉得面熟又调转目光看他一眼。虽然周至没有穿警服，可是嘲弄人的神气她还是捕捉到了，连忙把目光别回去。但为时已晚，周至发现她脸上潮红一大片，红得跟月经纸似的。

周至回家洗了把脸，抽了支烟，还是累得不行。一夜无

242   万物生

眠加上身体欠佳，让他有种瘫软了的感觉。他给他老婆小杜在卧房门上贴了张用便利贴纸写的留言条：午饭不吃，不许叫我！然后就爬到床上睡觉去了。下午如他所愿，上班就去拍CT，果然不用排队，走到就做，半个小时就拿到结果。他拿着那张像骷髅一样的黑白胶片，感觉自己好像死了几百年才被挖出来，拎着自己的骷髅头去耳鼻喉科看结果，女医生不在，旁边诊室的中年男医生接待了他。他接过片子对着光指着骷髅中间的那一块灰色部分对周至说，鼻窦炎，你看左侧窦腔里已经被东西堵满了。感冒时间很长？

周至说感冒了一个多月。

你必须做手术，吃药已经没用了。医生给下了结论。

给鼻子做手术？

是啊，只有通过手术才能把窦腔里的细菌块冲出来。

把鼻子割开？

医生笑起来，不是割鼻子，现在都是鼻内窥镜手术，创面很小，微创，听说过吧？

嗯。要是不做手术会咋样？

不做就你现在这样，会越来越严重。细菌繁殖速度非常快，过不了多久你刚才看到的灰色部分会持续增大，然后感染到其他地方。比如说旁边的鼻窦，额窦，最后颅脑，甚至病菌蔓延到全身。你现在只是感觉到头疼，鼻塞，以后头疼症状越来越严重，甚至严重到夜里睡不着觉，躺在床上大汗淋漓。再严重就不用我说了吧？灰指甲我们都见过，真菌能把很坚硬的指甲都吃掉，变成蒥粉，更别说你的鼻窦骨壁什么的，都能给你通通吃掉。所以遇到你这种情况我们都是建议做手术，因为只有手术才能治疗彻底。

你的意思是手术做完就好了？

那不一定，谁也不敢保证百分之百，每个人都有个体差异，有些人做完就好了，有些人做完还会复发。

复发了咋办？

医生笑，说接着再做啊，没别的好办法。

就是说我这病做完手术也不一定能保证好，但不做肯定好不了。你是这个意思吧？

是这意思。

手术要做多久？

手术很快，最多一小时就结束了。

那啥时候做？

这要看你的意思了。手术要提前预约，你定下来做手术，我现在就可以给你预约，下周三左右就能做手术，术后住院一星期。你把单位和家里的事情安排一下，周二之前住进医院就可以了。

费用呢？周至问。

一万左右，有医保卡能报销。你要约吗？

让我再想想吧。周至紧张起来，一说动刀心里就害怕。挨打他不怕，但从小就害怕打针。跟医生说了这几句话，他手心里都是汗。

医生善解人意地冲他笑笑，表明像他这样的病人司空见惯，没有什么奇怪的。他从盒子里拿出一张名片给他说，你想好了就给我打电话。

周至接过来看了一眼，医生姓黄，是耳鼻喉科的主任。

在周至要不要做手术这件事情上，他老婆小杜给出的意见是，手术能不做尽量不做，只要是动刀子的事情都要弄清楚了再说。小杜的经验来源于她在老家医院当护士的表姐，表姐每次说起医院都是自黑，她以前说过，他们医院为了效益不择手段，该做的不该做的手术都要做。因为做一个手术，医院各个科室都有活干，都盘活了。上次小杜就是因为腰椎间盘突出要不要做小针刀的事征求她表姐意见，表姐说你千万别做，他们医院就是因为给一个老太太做了椎间盘手术，这会儿还在打官司。没做之前人家能走能跳的，做了反倒不会走路了。医院说病人是术后用力不当所致，不遵照医嘱，没恢复好，不是医院的责任。手术有风险，术前病人家属都知道，都签过字，医院不会给你保证百分之百的成功率，所以这种事就算你打官司都很难打赢。再说你打赢了有什么用？无非是赔点钱，可是人折腾坏了，就再也别想修好了。小杜的表姐说，不管得了什么病，只要是动刀动枪的，你搞清楚了再做也不晚。医生又不是一个，多看一个医生多挂一张号，你也穷不死。多掏几块钱的咨询费，在医生那里长了见识，学了知识，难道还亏了你不成？

周至说，要不，明天我再找个医生看看？

小杜说先给她表姐打个电话，说一下他的情况，看表姐啥意见。

半个小时后表姐电话打过来，给出的意见还是尽量不做手术，因为术后恢复特别麻烦，弄不好还会复发。可以先试试负压冲洗或者穿刺治疗，实在不行再说手术的事。

第二天周至又去了趟医院，这次碰巧是给他开CT的女医生坐诊。女医生也像黄主任那样把CT单对着光看了看，结论也是要做手术。

这次周至有备而来，就问能不能不做手术。

女医生说不做手术吃药没有用，你这已经不是吃药能解决的事儿了。

周至说那能不能负压冲洗？

女医生看了他一眼，一听这话就知道啥意思了。女医生说我们这里冲洗不了，机器坏了，你要冲洗去别的地方冲洗。不过，就你这情况我敢说也冲不出来啥东西，里面都堵死了。

那穿刺行不行呢？

穿刺也不行。

要不，你给我穿刺一下试试看？话是这么说，周至对穿刺是干啥的一点都不懂，他只不过是依葫芦画瓢跟女医生学舌。

女医生说，我已经告诉你了，你的病必须做手术，穿刺一点用都没有。穿一回你多受一回罪，东西冲不出来或者冲

不干净，最后还得做手术。鼻骨也不是随便乱穿的，你何苦
要多折腾一回？还不如直接做手术来得简单。

周至听她说得也在理，有些动心。就问做手术保证能治
好吗？

这谁敢给你打包票？有些人做完就好了，有些人做完好
不了，医生又不是神仙，谁也不敢给你做保证。做不做你自
己看。

你们保证不了百分之百，那好的和不好的能占多少比例？

女医生想了想说，一半以上肯定没问题。

从医院出来，周至又去了另一家医院的耳鼻喉科，结果
发现医生们跟商量好了似的，众口一词，说他这病只能做手
术，也必须做手术，手术结果怎样谁也不敢保证。有个医生
甚至还说，做不做是你的事，你有选择权，医生不会勉强你。
医生又不是警察，非要把你抓过来做。

至于周至提出的负压冲洗或者穿刺治疗，他们不是说做
不了就是说做了没意义。

就在周至都认为他的病非手术不可的时候，忽听说楼下
邻居做过鼻窦炎手术，赶忙去邻居家取经。邻居的手术就是
黄主任做的，住了一星期医院，花了一万多块钱。不提起手
术还好，提起手术，邻居就骂骂咧咧，说现在的医生都是黑
心肠，病人哪是去看病，简直就是送上门去挨宰。邻居说他
躺在手术台上，医生问他要不要特殊止血？给他推销进口海

绵止血效果如何如何好。他明知医生想赚他钱，但授人以柄，只好答应。医生说海绵八百块钱一个，你需要自费买两个。他说行。家属把钱也交了，后来黄主任却说，他两个海绵不够用，要三个，原因是他的鼻孔比一般人大。你说这不是笑话吗？邻居说他手术做完了，他们钱也赚了，他罪也受够了。现在三个月了鼻子还没好利索，出院后又去做了两回穿刺，现在天天在家里用盐水冲洗鼻子。邻居说手术后鼻腔里一直很干，感觉特难受。有时候还胸闷头疼，他上网搜了一下，说是手术后遗症。

听邻居这么一说，周至又矛盾了。去单位跟同事说鼻窦炎的事，同事说，"2·17"齐齐哈尔杀医案就是一场鼻子手术引发的血案，凶手对治疗结果不满意，用榔头残忍地把医生的脑袋敲碎了。由此断定做鼻子手术肯定不会很好受，不然好好的一个人也不会无缘无故跑去杀人。他们说老周你做手术前先做好思想准备，遗产拿出来给兄弟们分了，不然都留给老婆可就亏大了。

他们越说周至越害怕，不做手术别的治疗医生又不给做。医生有一点没说错，那就是他的症状越来越严重，头疼得越来越厉害，晚上根本别想睡觉，刚一睡着就浑身是汗，然后湿淋淋地从梦中醒过来。小杜让周至去市医院看看，这时候周至才想起他以前的老熟人刘主任。他不是去市医院了吗，那就去市医院找他好了。

刘主任是个其貌不扬的干巴瘦小老头，跟周至年龄相仿，但看上去比周至至少要老上五六岁。周至到派出所后不久，有天值夜班，忽然接到报警电话，说某酒店某客房有人聚众淫乱，他带了两个协警匆匆忙忙赶到酒店，敲开房门，哪有什么聚众淫乱，屋里就两个人，刘主任和一个年轻女人。两人年龄相差太大，警察当然不可能把他们当成夫妻。事实上他们也不是。女人是刘主任的女病人，看病看到床上来了。女人一看警察进屋立马蹲在地上哭起来，双手抱住脑袋。刘主任当时估计也是惊吓过度半天都说不出话来，额头上冒着汗，不停地用手去摸脑门。周至当时懒得跟他们啰唆，让两个协警把人带到派出所，先关上半夜，出出他们的洋相，让他们尝点苦头，第二天再说怎么处理。就在这节骨眼上，刘主任眼尖认出了周至，连呼周警官，接着颤颤地把手伸过来，救命般抓住狂握。这么一折腾，周至也认出了眼前这个脑袋锃亮的家伙正是给他女儿治疗中耳炎的刘主任，既然是熟人，对方又不是什么聚众淫乱，简单问了几句就当场放人。两人就此成为至交。有一次酒至半酣，周至问刘主任当时有没有被吓坏，有些人因为惊吓过度那个惹是生非的小东西最后萎靡不振了。刘主任却摇晃着脑袋说，吓是吓不坏的，越吓越威风。唯一让刘主任耿耿于怀的是谁打电话举报了他。

周至在市医院轻而易举就找到刘主任，那会儿他正忙得跟光腚猴似的，围着一群病人上蹿下跳。他把周至拉到走廊里，简单说了两句，看了一眼 CT 单，就把他晾那儿了。你等着，他说。他要先把一堆病人解决完再来解决他。

周至说，要不我去给你挂个号？

刘主任摆摆手：挂个鸟！你先出去转转，一会儿再来。

周至转了无数个圈，每回转回来看，刘主任都在忙，他又出去转。终于转到下班时间了，刘主任也忙完了。他用棉签蘸了麻醉剂塞进周至的鼻孔里，然后眨巴着眼睛领他到住院部楼上的一间治疗室。刘主任解释说，这是私活，只能用下班时间来做，医院到处都是摄像头，不过这会儿下班了谁也管不着。

刘主任的技术水平自然是毋庸置疑，虽然穿刺前他也说穿刺不一定能冲出东西来，但是穿刺效果明显摆在那里，冲出来了一大堆脏东西和脓液。

为啥你们医生事先都说穿刺不一定能冲出东西来，这不冲出来了吗？穿刺针在周至的鼻子里还没有拔出来，他就已经开始质疑他的老熟人。

我这样说了，冲出来东西你岂不是更高兴？我要说能冲出来，结果偏偏冲不出来，你是不是要把我吃了？刘主任眨巴着眼睛说。刘主任眼睛不大，但眼睫毛很长，女人似的眨巴眨巴，让人觉得这个人很具有幽默感，很容易亲近，甚至还有点色眯眯，让人心里一跳一跳的。

那你说这种病应该穿刺还是不应该穿刺？周至的职业病也上来了，凡事不搞清楚不罢休。

因人而异，这你都不懂？刘主任说，不过我的病人我都是先穿刺，穿刺不行再说别的，这一点我说了算，不用听别人的。

穿刺完毕，周至请刘主任去小酒馆吃饭。刘主任说，你至少还得穿刺两回才能好彻底。不过下周你不要上午来找我，我上午忙。你下午来，干完活我们出去喝酒。

刘主任好喝酒，他说酒是男人的挡箭牌，喝点酒，啥话都可以说，啥事都可以做，百无禁忌。但他不抽烟。他不想做个有味道的男人，用刘主任的话说，男人本来就臭，还想臭上加臭？这人有洁癖。

有一次穿刺结束他们去喝酒，周至仗着酒劲问刘主任，你拍屁股跑了，那二嫂呢？

刘主任先是不吭声，继而眨巴眨巴眼睛，神秘兮兮地从裤兜里摸出手机，在屏幕上划拉了几下子，递过来让周至看。屏幕上是一个二十来岁的年轻女子，嫩得能掐出水来。

周至睁大眼睛问，这谁？

你二嫂。

啊？你离婚了？

哪能呢，刘主任说，家里红旗不能倒。

哇，你不怕嫂子知道了跟你闹。周至见过刘主任的老婆，长相还说得过去，配他这个光瓢绰绰有余。

想闹闹吧，也就这几年的工夫，随便闹。过几年让她闹也闹不起来了，不行了。刘主任一边感慨一边摇头晃脑。

你也太牛了吧，我早就不行了。是不是你们当医生的都有灵丹妙药回春之术？赶紧说说。周至半是认真半开玩笑地说。

刘主任听了这话，眯起眼睛笑了。他孩子似的翘起小指晃晃：在我看来你们警察应该更生猛才对。看看你们那身板，啧啧，谁人能比。

周至说，我们都是空架子，当摆设还行，早成空心萝卜了。别人咋样我不知道，反正我是不行了。赶紧给你兄弟传授点经验啊。

刘主任说，你是真不行还是假不行？是跟你老婆不行还是跟别人不行？

周至张口结舌看着他，不知道咋回答。他在老婆之外从来就没有过性关系，被刘主任这么一问，不禁心生愧疚。他知道他就是实话实说，刘主任也绝对不会相信。

刘主任给周至穿刺了四次，最后一次已经彻底干净了。刘主任除了用生理盐水冲洗又外加了一小瓶氟康唑在周至的鼻腔里过了一遍，让他回家再吃一盒伊曲康唑以防复发。

刘主任说，这下你彻底没事了，以后爱干啥干啥。过一个月拍张CT片看一下效果。

周至的鼻窦炎就这样被刘主任给治好了。最后一次穿刺结束周至本来打算请刘主任好好喝一场酒，再谈点别的，结果遭遇急诊，刘主任又匆匆忙忙返回医院，一头扎进手术室给人修补被咬掉的鼻子去了。

周至只好驱车往家赶，一路上哼着小曲儿，心情大爽。虽然鼻腔里穿刺针留下的创面还在木木地钝痛，但一想到这是最后一次，那点疼痛完全可以忽略不计。看来人就得时常生点小病小灾的，不然哪能体会到好了之后的爽劲儿呢。

车子下了高速，缓缓开进匝道。这时候，周至接到小杜打来的电话，小杜说她晚上有饭局不回家吃饭。

周至说，那我吃啥？

小杜在电话里咯咯笑着回答说你吃草。笑够了又说，去菜市场买点面条回家煮，以为你中午能赶回来，给你留了菜。把面条煮好拌进去就行了。

周至把车开到菜市场旁边靠路边停下，然后去菜市场买面条。他这会儿还开着公车，穿着制服，上午去市局办事，顺便给自己看了医生。他打算饭后去单位还车，然后再步行走回家。

他称了一块钱的宽叶面，付完钱一扭脸又看见了那张熟脸。不过这次就女人自己，小男人没跟着。女人看见他，主动打了声招呼，虽然表情看上去有些不自然。周至本来要走，忽听女人跟卖面条的说也要买一块钱的面条时候，周至就立在那里动弹不了了。

你还好吧，周至客气地招呼她说。

还好，女人说，上次的事谢谢你。

周至说，不谢，你以后有事找我就行了，我姓周，所里就我一个姓周的，我知道你住的地方。周至本来想问问她怎么一个人，姓常的那小子去哪儿了，但是一看女人那神态就把想说的话咽回去了，胡乱抓了句话来应付。

女人说，谢谢。

出了菜市场，周至冲女人摆摆手，上了路边的警车。开了几步，发现女人在前面步行，就把车窗摇下来，靠过去冲她招手：我送你一程。

女人忙摆手说不用。

周至说，上来吧，顺路。

见周至坚持，女人这才迟迟疑疑坐进来。

我家跟你家离得不远，正好顺路。晚上老婆有饭局，让我自己回家煮面条吃，周至近似讨好地说。

女人抿嘴笑笑。周至发现她笑起来的样子像个小姑娘，眼睛弯弯的，脸庞圆乎乎的跟一棵向日葵似的，就忍不住八卦了句，你今年多大呀？

女人说，你看我有多大？

四十几？

呵呵，还四十几，我六七年生的，马上就奔五了。

周至说，我家那口跟你一样大，不过你看上去比她年轻太多了，至少要小上五六岁。她脸上的褶子都跟沙皮狗似的，一抓一大把——周至边说边伸出右手的几根手指对着空气抓捏了几下子，我比你大三岁。

接下来两人都不说话了。几分钟后车开到女人家楼下，女人道谢，正要开门下车，周至忽然说，你现在还来月经吗？

女人像看见了鬼似的睁大两眼，愣愣地盯着他看，随后又抿嘴一笑。女人说，我不告诉你。

周至说，我家那口子两年前就断了，早就不是女人了。唉，你看上去还是那么好。把自己女人说得那么不堪，用来抬高别人，这伎俩虽然不够磊落，但屡试不爽。周至一时间也想不出更好的说辞，再说她确实不错，刚才买面条的时候，他已经留意过她的身材了，该凸的凸，该凹的凹，确实值得夸赞一番。相比之下小杜这几年不知道怎么搞的，越来越柴，跟柴火棍似的，脂肪都人间蒸发了，就给她留了一张松垮垮的人皮。根据周至对女人的经验，胖女人性欲似乎都旺盛，像小杜那种的柴火妞，从一开始就冷淡，他为此吃了不少的亏。难怪大多数男人都喜欢脂肪女人，不光肉肉的摸上去手感好，那方面应该也好，可惜他领悟得太晚了。

女人再次道谢，莞尔一笑随即推开车门。周至说，有机会去你家请教点私事，你不会介意吧？女人再次回头盯紧他看，不说介意也不说不介意，眼里随即泛起盈盈笑意。

女人笑盈盈的样子让周至毛骨悚然，浑身的肌肉顿时收紧了。就在他走神的当儿，女人已经推开车门走了。

周至伏在方向盘上好一阵心慌意乱。回想刚才说的那些话，自己都脸红。不过，他马上脸就不红了。重新发动车的时候，他发现行车记录仪开着，这一惊非同小可，脸色登时就变白了。

（原载《当代小说》2016年第10期）

一条河的行走方式

    手术夜里就做过了，小腹处切了一刀，摘除掉了阑尾。不过，体温是两天后才降下来的，麻药加上高烧，让吴小河云里雾里，一直噩梦不断。以前也经常做这样的梦，梦见有人强奸她，或者她像兔子一样被追赶得四处逃窜。但这几天，梦得太频繁了，频繁到从一个梦到另一个梦，还在继续往下做，就像连续剧一样，实在是有些收不住了。吴小河醒来好半天心里头都是乱慌慌的，手心脚心都是汗。肚子上的刀口也在一跳一跳地疼。她叹口气，伸长手臂从床头柜上摸过手机，百度了一下周公解梦。网上是这样说的：女人梦见被人强奸会生病。没错，她是在生病。梦见被人追杀有异性追求——躺在病床上会有异性追求？显然是唬人了，鬼才信。她现在身边连一个人毛都没有，吃喝拉撒还要请护工照看，哪来的异性追求？住院手续包括请假，还都是她的主治医生帮忙办理的。主治医生知道吴小河的情况后，给她单位打电话要人来陪护，单位却以科里忙，抽不出人陪护，拒绝了。

职工生病，单位派人陪护是天经地义的事。可是这年头，如果你得罪了单位的领导，那就什么都别指望了。得罪了领导就等于把全单位的人都得罪了，人家躲都躲不及，怎么可能来伺候你呢？所以，从住院到出院，单位没一个人踏进这间病房一步，冷酷的程度是可想而知了。吴小河孤零零地躺在病床上，心里头很不好受，挺伤面子的。没人陪护，没人探视，没有鲜花，没有人提着果篮热热闹闹嘘寒问暖，跟别的病友一比，冷清得有些不正常了。换句话来说，别人还不知道怎么看她呢，以为她这人有多差劲似的。

躺在病床上，吴小河自己都瞧不起自己。看看，是怎么混的，居然混成这副模样，活成了独人。别人不笑话自己，自己都要笑话自己。以前总以为自己很牛逼，很了不起，很自以为是。走个路都把头仰得高高的，把谁都不放在眼里。其实呢，狗屁都不如，随便拉个人来都比她强。她有什么可骄傲的呢？一场病都让她狼狈成这样了，虚弱得像一摊烂泥。

事实上她一直都是虚弱的，被打败了的，是她自己不肯承认罢了。当初，她义无反顾地从婚姻中跑出来，是那样的理直气壮：对我不好，我就要跟你离。凭什么跟你过？凭什么受你的气？可是，不等她喘口气，把眼睛擦亮，不到三个月，人家就把新人娶回了家。这时候她才恍然大悟，原来那些恶毒都是故意做出来的，目的是为了要撵她走，给人家让位子。等她滚蛋了，人家落个好名声，又一举两得娶回了新人。现在她知道了也晚了，婚是她闹着要离的，是她逼着人家离，她找律师，找单位，替人家清理门户，把自己清理出去，给人家腾出位置。最后人家还说，你看看这个女人，不要老公不要儿子，不知道想干啥呢！

她能干啥呢？孤零零地过了四年。四年当中有人给她介绍对象，她连去看一眼都不肯。她要证明自己，不是因为某人而离婚。不是她背叛婚姻，而是别人对她不义。四年过去了，除了她在乎，别人谁在乎？更何况，人家制造出来的小人儿都会迈着小腿四处乱跑了。

想到这些吴小河心里就潮乎乎的。她知道自己傻。她就是傻。可是学不会聪明，就只能继续傻下去了。

就在吴小河愁云惨淡、胡思乱想的时候，耳旁传来几声气流强大的擤鼻涕声。她知道旁边床的女人又在偷偷抹眼泪了。她看不见她的脸，她背对着她面朝窗户坐着，长长的卷发在肩上一耸一耸的，很是萧索。病房里目前就住了她们俩，王女士比吴小河先住进来，手术已经做过了，是不是乳腺癌，要等病理结果出来才知道。医生说，如果是良性的，王女士的左乳就保住了，不用再割一刀。反之，不仅要割掉整只乳房，还要做化疗什么的。王女士天天以泪洗面，有几次夜里吴小河被她哭醒。怎么劝，都没有用。

等结果出来，也只是个良性纤维瘤。纯粹是虚惊一场。

不过，因为这次住院，两个女人却成了无话不谈的好朋友。王女士劝吴小河赶紧结婚，没必要跟自己过不去。不管离多少次婚，女人都应该想方设法把自己嫁出去。嫁出去才是王道。她自己就离了两次，嫁了三次，感觉一次比一次好，尤其这第三任丈夫，比她小两岁，会挣钱还懂得讨她欢心，让王女士非常得意。

出院后，王女士做媒，把她同事张树生介绍给了吴小河。

张树生离过婚，五十多岁。这个年龄的老男人吴小河闭上眼都能把他们画出来：一头杂毛，浑身松松垮垮，衣着乱七八糟，就跟掉光了羽毛的孔雀差不多。往人跟前一站，就像从冰箱里拿出来的一棵放久了的蔬菜，蔫巴不说，还串了味。说像白菜，闻起来有一股子胡萝卜味。说是胡萝卜呢，又长了个白菜样。吴小河心里明白，现在她能挑拣的也只剩下这一类老男人了。她也奔四十了，有些老男人明明自己老不说吧，还嫌她老呢。这世道，怎么说呢？就这样一个胡萝卜白菜男，据王女士说行情也是十分紧俏的。离婚两年没有再婚的原因，就是因为挑拣得太厉害，太年轻的不要，太老的不要，就像吃牛排一样，专挑不老不嫩的下口，还要有档次有品味的。王女士开玩笑说，人家要的是上得了厅堂，下得了厨房，进得了卧房。说的就是你。我看你俩挺合适。

第一面，张树生没有让吴小河失望太多。整体形象是说得过去的。他穿一件西式条纹短袖，虽然没有打领带，但露出来的领子那一块，看上去还是挺洁净的。讲卫生是必须的。他腿上穿着一条米色的休闲棉布裤，不是料子裤，很多男人喜欢穿料子裤，薄薄的，贴在腿上，原形毕露，简直让人不敢目睹。如果张树生那样一副打扮，吴小河估计当时扭头就走了，也就没有后面的那些事了。还有一点，张树生也没有像很多男人那样把短袖扎进裤子里，捆柴火一样把自己捆起来，然后矮墩墩、傻呵呵地站在她面前。第一印象，还好。张树生是体面的，儒雅的，甚至是文质彬彬的。不抽烟不喝酒，不说脏话不吐痰，老是老了点，但老得能看，老得让人放心。也没什么负担，儿子早结婚生子，小孩子都上幼儿园了。吴小河不用进门就当后妈。吴小河对后妈是深恶痛绝的，她从心理上接受不了。这是骨子里的东西，根本就是根植其中，你拿刀子剜都剜不出来。吴小河觉得自己不是那块料，所以，就绝了给人当后妈的念头。哪怕不结婚，也不让自己置身于水深火热之中，横竖都不是人。

张树生对吴小河可以说是相当满意的。吴小河刚踩到四十岁的边上，依然是一副三十多岁的样子，重要的是职业好。人老了身边有个医生，就好比请个钟馗守在身边，阎王小鬼近不了身。就凭这一点，张树生就觉得吴小河非常好。他非常满意。

来回试探，掂量，几个回合之后，婚期就定下来了。婚礼宴客就免了。吴小河在镇上一没亲戚二没朋友，送出去的礼也不多，也没有收礼的算计。也懒得让人背后骂吃高价饭。所以除了有天晚上前夫李四打电话过来，问她是不是要结婚了，熟人圈都不知道她要结婚的事。吴小河说我结不结婚关你屁事。李四说怎么不关我屁事？当然关我屁事，我好歹是

万物生

你前夫，当然有权知道以后谁搞我老婆，所以你赶紧把那人领过来让我先看看。他在电话里哈哈大笑。吴小河知道他喝醉了就把电话挂了，不一会儿他又打过来，如此三番，吴小河干脆把手机给关了。

是龙龙告诉了李四。吴小河带龙龙和张树生一起吃了顿饭。龙龙背过张树生对吴小河说，咋跟我爷爷似的。

吴小河说，你爸有本事给你找个姐，你妈可没本事给你找个哥。能找个爷爷就不错了。

婚后的日子似乎也说得过去。无非就是共同生活，吃饭，睡觉。吃饭好说，吴小河是个对吃饭不怎么挑剔的人。张树生挑剔，但是他喜欢做饭。他是个仔细的人，每顿饭从买菜开始就精挑细选，既要营养均衡，又要色彩好看，还要吃起来味道可口。大概是年纪大了的缘故，吃，成了主角，成了婚姻生活的重头戏。吴小河在吃方面被满足得绰绰有余。半年天气，体重增加了快十斤。吴小河几乎每天都要捏一把身上那些像棉絮一样的脂肪，发愁自己又胖了。熟人却称赞她胖一点好看，珠圆玉润的样子看上去富贵。可是，胖了也有胖的坏处，那就是懒散，浑身上下都沉甸甸的。日子过久了，吴小河发现张树生除了舍得吃以外，其他方面都很抠门。每个月发了工资，吴小河拿回家就放进衣柜的抽屉里，让它们赤裸裸地躺在那儿。她以为张树生看见了，也会学她的样子把自己发的工资也拿出来放进抽屉里，需要的时候就从里面拿一点。可是，张树生把钱看得比他的身体还重要，身体可以横陈到床上，吴小河随便使用，怎么折腾都行。这方面，张树生比较大度，从来不强人所难，只要吴小河表现出一点点的不乐意，他忍忍也就过去了。有怨言也不会说出来，更不会怨声载道，把不满意从床上蔓延到床下，然后恣意找事，在别的方面报复。

所以，在性事上，张树生的兴趣远不如他对钱的兴趣。钱是必须装进自己的钱夹里。事实上张树生的钱夹里几乎就没有多少钱，他常年装一张建行的借记卡在钱夹里，每月工资直接打卡里，用钱的时候就去小区门口的 ATM 机上取一张。吴小河注意过，他每次取钱的时候只取一张，不多不少就取一张，他钱夹里的钱除了零碎票子，永远都只有一张百元的大钞。大钞换成小钞，再补充一张进去。如果不是特殊情况，他的钱夹常年都这样，一张大钞加上一堆零碎小票，就像一只昂首挺胸的老母鸡领着一群小心觅食的小鸡崽，这一格局从来都没有被打破过。用他自己的话来说，钱夹里的钱少装点，被偷了或者丢了也不可惜。但是像他这样谨慎的男人，钱夹被偷了或者是弄丢的可能性约等于零。张树生除了吃以外，什么钱都不舍得花。他不喝茶不喝饮料。喝茶对睡眠不好，饮料有防腐剂，都是死水，喝到肚子里有害无益。他只喝白开水。所以他的钱除了吃饭都在银行里保管着。单位发奖金，他回家跟她说，我们单位发奖金了，吴小河只是听听数目，耳朵过过瘾，连个钱毛都见不着。奖金就是发成现金，张树生也不会揣回家，他拿着钱走到小区门口，就立马掏出借记卡存进去了。

　　跟张树生相反，吴小河婚后第一个月就把钱拿回家，放进衣柜的抽屉里。她想用自己的坦诚，充当诱饵，把所有的钱都捏在自己的手心里，最后变成夫妻的共同财产。很多家庭都这样，男人挣钱，女人管钱。以前李四也这样，钱都交给吴小河保管。吴小河管钱并不等于说钱就是吴小河的，它依然是夫妻共同财产，不过是一个态度罢了。可是张树生不吃这一套。他上过当，他以前的女人就是拿着钱跟人跑了，让他落了个人财两空的可悲下场。这次他记住教训，不仅不上当，还害得吴小河连诱饵都花光了。等吴小河意识到这一点，已经为时已晚。钱放抽屉里已经放成习惯了，再换个地方吴小河不好意思，也不方便，买根葱都去找男人要钱，吴小河做不出来。还有一个原因就是她挣的钱本来就少，每到月底发钱的时候，都惹得张树生要大发一通脾气，把医院当官的骂个遍，捎带着连病人都骂上了。张树生的周期性发作，给吴小河造成一个心理错觉，好像这男人除了钱之外，对别的事情都不感兴趣。事实也正是如此，这个男人，只有钱跟他过不去的时候他才会变成另外一个人。

　　有一次，吴小河打开计算机，无意中点开了一个文件夹，点开一看，是 Excel 表格。一般人下载 Office 软件的时候都是不会下载 Excel 的，首先她自己就不会。她当时还奇怪张树生弄这个做什么，随后就瞄见了"白菜"两个字。原来张树生每个月都要做收支明细账。每一笔收入与支出都有登记，月底有合计，存库。就连买一根葱在上面都能找到记录，细致到让人叹为观止的地步。收入栏每个月都写着两千。张树生的工资当然不会只有两千块，吴小河猜这个数是他愿意拿出来与她共享的生活费。支出一栏写得密密麻麻，白菜萝卜梨子苹果，什么都有，可以说是五花八门。只要花出去的钱在这上面都能找得到。有一栏写着：TY，13。吴小河不知道 TY 是什么东西，好奇了一下。再往前翻，里面还有一些 TY。TY？她终于弄明白了，TY 是"她用"的缩写。就是她花了的钱。前天她腰疼，没有出去散步，让他帮忙买了两包卫生巾，TY13差不多就是这个数。有些 TY 她能想起来，有些想不起来。月底合计她看了一下，每个月的 TY 都不是很多，有一百多有二百多，最大数额不超过五百。

看来女人真的是贬值了啊。吴小河难免一阵唏嘘。

有一天傍晚他们出去散步，路两旁都是烧烤摊，摊子周围坐满了人。烤肉味道浓郁扑鼻，十分诱人。吴小河说要吃烧烤。张树生表示同意。等吃完结账，吴小河一摸裤兜发现一分钱没带。她习惯把钱塞进裤兜里，出来散步换了条运动裤，所以就没有带钱。

张树生忙说，我来我来。他掏出钱夹付钱，吴小河往里瞄了一眼，果然跟往常一样里面有一张百元大钞。吴小河当时就奇怪，难道他事先就算准了她出来吃东西，钱数一定不会超过一百？万一超过了呢？

万物生

晚上回家，吴小河洗洗睡了。张树生洗完又进了一趟书房。吴小河躺在床上听见键盘敲击的声音，心想，这次他该怎么记呢？是记烧烤86，还是TY86？

张树生过来睡觉。吴小河说，记你的变天账去了？

张树生没听清，啥？

吴小河说，我说你记变天账。这次张树生听清了。在黑暗中他呵呵笑了两声，说，记一下就变天了？我都记了快十年了，也没见天变过来啊。张树生说，他是读了一篇小说受到启发，才开始记流水账的。小说中的人，是用钢笔一笔一画写在本子上，某年某月买了什么东西，多少钱一斤。有重量有价格，跟史料一样。这些东西过上个十年八年，谁也记不清楚当时的情况，所以有必要记一记。

过了两天，吴小河忽然想起86块钱的事，就去点击文档，却弹出了一个提示框，要输入密码。文档加密了，她打不开。吴小河本来还想看看他们结婚以前的流水账，看看有没有其他的TY，结果看不了了。她后悔把自己暴露了，要不然还可以看到更多的秘密。她在计算机上闲逛，又看到一个文档，也是加了密的。估计是与财产有关系的。意识到这一点让吴小河心里很不舒服。吴小河以前听人说过，某人再婚后把所有财产都做了明细，房产证，家用电器，衣服之类的都拍了照保存到计算机里，还编上号。当时她还当笑话来听。一个人细密也不可能细密到那种程度。现在一想，自己身边其实一直有不少这样的人，他们跟自己很近。小时候，她就知道舅舅干这种事,为了防舅妈,把钱东躲西藏,偷偷裹到袜子里藏到床底下,后来等想起来找出来,那些钱早就烂成一团糟了,多数被虫蛀了。

吴小河的一个熟人,自己辛辛苦苦开店挣钱,赚来的钱男人拿去挥霍,买两千多块钱的衬衣眼睛都不眨一下。轮到熟人给她父母买东西,他就在一旁这个贵了,那个不好了,总之是不愿意买。两口子有钱,却经常为钱的事生气。跟这些人比起来,张树生似乎还算不上太糟糕。他是过得太仔细了点,小心翼翼了点,但总的来说,是说得过去的。他抠门是抠门,只抠门他自己的钱,不抠别人的。吴小河就是把钱放在抽屉里,他也从来不伸手去拿。他不习惯花别人的钱,也不习惯别人花他的钱。

转眼间又是春节,两人在一起已经生活了两年。两年有一个好听的名字:棉婚。不是纸婚,纸婚,指头一捅就破。而棉婚,拽一拽,还能拽出一些*丝丝缕缕*。

春节过后,张树生的单位迁至郑州。两人分居两地。

起初都还挺兴奋的,小镇人都渴望到大城市生活,热闹,购物方便,有看不完的西洋景,他们甚至为城市生活做了一番比较乐观的打算。可是,新问题就来了——住哪儿?

单位没有住宅楼,单身宿舍也没有。张树生跟同事在单位附近合伙租了公寓,房租分摊每月八百。单位给房贴,每月五百,就是说,换个地方上班,不仅没有涨工资,到手的钱反倒减少了三百。过去你住在自己的房子里，干干净净，舒舒服服，现在好几个人挤一起，像是被关进笼子里的猪，生活质量下降了 N 个档次。

假如不买房，张树生要在外面租房子住五年。他五年后才能退休。想想这么大年纪了，还要跟人合伙租房子住，挤鼻子挤眼，张树生心里就非常不舒服。

买房的事很快就提到议事日程上来了。卖掉小镇各自名下的房子，然后去城市买一套房。然后把小镇上的工作辞了，再给吴小河在城市里找份工作，以后就在城市里生活。两人为这个堪称完美的计划拍手叫好，并着手开始实施。

第一步就是给吴小河找工作。医生的工作看似好找，实则不然。好一点的医院里没有硕士博士文凭根本就进不去。一般的二甲二乙，也要本科以上学历。医院在学历方面管得特别严，只认本本，本本不硬说啥都没用。吴小河是专科学历，自学专升本，考到手的职业资格是社区全科医师。就是说什么都会，什么都半罐子的那一种，走出去根本就不吃香。想要把自己推销到一个合适的岗位上去，是非常困难的。还有一点是收入，她现在的单位工资虽然不高，可三金都不少。有些医院，规模不小，给的钱也不相上下，但是不给交三金。还有就是一些私人诊所，开出的价钱听上去还能接受，可是到诊所里一看，一两间黑乎乎的房子，一两个医生护士，简直就没指望。

眼下，他们只有分居过日子。

刚开始的时候，两人每天都要打电话，周末了再商量是吴小河去城市过周末，还是张树生回小镇过周末。吴小河喜欢去城市，张树生喜欢回小镇。这一周吴小河去郑州，下一周张树生回小镇，两人轮换着跑。过了一段时间，天热了，两人都跑不动了。热是一方面。另一方面是路费开支比较大。一趟来回差不多要两百多块。一个月跑两趟，四百多块钱就没了。等于把好不容易挣来的奖金拱手送了人。都老夫老妻，男女之间那点事，张树生兴趣不大，吴小河也不积极，就觉得划不来。那方面他们一直开发得不是很好，不做没事，做了反倒有事。吴小河难免情绪化，过去的阴影还留在心里。张树生经常闹不清她是想做还是不想做，所以比较麻烦，倒不如分开的好。对张树生来说，分开还有一个好处，就是能省钱。两人在一起花销还是要大一些，为对方考虑得多一些。一个人过，能省则省，没人看，也不觉得寒酸。如果再省下路费，到月底就能结结实实存一笔。所以夏天以后，张树生一次都没有回过小镇。吴小河跑了两趟郑州，第三个礼拜也说热，不去了。

　　吴小河不去还有一个原因，那就是她的钱包本来就瘪，一个月才挣一千多块钱，时不时囊中会羞涩一下子。以前两人一起吃饭，张树生花大头，她还有余钱买点化妆品，添置几件衣服之类的。现在每个月的水电费、网费、电话费就是一笔不小的开支。加之在路上跑，她明显有些吃不消了。最近的一次，吴小河去郑州一趟就花掉了一千多块。张树生感冒发高烧，她替他买药花了两百多块，买菜做饭加之叫外卖、水果钱都是吴小河出的。他病了，就该吴小河掏钱。吴小河当然不好意思伸手向他要了。他呢，假装忘了这回事。吴小河走的那天，张树生还没好彻底，车票也是吴小河自己去买的。张树生只是在她去买车票的时候假惺惺地说了一句，钱包里有钱你自己去拿。吴小河心想你钱包能有多少钱？不就是一张大毛嘛。说不定连一张大毛都没有。她本来还想看看，他钱包里是不是真的只有一张大毛，但最后还是貌似坚定地摇了摇头，说，我有。走到外面，把口袋的钱翻出来一看，车票钱够是够，可是买完车票也就所剩无几了。看着那些剩下的零零碎碎，吴小河心里狠狠地疼了一下。

这一趟几乎花掉了吴小河一个月的工资，接下来的日子吴小河就得可怜巴巴地算计，才能把日子勉强打发下去。张树生去城市以后也说过，你钱不够了，我给你打。要不就说，你想要啥我给你买。这种话听听可以，却当不了真。哪有问客下菜的道理？吴小河就是再傻，有心无心还是区分得出来的。她自己也挣钱，哪里好意思让他给她买这买那？这人虽然是她老公，可好像还没熟到那个程度，起码跟他的钱不熟。从结婚开始，他就没有把钱交到她手上。以前在一起吃饭，他自然要分担一些家庭开支，现在不在一起吃饭了，让人家掏腰包就说不过去了。人家愿意掏还好，不愿意掏，你总不能去讨价还价，弄得好像跟卖身一样。所以钱暂时还是各在各的名下，谁也没把谁的钱暖热。

一趟就够了。她伤不起也花不起。她是穷人，必须为自己算计。为自己算计不可耻，帮别人算计自己才可耻。那种送上门的感觉让她觉得很受辱，很不是滋味。

接下来的那个星期里，她只打了一个电话过去，问他的病好了没有。知道他在上班，电话也懒得打了。省际长途每分钟四毛，加亲情号，一分钟一毛九，一不留神几块钱就没了。几块钱也是钱，她没有理由去浪费。

到了星期天，张树生给吴小河打电话说他逛街了，给她买了点东西，让回小镇的大巴捎回去，留了她的电话，车到了会跟她联系，然后让她去拿。这可是破天荒的事情啊。可能是因为他生病期间她花钱照顾他的缘故吧，他要聊表一点心意。

不管怎么说，听到这个消息，吴小河还是很高兴的，忙问买了什么东西给她。张树生却扭扭捏捏不肯说，只说到了你就知道了。

吴小河猜，不是衣服就是鞋子。她上次去郑州华联看上了一双天美意的凉鞋，折扣后要八百多，当时她没舍得买。是不是他帮她买了一双？吴小河想来想去，就是没想到他带回来的是一大包荔枝。大热天，荔枝上的冰都化掉了，水汪汪的一大包，掏出来一看皮儿都黑透了，臭气熏天。吴小河拧紧塑料袋，路过一个垃圾箱直接丢进去了。

她还没到家，短信就过来了：没猜到吧？一骑红尘妃子笑，无人知是荔枝来。

真无耻，他把自己当作李隆基了。

万物生

吴小河回了三个字：没想到。

真正让吴小河没有想到的事情还在后头呢。

国庆节放假，张树生回来了。他像个古代远征的丈夫一样，回到了阔别两个月的家里。两人花费了一点时间，才把积累起来的陌生感给消除了。七天时间里，张树生跟吴小河说得最多的就是房子的事。张树生在高新区看好了一处房产，五十六平方米，差不多要六十万。张树生说，他已经交了一万块钱的定金，房子年底交工，月底要先付一半房款，余下的钱等交钥匙的时候补齐就行了。所以得赶紧筹钱，把旧房子卖出去，付新房款。张树生给两套房的估价是，他的房子开价四十五万。位置好，旁边就是一所中学，二楼，九十平方米，差不多能卖出这个价钱。吴小河的房子只有五十八平方米，是过去的小户型，位置也不太好，四楼，能卖二十万就不错了。要是都按预定的价钱卖掉的话，装修的钱虽然差一些，但也差不了多少了。

吴小河担心工作的事，一时半会儿找不到。张树生说，等新房子到手，你就请假不上班，先过来再说，工作以后慢慢找。

不等假期结束，他们已经安排妥当，把打印好的售房广告贴在小区门口。现在的问题是，一旦房子卖掉，吴小河必须赶紧租一套房子住，然后再把家里的东西搬出去。

张树生的房子贴出去的当天就有人过来看房，一番交涉，四十万成交。买主预付了一万块钱的定金，商定十一月底过户交房。

吴小河的房子还真让张树生说中了，广告贴出去一个星期，只有一个人打电话过来问。那人张口就说，你那房十万块钱卖不卖？

吴小河当然不卖了。她跟张树生结婚后，房子就租出去了，每月有六百块钱的租金。这六百钱给龙龙当零花钱了。真要把房子卖掉，吴小河还是有些舍不得。后来她才发现她根本就卖不了。房产证是李四父母的名字，虽然协议到她名下，卖也得人家卖才行，她根本就没有资格卖。

房子卖不了，吴小河一下子变得轻松起来，原来内心深处她不舍得把房子卖掉。

倒是张树生愣了半晌，说，那怎么办呢？钱不够怎么办呢？

吴小河说，想办法借一点吧，以后我们慢慢还。公积金账上还有几万块，想办法再贷点款。

月底张树生回来，吴小河已经搬出去住了，她必须搬出去住。

张树生这次回来，就是签卖房手续的。他担心手续不好办，专门请了年休假，谁知道手续办得很顺利，一天时间差不多就已经就绪。钱到手，张树生说要庆贺一下，饭不做了，去粉酷吃。吃饭中间吴小河问借钱的事有没有眉目，张树生说，你就不要管了，钱的事我会想办法。

张树生在吴小河租来的房子里住了一个星期。吴小河上班，他就在家里买菜做饭。吴小河下班回来，饭菜都端上了桌。星期天，张树生又去家具广场买回来一只藤编躺椅，一只藤编小茶几，摆到露台上。

看来有钱和没钱是不一样，有钱了抠指甲过日子的人也会大方一下。吴小河望着躺椅，问他多少钱。张树生说，你只管坐就行了，管多少钱干吗？又说，你租的这套房子实在是太好了，这么大的露台，闲置不用太可惜了，坐在露台上喝茶晒太阳，简直比神仙还逍遥呢。听他的口气，好像是因为露台，他才买了藤椅茶几。吴小河沾了露台的光。露台大是因为一楼的住户把房子扩出去，二楼顺理成章多了十几平的大露台。房东把露台四周围起来，装上铁艺护栏，又搭了遮阳棚。角落里用瓷砖砌了一个洗手池，洗菜洗衣服都可以，水池里有现成的搓衣板。张树生对这个露台赞不绝口，说就冲这个大露台，五百块钱的房租是很划算的。他建议吴小河在水池边弄点泥土，种几棵竹子，闲来无事听风听雨喝茶，日子过得比神仙还逍遥。

吴小河以为他只是说说而已，没想到第二天下班回来，张树生已经把竹子买回家，种进几只硕大无朋的土陶瓮里。土陶瓮挺着将军肚，在露台上憨态可掬。吴小河看着这些东西，再次被他的不可思议弄糊涂了。这个老男人，老是老了，居然还挺风雅的。

吴小河说，看来你是打算让我常住沙家浜，以后不去郑州了。

张树生说，我再有五年就退休了，你还有十几年要熬呢。不如先待着，五年一晃就到了，快得很。

随后他又小心翼翼地对吴小河说，买房子不够的钱他儿子答应给。

吴小河颇感意外：你儿子答应借钱给我们？

张树生嗯了一声，过了一会儿又小声说，他让把房子写他名下。

吴小河愣了一下，心里有个地方忽然就裂开了。有东西在里面使劲地搅动了一下。

你答应了？

张树生说，我不答应，你又拿不出钱来，房子不买也不行，越来越贵，挣钱的速度赶不上房价上涨的速度。租房子肯定不合适，还是早点买了好。

吴小河笑了一下没说话。

张树生说，要不我们也学别人那样先办个假离婚，房子写我名下，等房产证办下来我们再复婚。这样一来，房子是谁的还是谁的，我也不用急着还他的钱，我儿子也无话可说。

原来他都算计好了。一刀一刀割下来，骨头是骨头，肉是肉，分割得清清楚楚。吴小河想，幸亏她的房子卖不掉，要是卖掉了，两人再一起买了房，往后怎么分得清？是不是要按出钱多少，算比值算份额，溢价涨幅都算进去，再请律师签字画押，死后谁继承多少都要事先算清楚？

　　　　　　　　　　　　　　　　万物生

一宿无话，第二天一早去民政局办手续。走到民政局门口，张树生回头说，说好了啊，这是假的。你可不准趁机不要我了。

吴小河绷着脸，没有吭气。

离婚证拿到手，张树生下午就坐车回郑州了。选择最后一天办离婚手续有他自己的道理。虽然口口声声是假离婚，可离婚证却是货真价实的东西，假不了的。如今，揣着这样的证，两人再挤到一个屋檐下，显然是煞风景的事。所以张树生这样的聪明人早就谋划好了，证到手就拿钱远走高飞，给这一趟先画上一个圆满的句号再说。

婚就这样离掉了。回到家吴小河越想越觉得不对，越想越觉得自己傻。怎么说离就离了呢？她可以不离的，没有谁强迫她离婚，她也没必要跟谁赌气，不签字对方就拿她没办法。房子他爱买不买，与她有什么关系？又不是她的房子，她管他买不买。她应该让他求着她离婚，给她补偿离婚才对。轻而易举就让人给甩了，这算怎么回事呢！

可是，这不是假离婚吗？

鬼才知道是真是假呢。

坐在露台上，吴小河给王女士打电话。王女士说，想不到老张会干出这种事。不过，这年头，也不奇怪。有钱没钱都会算计。既然离了，就别想那么多了，坏事说不定变好事呢。抓紧时间再找一个，不行就来郑州找我。

再找一个，离两次嫁三次？当初她做媒就应该想到会是这样的结果。挂了电话，吴小河心里堵得更厉害了。原本是想跟王女士倒倒苦水，发泄一下心中的怨气，怎么说她也是媒人啊。当初要不是她，她跟张树生是不可能走到一起去的。可是听她说话，她一句话也都说不出来了，就硬生生把后面的话咽进肚里。

　　或许是在露台上待久了，吴小河夜里又开始发烧。体温升到38度。她的身体状况要说还不错，上一回发烧还是住院做手术那次，加上这一次，就两次。两次发烧简直就像墓碑一样，中间夹杂了一段说不清道不白的短命姻缘。人还活着，婚姻却没了。虽然这场婚姻从开始到结束，就像是两个蹩脚演员上演的一处哑剧，毫无精彩之处。更像是鸡肋，食之无味，弃之可惜。可当它真的结束了，你不是庆幸它结束了，而是感觉被愚弄了。因为你曾经付出过热切的期盼，付出过憧憬和美好的想象。现在你失望得一塌糊涂，不是上了别人的当，而是上了自己的当，这让你每个毛孔里都塞满了委屈和愤懑。可是，有什么办法呢？它必定是结束了啊。

　　吴小河迷迷糊糊睡了两天，两天里她感觉自己像是一片膨胀的云朵，在无垠的空间里深深浅浅地飘浮着。睡醒了就爬起来喝一缸子温开水，然后倒头再睡，睡醒了接着再爬起来喝水。药也没有吃，家里备的退烧药早过期了。靠喝水居然挺过来了，这让她大感神奇。第三天早晨热度退了，她像从冬眠中醒过来的蛇一样，转转眼珠子忽然又活过来了。天

　　　　　　　　　　　　　　　　　万物生

不亮她就爬起来，进卫生间里冲了热水澡，又点火煮了碗白粥，撕开一袋榨菜丝，一边吃一边散漫地想着心思。手机就在这时候忽然响起来，惊雷一般，她吓了一哆嗦。

电话是个陌生号码打来的。

一个男人喑哑的嗓音对着她喂了两声，问她是不是吴小河，吴小河说是。

那人说，我是张树生单位的老陈，昨晚张树生跟同事出去喝酒，不小心摔了一跤，现在还在医院里抢救，你赶紧过来吧。

抢救？这可真是意外啊。吴小河被这个突如其来的消息弄得吃惊不小，一时间心跳如鼓，竟然忘记了这事已经跟她扯不上任何关系了。

这么严重？他不是从来不喝酒吗？怎么会忽然喝起酒来了？吴小河有些不相信。

老陈说，男人们喝酒有啥奇怪的？不喝才奇怪呢。昨晚他们把老张送医院去就给我打电话说了，我还以为只是喝醉了摔了一跤，酒醒了就没事了。谁知道在医院里还抢救了大半夜，四五点钟的时候，人醒过来了，却不会说话了。我这会儿就在医院里，你赶紧过来吧。

看来是真的了。张树生以前说过，他们主任姓陈，可能就这个人。张树生该不会是瘫痪了吧？

想到这一点，吴小河感觉有些喘不过气来。

你们跟他儿子联系了没有？

老陈说，电话我让他们打过了，他儿子不在国内，好像在哈萨克斯坦做什么项目，可能十天半个月都回不来。他媳妇要上班再拖个孩子，哪来得了？

这么说，他的亲人都照顾不了他，或者说不愿意照顾他，然后他们就想起了她这个外人。他们不知道她这个外人三天前刚刚被他离掉，被他像扔烂抹布一样扔掉了，他们怎么不问问他呢？对了，他已经哑巴了，说不出来话了。老天爷故意的，不仅让他跌跟头，还让他话都说不出来了，成了哑巴。他做梦都没想到会落到这个地步吧？

吴小河长长呼出了一口气，心里说，你活该啊。谁叫你那么会算计呢？人算不如天算，都是命。

老陈还在电话那头催促：你给单位请个假，今天就过来吧，手续以后再办。老张身边没个人不行啊。

吴小河几次都想说，我都跟他离了呀。不过，话到嘴边却说不出口。心里想，或许还是应该去看看他，他都这样了啊。

（原载《延安文学》2014年第3期）

假 期 之 旅

　　两天后就是五一节。小凤仙单位组织职工去西安爬华山，观兵马俑，逛街游乐，原则上是可以带家属的，只要交钱就行了。征求李慧的意见，李慧说他不去，在西安读大学读了四年，该去的地方都去过了，没有引力没有兴趣也不想花冤枉钱，所以就让小凤仙单独行动，这次自己猫在家里当宅男。

　　三十号晚上，小凤仙在家里收拾东西，吃的喝的洗的用的，在餐桌上堆了一大堆。小凤仙说，李慧过来帮我装包吧，我都快累死了。李慧说，累死算了，为你自己捐躯又不是为别人。我又不是你丫鬟。

　　小凤仙装好旅行包，嘟嘟囔囔去冲澡，十点不到就爬上床睡觉去了。明天早晨六点钟出发，所以要早睡早起。她脱了衣服，躺在床上，准备关灯，忽然大叫一声又从床上跳下来了。李慧从卫生间出来，见她慌里慌张，连忙跟进来问她怎么回事。小凤仙不搭腔，光着身子奔到屋角衣帽架前取下她挂在上面的漆皮小拎包。李慧嘀咕了一句，发啥神经呢你。

小凤仙从包里掏出了她想要的东西，马上换了一副表情，笑眯眯地朝李慧招手。李慧凑过去看，原来是一张保险单。小凤仙单位管事的人不知哪根神经犯了，居然给这次参加旅游的职工每人投了一份人身意外保险，花钱给大家买了一张护身符。谁都知道这是最没用的东西，保险这玩意儿就是谁都能消受得起，买的人仅仅是为了买，到手也不过是画饼一张，屁用都不顶。

可是小凤仙却高兴得像个尝到甜味的孩子似的，挥动着手中的保险单，煞有介事地跟李慧说：李慧你看，我升值了吧，五十万！我要出事了，你就跟张蔷一样发大财了，等钱到手了就能娶个十八岁的女人回来搞搞，多爽啊你。

小凤仙显然还记着张蔷的事，李慧以为她忘记了呢。

几天前李慧听人说，张蔷给她男人买了二十五份人寿保险，然后处心积虑把男人害死，狠狠地发了一把。

李慧觉得不可思议，回家说给小凤仙听。

小凤仙说她有那本事？打死我也不信。

张蔷是小凤仙以前的同事。

李慧还以为她真的不信呢。两人为这事还争执了一阵子。后来小凤仙说：你说得那么轻巧，那干脆就易如反掌一下，拿我来做试验，想想用什么方法杀死我，既不会搭上你的狗命，还能发一笔横财。

才几天保险单就真来了。李慧以前从不买保险的，小凤仙也不买。保险总是让人觉得有所企图，无端端地生些晦气出来。真的到了那会儿，人都没有了还要钱做什么？

这是李慧的金钱观。李慧不是特别看重金钱的那种人。因为他没钱，看重不看重都那么回事儿。

李慧还没来得及接下句，小凤仙说完就后悔了。当她意识到自己是在诅咒自己让别人好受的时候，就气呼呼地把一双脚跷到李慧的肩膀上狠狠地踹着，一边踹一边说，哼！明天我不去了，去他妈的晦气！呸呸呸！童言无忌。

李慧哈哈大笑，说那你就别去了。

小凤仙说，你想得美！我不去了做什么？

李慧说，在家陪你男人。

小凤仙说，美死你！陪你？哼！

说完又嘟囔了一句了脏话，嗵的一声倒在床上，背对着李慧朝一侧睡去了。

太可笑了，女人真是不可理喻。李慧这会儿也没有心情去干别的了，干脆熄了灯上床睡觉。

在黑暗中躺了一会儿，似睡非睡中，小凤仙的手伸了过来，在他身上蛇走，小声说，你不来伺候一下吗？人家出门要七天才回来呢！

李慧一下子清醒了。

李慧的回笼觉睡到这天中午十一点才醒，醒来依旧四肢松软，云朵一样飘浮着，因此就摊手摊脚在床上做起了白日梦。那会儿他老婆小凤仙乘坐的旅游大巴已经到西安了。但他在幻觉中觉得小凤仙还在家里，在屋里上网或者走来走去。他甚至听见她趿拉着拖鞋走路的脚步声，像蚊虫一样细微的呼吸声。

起床后他挨着每间屋里都去转了转，像领导视察那样把能看到的空间都看了一遍。屋子的确就剩下他一个人了。这才感觉出房间的陌生和空落。阳台的窗台上不知多久养了一盆仙人球，拳头大一点居然也开花了。花朵比身子长了好几倍，颤颤巍巍地吹着喇叭，一副心神不宁的样子，看上去十分可笑。

推开窗户，有风扑了进来。初夏的风来势有点凶猛，不过吹到身上却是温软的，很惬意。阳光是如此之好，如此之明媚之灿烂，简直是前所未有。鸽子在屋顶上绅士般站着眺望着，脊背上镀了一层明亮的金光，仿佛身披一件袈裟，站在屋顶上咕咕哝哝地念经。

李慧晃动着屁股冲它们吹起口哨：美丽的小鸽子啊——

回屋前，他抬头看见阳台的晾衣架上，晾着小凤仙的乳罩和三角裤衩，摸了一把发觉已经干透了，就拽下来替她收进屋里去。

回到厨房，他继续晃动着身子，给自己烧水泡面。吃完泡面又喝了一袋卡布奇诺，然后开始上网。

接下来的这几天里他几乎一直重复着这样的生活，一个人吃东西，睡觉，然后上网看片子，在聊天室勾搭名字看上去比较诱人的女人聊天。通常是走一个他再换另一个接着聊。他不喜欢蜻蜓点水式的和一群人乱聊，觉得没意思，聊不透。他所谓的聊透是指深层次的，有规模的有穿透力的聊天。他这人有窥视欲，恨不得像虫子一样钻进女人的心里身体里去探个究竟。所以他喜欢她们一个一个地来，像接力赛一样，好让他知道自己对异性的兴趣到底大到什么程度。好在网上女人资源非常丰富，都是免费共享，想聊多少有多少，只要兴趣不减就继续聊下去。一眨眼几个小时就没有了。两点以后，他就不聊了。关了机器上床睡觉，足够的睡眠对他非常有好处，网络上的夜生活往往要等到夜深人静的时候才正式开始，这个时间段牛鬼蛇神们都钻出来混世界，该来的不该来的都会来，该发生的不该发生的都会发生。对这一点李慧深信不疑，所以他也想过一把当牛鬼蛇神的瘾。

只有到了傍晚他吃饱睡足，像倦鸟归林一样，他会猛然想起生活里那个真实的女人小凤仙，他给她发短信，把说滥了的几句话发到她的手机上。开始他还满怀期待等她回短信，后来半天不见动静，他忙别的事，就把这事给忘掉了。等他再次想起来，这一天已经过去了。夜幕开始降临，他再次发短信过去，结果照例是热脸贴人家的冷屁股，外甥打灯笼，人家还是不理不睬。打她的手机，通是通了却没人接听。不知这女人搞什么鬼，不会是跟哪个野男人私奔了吧。

第三天，他继续吃泡面，上网看莎朗·斯通，中午肚子饿了，打电话要了一份外卖，米饭包菜、豆芽肉丝。米饭夹生，拉嗓子，其他不等有感觉，就已经胡乱咽到肚里去了。

下午太阳偏西，西边的云彩被落日撕成了丝丝缕缕。鸽子还在对面的楼上站着，脸贴脸鞋子一样地对望着。

李慧的嘴巴里一阵麻木，想这三天是怎么过没了。

他决定下楼去走走，跟植物一样去接接地气。

十分钟后，他沿着湖边散步，意外地遇见了周小眉。李慧差点儿就没认出来，一直走到她跟前，眼神碰到一起，这才明白是谁了。要不是曾经的身体上彼此都留有印记，他肯定当她是别人了。心里不由得吃了一惊，咋都这副模样了呢？

十年前的周小眉娇小玲珑，浑身上下肉嘟嘟的，他叫她肉肉。虽然她一点儿都不胖，但他喜欢叫起来那种色色的感觉。这是他的肉肉。

她喜欢坐在他的大腿上，喜欢他从背后抱着她，喜欢生气的时候用手掐他，掐一点点薄皮，听他像蛇一样发出嘶嘶的叫声。

当他决定永远据她为私有的时候，她却一甩手跟别人结婚去了，成了别人的肉肉。这让李慧体会到什么叫作割肉般的疼，那个疼啊，经历过的人都知道。对方也只是个小车司机，除了会开车以外，长得跟秤砣似的，李慧没机会见识，别人告诉他那人就跟武大郎似的。不管那人是不是武大郎，李慧也没兴趣知道，但周小眉一定就是潘金莲，她这辈子都欠他一个说法。李慧在心里谋划了很久，有朝一日见到这个女人必须说点儿什么。

万物生

现在遇见了，却让他措手不及，不知道该说啥好了。

这么丑，这么胖，在李慧的面前松垮垮一站，就像一堆海绵一样，每一个毛孔里都挤满了油脂。尤其那张脸，黄黄的像一张陈年油饼。按说见到她现在这副样子，他应该高兴才是，可他还是觉得心里沉沉的，一点儿也高兴不起来，反倒是又一次体会到当初被人甩了的那种疼。

李慧说，好久不见了，找个地方坐坐吧，我请客。

周小眉笑了一下说，不用了，我在这里等人，你忙你的去吧。

他嗯了一声，低头看见自己的脚尖，目光滑过去又看了一下周小眉的脚尖，周小眉穿着厚底凉鞋，白白的脚趾从红色鞋子里钻出来，似乎比以前更白了。他抬头看着她的脸，笑了笑说，那我走了，有空再联系。

走了几步他想回头看一下她还在不在那里，她等的人有没有出现。不过这念头很快就被他克制住了。直到走到拐弯处，他忍不住回了一下头，可惜啥也没看清楚，光线的缘故，刚才的花架那里已经淡成了一团黑影。

他很快就意识到她没有答应跟他一起走，是多么正确的选择。不然他又该丢人了。钱夹里只有一些毛票缩在里面，去了还不知道怎样了呢。她经常笑话他抠门，有一次他穿了一条屁股烂洞的裤衩让她笑得前仰后合，说那是他的独创，既能兜住前面的物事，又不兜屁，称他是名副其实的环保大使。

爬到山上，李慧身上出汗了。山上的亭子里空荡荡的就他自己。凉亭四通八达，无遮无拦，野风乱窜一气，身上的汗很快就干了，但衣服上凉冰冰的，发黏，虽然是初夏，却让人觉得很不舒服。

夜幕降下来了，山上黑黢黢的。湖边的路灯照不上来，李慧坐在凉亭里的黑影里，给小凤仙打电话。手机通了但还是像往常一样没人接听。

一丝不祥的感觉涌上心头。李慧想起她临走前的种种迹象，她的眼神，她说过的话，似乎都暗含了某种深意。手机掉华山底下去了，还是被贼偷了？如果仅仅是手机丢了，难道她也失忆了，不知道打个电话给他吗？

到了这会儿，小凤仙临走前给李慧下的饵才开始生效。

下山的时候，路上一个人也没有。李慧以为会有人走过来，结果一个人也没有，身上的汗毛倒是立起来了。回家看电视新闻，卡扎菲的儿子炸死了，孙子也死了几个……

这天晚上李慧破例没有上网聊天。上土豆网看《复仇者之死》，只看了一会儿就不想看了，孕妇被挖空了的肚子，血淋淋的画面看上去比较恶心。

关了电脑，早早上床睡觉，半夜被一种强烈的声音吵醒了。他默数了一下次数，撞击声居然有一百五十九下之多。楼上的动静太大了，也不怕把楼板震塌了。李慧见识过那一对儿顶头上司，男人瘦瘦小小，女人也瘦瘦小小，奇怪他们怎么能弄出那么大的动静，每次都地动山摇，估计一个单元的人半夜都会做地震的噩梦。李慧经常半夜三更被他们吵醒，然后就睡不着了。有一次李慧在网上跟一个女人说这事，女人说你干脆跑上去对他们说，我们一起来算了。李慧不敢接下句，女人胆子一旦大起来，比男人还无耻，有什么办法。

迷迷糊糊又睡了一会儿，天快亮的时候手机响了。李慧按了接听键，一个陌生女人的嗓音急吼吼地扑了进来，连问他是不是李慧，李慧说是。女人说她是小凤仙的同事，小凤仙出事了，这会儿正在西京医院急救，让他赶紧起床，想办法尽快赶到西安来。

李慧连问几声小凤仙怎么了，没听见吭声，原来那边电话已经挂掉了。

李慧还当是个梦。打开手机看了一下，已接电话里确实有一个029开头的电话号码。他按了拨出键拨过去，里面是悠长的忙音，他怀疑刚才的电话是用IP卡打过来的。

真是撞鬼了，哪有这么巧的事。临走前说几句不吉利的话就应验了，真是奇了怪了。李慧还是赶紧爬起来，洗漱完毕，时间已经五点过了。

他又拨了一次刚才的号码，还是没人接听。

李慧挖空心思在脑海里浏览了一遍，居然找不到一个人可以问一声。小凤仙单位的人他都不熟悉，号码一个都没有。单位的电话虽然打114可以查询到，但不到上班时间，查到了也没有用，电话打过去不会有人接听。他们去西安的车是单位包车，没有参加旅行社，不然李慧就可以想办法打电话到旅游公司去问一下情况。

没办法再继续等下去了，第一班南阳发西安的大巴六点钟就要发车，李慧没有多余的时间去考虑其他的。他从柜子里找出一只双肩包出来，把手机电池、充电器装进去。身上的钱加起来还有三四百块，车票钱够了就好办，其他的等到了西安再说。银行卡他记得装裤兜里了。

坐上大巴，他在车上给小唐打了个电话，让他上班以后帮他请个假。今天假期结束，该正常上班了。

小唐还在睡梦中，带着浓重的鼻音不耐烦地问，谁啊你？

李慧说，你哥们儿李慧都听不出来？

小唐说，靠，你要死到哪里去？刚上班又要请假？请几天？

李慧说，你先给主任说我家里有事，回头我再跟你联系。

中午十二点，大巴下了高速，开始在市区里一摇一晃，速度慢得跟蜗牛似的。过了电视塔，李慧的手机终于又响了。声音还是早晨那个女人的声音，电话号码却换了一个，大概是换了部机子打过来的吧。李慧这会儿也顾不了那么多，对着话筒大声询问小凤仙咋样了？女人说，你来了就知道了。我在西京医院门诊楼大厅里等你，我穿一件红色风衣，戴李宁牌运动帽。

李慧还想问，电话又像前一次那样挂断了。

李慧喂喂喂了几声，对着手机破口大骂，妈的什么破女人，连话都说不清楚！

　　　　　　　　　　　　　万物生

这时候坐他身边的年轻姑娘忽然转过脸来盯着他看，闹得李慧有点儿不好意思。

女孩看上去挺面熟的，大概在哪里见过，很像一个人。对了，像苍井空，圆溜溜的眼睛，多汁的那种，一副随时要把男人淹死在里面的那种表情。

李慧心里一松，尴尬地冲她笑笑说，你也去西安？

女孩说，我在西安上学。

李慧说，我以前也在西安读大学，西安财经。

女孩这次笑的幅度比前一次大多了，用苍井空一贯那种淹死人不负责任的表情看着他，话说得就更糯了：这么巧啊，还是俺学兄呢。去西安还是——

小凤仙的事李慧说不出口，随口应付了一句：去看个朋友吧。

女孩说，我就知道，你肯定是去看女朋友的，绝对不会大老远跑西安去看男朋友。

李慧说，你怎么知道？

说完两人都笑了。一瞬间李慧觉得这一场景仿佛又回到了学生时代。窗外是大明朝城墙，然后是东大街苍老的槐树，槐花结得满树都是，一路上香气醉人。大巴走走停停，不时有车门的开合声，身旁是女同学哧哧的笑声。

李慧没有再说话，女孩也静静地坐着。车快到解放路口，女孩站起身来问他去不去财经玩，如果去了就跟她联系。说完女孩吐出一串数字让他用手机拨一下。这时候大巴识时务地猛刹了一把，女孩站立不稳，整个身子朝他倾倒过来，李慧及时张开双臂将女孩拥进怀里，搂了一个香玉满怀。

女孩下车后，李慧在火车站附近也下了车，然后换车去西京医院。

到了西京医院门口，果不其然看见有一个穿红衣的女人，杵在大厅里像一簇火苗那样耀眼。等她转过脸来，才发现是个年轻姑娘，年龄不会超过二十二岁。但因为太胖的缘故背影看上去像个中年妇女一样，让李慧觉得伤心。

见到胖女孩，李慧才知道他接电话那会儿小凤仙就已经在医院里等着抢救了，遗憾的是抢救无效，最后只能躺进太平间里长眠不醒了。

胖女孩解释电话里为什么没有对他说明白，一是怕他受不住这个打击，再一个就是她把事态估计得没那么严重。等事实真的摆在面前，想说给他听也没用了，不如等他来了，该知道的就都知道了。

放屁！李慧骂了一句，恨不得上前对着她的胖胸脯狂揍一顿。

接下来两人一前一后去了太平间。小凤仙在太平间的水泥台子上躺着，似乎还没有凉透。眼睛微睁着，一副似醒非醒的样子，似乎一觉刚刚睡醒，半眯着眼睛看着李慧。李慧惊骇得不得了，一时没了主意，闹不明白要不要上去摸一下她的手来证实一下。

他回头看了一下，身后的女孩一直低着头，目光看着他的脚后跟。

李慧终于还是大着胆子上前摸了一把小凤仙的手，不然有点说不过去，怎么说这也是他老婆的手，这双手他以前摸得起了茧，像自己的手一样，早就没有了感觉，但这一次感觉强烈到让他倒吸一口冷气，不得不赶紧松开手。

出了太平间，李慧问胖女孩，其他的同事都去哪儿了，怎么就你一个人在这儿？

女孩抽抽搭搭地哭起来，说，她昨晚跟小凤仙一起去酒吧，出事后就直接上医院来了，没来得及通知他们。今天他们自由活动，可能都上街玩去了，打了几个人的电话都没人接。

我已经给他们发短信了，女孩说。

李慧很快就弄清楚了她们在酒吧出事的前后经过，女孩说酒吧老板当场就打了110报警，警察过来把醉酒肇事的三个男人一起带走了。

午后一时左右，小凤仙的同事们都来了，在太平间门口围作一团，叽叽喳喳说个没完。一起来的还有一高一胖两个警察。

警察把胖女孩单独叫一边去问话，问完又把李慧叫过去。

他们检查了李慧的身份证，两双眼睛探照灯似的对着他打量了好几遍。后来李慧的手机也被他们要过去翻着看。李慧忽然想起手机里有几个没有删掉的黄段子，顿时心里有点不安起来。

接下来的这一切简直就像做梦似的，开追悼会，小凤仙的父母在一旁哭哭啼啼，小凤仙的遗体就地火化，最后交到李慧手里的是一只轻飘飘的木盒子。李慧觉得太荒谬了。咖啡色的盒子捧在手里，感觉像捧着一块巨大的巧克力蛋糕。他发愁把这块蛋糕放哪里比较合适。卧室肯定是不能放了，她已经死了，死人是不能跟活人同处一室的。再说万一某一天哪个女人愿意代替小凤仙跟李慧上床，还不把人家吓个半死。书房当然也不能放了，李慧要在书房上网看毛片跟女人聊天，小凤仙看着得再死一次。这样对李慧不方便，对死者也不敬。

后来李慧想来想去，觉得还是把小凤仙扔进阳台的大柜里比较安全。有阳光照着，鬼老老实实在里面待着，就不敢出来害人了。

后来不知怎么回事，小凤仙还是阴魂不散从木盒子里跑出来，哭哭啼啼骑到李慧身上，骂李慧狼心狗肺没良心，还用双手狠掐他的下身。

李慧知道自己睡魇住了，下身肿胀着并充满了尿意。

他挣扎着爬起来上了一趟厕所，狠狠地尿了一泡，排空了膀胱，人也清醒了许多。时间已经七点一刻了，要不是这会儿醒来，上班都要迟到了，昨晚忘记在手机上定闹铃了。

他打开手机来看，已拨电话一栏一长串都是小凤仙的名字，长长的一溜，跟糖葫芦似的，都是他拨出去的。他又拨了一下，让它再增加一串，不等悠长的忙音传过来，他自己就掐断了。

没有029开头的电话。奇怪梦里的事怎么能记得这样清楚？他把梦里发生事件的前后联系起来想了一遍，认定是小凤仙捣的鬼，不接电话，无端失踪，给他下个饵，然后在梦里死去活来折磨人。

难怪在梦里他一点都感觉不到伤心。

上班途中路过小吃店，他快速解决了早餐，一杯豆浆加两个油饼，吃完到办公室小唐已经到了，饮水机里的水也烧开了，两人都捏了茶叶接水泡茶。

李慧说，我在梦里还惦记着给你打电话呢。

小唐说，不会是想请我吃饭吧？

李慧说，请就请，有啥了不起的。中午请还是晚上请？

小唐说，当真？那就晚上吧，我们去粉酷喝两盅。

晚上两个男人在粉酷意外地看见了张蔷。小唐跟张蔷死了的老公是哥们儿，就扬起手臂张姐张姐叫了一气，张姐你过来坐啊。

张蔷过来坐下，这张桌子的格局立即发生了变化，两男一女。虽然女人徐娘半老，但因包装不错，看上去依然青春可人。短发飞扬，腰肢纤细，不认识的人当她是二八少女也未尝不可。

小唐跟张蔷寒暄，李慧在一旁默默地干坐着，他注意看了一眼张蔷放在椅子上的拎包，果然是 LV 的包，就是这只看上去其貌不扬的包包，据说价格最低不下五千元人民币。

他往桌子底下又瞄了一眼，灯光下的那双脚也早早穿上皮凉鞋了，脚背上裸露出的皮肤看上去莹白透亮，比周小眉的脚看上去还要年轻。

张蔷跟小唐聊了一会儿，终于注意到旁边沉默不语的李慧，这个今晚将要替她买单的人。因此她笑吟吟地问李慧为什么看上去面熟，是在哪里见过？

李慧说，我们见过很多次了，是你贵人多忘事。我记得你你不记得我而已。

女人笑了，呵呵地笑，声音脆生生的像自行车的铃铛。后来趁她上洗手间的工夫，小唐用胳膊碰碰他，说当二爷怎样啊？这可是个有钱的主儿。

两人哈哈大笑。李慧说你去当二爷吧，你当最合适。等你当上以后天天请我喝酒就是了。

小唐说，你不用跟我客气，要不一起上？

两人又笑了一通。

李慧把从别处听来的有关张蔷的事说给小唐听。小唐纠正他说不是二十五份人寿保险，是二十五份意外保险。人寿保险赔不了多少钱。意外保险还不是张蔷买的，是她老公自己给自己买的，他得了抑郁症，天天担心有人要杀死他，所以手里一有钱，就赶紧给自己买一份保险，受益人一栏他谁的名字也不写，就写他自己的名字。

那个傻逼，到死都不知道财产是可以继承的，哈哈。

张蔷不知就里，见两人笑得鬼里鬼气，回到桌子上也跟他们一起傻笑。

这一晚她过得很开心，有俩年轻男人陪着，脖子里的皱纹都舒展了不少。

临走前她要了他们俩的手机号，都存手机上了。李慧存张蔷号码的时候多了个心眼，名字没有写张蔷，写成张力存上了。张力一看就是男人的名字，他不想小凤仙回家翻他手机的时候，看到她熟悉的女人名字。

三个人一起走到楼下，本该是两位男士送女士回家的，但他们目前还是自行车一族，又喝得醉醺醺的，女士就自告奋勇要送他们回家。女士开着车，虽然不是宝马，但红色的甲壳虫看上去还是非常气派。小唐乐滋滋地坐在副驾驶的位子上，不停地给李慧挤眼睛，李慧当然明白他的意思，摆摆手坚决要自己走回家。

李慧刚到家电话就跟过来了，是张蔷。张蔷说我给你发短信你怎么不回？

李慧说没看见啊，刚才我在路上，可能手机响了没听见。

张蔷说我怕你喝多了，跑别人家去了。

李慧哈地笑了一声，说别人家谁要我啊，我倒是很想去啊。要不我再跑出去一趟试试看？

话忽然就说到这份儿上了，简直就像是在调情。张蔷说那你就再跑出去一趟试试看吧，我还没回家呢。

李慧犹豫了几秒钟，决定下楼去碰碰运气。就是什么都不做，也比一个人待家里强。

他几乎是脚不着地跑到小区门口，红色甲壳虫果然停在路边等着。他走到跟前，张蔷已经把另一侧的车门替他打开了。他坐进去，两人相视一笑，都没有说话。过了一会儿，张蔷问，你想去哪里？

李慧说我不想去哪里。

张蔷说那你就坐车好了，坐一夜得了。

李慧说好。

李慧抬起屁股颠颠，很舒服啊。这女人就是牛，换个方式把她男人坐屁股底下了，连他也能跟着沾沾光。

一分钟不到，张蔷还是把车开走了，这次没有征求李慧的意见，她绕了一大圈，把车停靠在翠湖边的树荫里。两边的车窗都摇下来，让风徐徐吹进来。夏初的风里有太多花香的味道，很是撩人。

张蔷说，你看外面还有月亮呢。

李慧把头伸出窗外，果然看见了月亮，可惜不圆也不亮，还发出像磨砂玻璃一样的亮光，周遭都是厚厚的云层。

李慧说，小唐呢。

张蔷说，他耍流氓，对我动手动脚，我拉他到野外扔出去喂狗了。

李慧惊叫，真的假的？真让狗吃了麻烦可就大了！

张蔷说，一个大男人有啥麻烦的，总不至于有女人想强奸他吧。

李慧说，女人不强奸他，说不定有男人想劫财呢。

张蔷说，他有多少财让人家劫？

话虽这样说，她还是让李慧打电话过去问一下小唐到哪儿了。

电话一打就通了，李慧说小唐你在哪儿。小唐说我回家了。李慧说真的假的？你让弟妹接个电话。

小唐说，咋啦，想勾引我老婆？

李慧说不咋不咋，没人想勾引你老婆，你老婆你自己留着慢慢用，俺不想勾引。就是想关心你一下，看你是不是跑到别人家当二爷去了。

小唐说，下次吧，今天喝多了，当不成啦，整不成事儿。

李慧哈哈大笑，然后把手机挂了。

张蔷问他笑啥呢，他说小唐已经回家了。

接下来他们是怎么搅和到一起的，是怎样从前座爬到后座上去黏糊在一起的，李慧一概不记得了。

俩人贴在后座上揉来捏去，都下了死劲，恨不得把对方揉碎了捏烂了，然后一口气吞下去，所以都累得满身是汗。

他们大概做梦都没有想到，就在他们忙得不亦乐乎的时候，两条黑影悄悄地溜过来把车门打开了，然后一边一个揪住他们的胳膊，把他们往车外面拉。

前段时间电视新闻就报道过，湖边发生了几起夜间抢车案，据说都是情人们在那里黏糊，被坏人瞄上了。谁知道他们偏偏又遇上了。

张蔷力气小，不经拉，很快就被拽出去了。李慧挣脱掉了。他不仅挣脱了，还抬腿冲拉他的那个人狠踹了一脚。那人一个趔趄，弹出去一步，李慧顺手把车门关上了，并及时按上车门锁。随即他又爬到另一侧关上车门，同时也按上了车门锁。

张蔷在车外面大呼小叫，用手拍打着车门想要进来。

李慧鱼一样地滑到车前排，好在前排的车门刚才是关上的，这会儿他只需要快速摇动车窗玻璃，然后锁上车门，就安全了。可惜这事他只做了一半，车窗刚摇到一半的时候，歹徒已经蹿过来了，一把明晃晃的月牙刀从车窗上面伸进来对着他乱戳乱砍。

李慧躲过刀刃，伸手按响了车喇叭。喇叭一响，歹徒显然吃了一惊，趁着这当儿，他把车灯打开了。光线炮弹一样射出去，歹徒赶紧抬起手臂遮挡自己的脸。李慧赶紧点火，居然点火成功！猛踩一脚油门，车身一抖，轰的一声，甲壳虫蹿出去了——

李慧这次醒来是七点二十五分。

周六下午四点钟小凤仙到家。

周二以后的那几天里李慧也学着沉默了，一个短信不发，一个电话不打，他想看看到底能出什么幺蛾子。

打开防盗门，看见是小凤仙，他一句话也懒得说，脸一扭又回到沙发上看电视了。

小凤仙倒是一副没心没肺的样子，显然是玩过瘾了，进门就汇报说她是他们那一群旅游的人里面老公发短信最多，

　　　　　　　　　　　　万物生

电话也打得最多的一个!

我得了第一!他们都夸你呢。小凤仙嗲声嗲气地说。

李慧说,我还以为你死在外头不回来了呢!

小凤仙说,嘿嘿!咋可能呢,算命的说我要活过百岁呢!

（原载《北方文学》2012年第5期）

渡

噢——吼——

噢——吼吼——噢——吼！

对岸有人喊船。

喊船的声音很大，听起来像是在吊嗓子，一声一声高亢
有力，底气十足，不怕你听不见。

艄公在睡梦中，笑眯眯地看一群肥肥胖胖的大鲤鱼，在
空中翻着肚皮给他跳舞。喊船的声音像一把光溜溜的锥子，
一进来梦便碎了，烂了。鱼群没有了。

艄公睁开眼，心里慌慌的。鱼群像是藏到心里头去了。

艄公拍了一掌胸口，意思是要那些鱼老实，当心老头子
煎了你们来吃！一想自己从不吃水里的活物。不吃鱼，鱼肯
定知道。鱼不怕他，该怎样还怎样，照样在他心里乱窜。

艄公深深吸口气，咧咧嘴，缩起身子从船舱里钻出来。

天已经蒙蒙亮了，有薄薄的雾笼罩在河滩上。河就像卧

万物生

在帐子里的大姑娘，羞答答让艄公看不清。但艄公又不能不去看。模糊中张眼看过去，对岸的峭壁上多了几条白影子。

艄公提好裤子掖好裤腰，猫腰一跳就站在了船头。握住竹竿张嘴也冲对岸吼一声过去：

噢——吼——

金河是汉江流域的一条分支。水从上游日夜不停地流下来，到金河形成不大不小的渡口。水把镇子抱成一弯月牙儿，然后再浩浩荡荡向东，三四十里后汇入汉江。河的南边是金河镇。河街就建在高高的护河堤上。过了河向北，是绵延不断的群山。再向北走就走到秦岭脚下去了。河两岸方圆几十里，金河镇的集最旺。农历三六九逢场，逢场的时候人很多，很热闹。集市从大清早就开始了，河南岸的沙滩上一溜儿摆开的都是集了。心急的买家往往在此守候，等在渡口或者河滩上，见自己所需的卖家来了，便上前，见货物满意就先占到手里，再谈价格。有些很快就成交了，有些卖家不放心，就多走几步到街上去。街上人多，不愁卖不上好价钱。占一个合适的位置，再接着跟人讨价还价。晌午过后，集慢慢就散了。等到集散的时候有些卖了，有些卖不了，卖不了再拎回去，下个集接着卖。也许最后卖了的价钱还不及早上给的价钱呢。不过那也是没办法的事，过了这个村就没有那个店了，后悔也没用。卖家会叹口气安慰自己说，多的那钱不是自己该得的，心里也就微微地安下了。

街的任何一处，只要有空地儿，买卖随时随地都在进行。挑担子的提筐子的，买卖什么的都有：山里产的药材，野果，野味，木材，房前屋后种的，树上长的，天上飞的，山上跑的……只要能搜罗到的，都可以拿到金河集上来交易，不愁卖不出去。县城有不少小贩专门守在这里收购，装车再运往别处去交易，转手就是利。

山里人赶集就跟过年似的。买或卖都要提前准备好几天。当然也有什么都不买不卖的，就专为到集上看一看热闹，赶赶场子，坐一坐船，看一看人山人海，见一见四邻八乡的熟人亲戚，胡乱拉扯几句，心里也是畅快的。大姑娘小媳妇们特别喜欢坐船。船在水上走，颠颠的，悠悠的，晕晕的。人浮在水上，好不自在。心里的想法一下子就多起来，能信马由缰飘得很远，很远。

百货公司、医院、信用社、派出所、邮电所、理发店、吃食铺子，都在街上，比肩而立，门户大开。赶集，逛街，吃的喝的用的看的应有尽有：老太太们的包头帕子，姑娘们的绣花丝针线，孩子们玩的弹珠、水枪……

最多的还是吃食铺子，一街两行摆的都是。凉皮、菜豆腐、饼子、包子、羊杂汤、牛骨汤，几个角子就能吃上一碗，那滋味真是好得没说。逢集的时候，长条凳一摆就摆到了街上，人头攒动，黑压压的脑袋围成了一片，埋头吃喝说笑，过瘾哪！

　　　　　　　　　　　　　万物生

学校建在镇子的最高处。小院子用围墙围了，白灰刷得干干净净。每逢上课下课，都要敲几下钟。钟是庙里以前用来敬河神的，后来搬到学校里，老师孩子们都喜欢敲敲。铜钟敲起来声音又响又亮，不仅能下河还可以翻山越岭——

咚——咚咚——咚！

渡口上除了一条船没有别的交通工具。船是公家的船，长年累月泊在渡口，跟河连成一体。船是水的心脏，河上的梭子。过渡的人把它扔来扔去，两岸就被织上了，连在一起，河也就不寂寞了。船不大，是一条木船，一根长篙在水里撑着走。一次能坐十到二十人。船舱里横了几块木板，过船人可以坐在上面，也可以站在船上，随自己的便。船资是两分钱，后来涨到五分钱。集日的时候就有人抱一只木匣子上船来收钱。曾经卖过一阵子船票。后来嫌麻烦，抱匣子的人不来了，艄公就自己在船头扔一只烂瓷缸子，随便往里丢就是了。钱够不够都无所谓，给不给也都行，艄公假装看不见。有没有钱照样让人过河。艄公不计较这些。

艄公无儿无女，是个孤老头子，吃住都在船上。除了酒烟以外，对其他一概不感兴趣。船的尾巴上有一个弓起的小舱，是艄公的住处。船尾巴上支了一个吊锅，煮艄公吃的东西。艄公的全部家当都在这条船上。每年只有在夏季发了洪水，停了船，艄公才和船一起上岸住几天。艄公在后街有一间房子，门上常年拧了一把锁。艄公很少回去，里面都堆放着杂物。艄公天天守在船上，过渡的人早晚都很方便。赶早办事，或者天黑了在街上醉了酒或走亲戚回家晚了，朝对岸喊一声，要不了半分钟，艄公就从小舱里钻出来，站在船头，挥舞起长篙，像关公耍大刀似的，在河心蜻蜓点水。点不了几下子，船就点到对岸了。

船近岸。艄公看清了要过船的几条白影子，一条是三子，另两条是跟随三子来的行李——两捆剥了皮的房椽子。

艄公因自己眼拙把它们也当成了人，觉得好笑，就笑眯眯地招呼三子说，这大早的！

对方说：赶早了凉快！

嗯！艄公应了一声，赞同地弓起身子，让长篙斜插进水中，稳着劲儿让船靠岸。斜眼望了一下天：天上挂了薄薄的几片云，羞羞答答地向天外边跑，不知跑哪儿下崽去啦。金河入了伏就没有下过一场雨。天气热得要命，人到了中午都恨不得变成一条鱼，躲到龙潭底下去凉快凉快才好呢。

船到河心，艄公想：今儿不逢集，傻小子扛椽子卖谁去？

艄公替渡河人担心，问三子说：不逢集你卖谁哩，家里等钱用啊？

叫三子的毛头小伙不吭气，猫起腰，不等船到跟前，伸长手臂从船头拾起一截铁链用力一拽，让船再向自己拢过来一些，然后将铁链拴在大石头的铁锚上固定好，扭身将自己挑来的两捆溜溜光的橡子丢进船舱里。

踏上船，这才笑嘻嘻地回答艄公的话：我才不卖哩！谁说我要卖？

艄公自己也笑了，尽给人家瞎操心：不卖你扛来做啥啊，溜你老丈人的沟子给人家盖房子去？

艄公跟三子开玩笑。

三子是个毛头小子，人嫩脸皮儿薄，听艄公说，心念一转自己把脸转红了。见艄公望自己笑，就捏起拳头，冲船头那个酱紫色脊背的老家伙挥挥拳头说：看我打你……干爷，橡子是我娘让给春子婆家扛去盖新房的！

金河两岸喊艄公叫干爷的人真不少。小字辈的人都这么叫。有些是父母早先就认了艄公做干爹的，后辈人自然而然跟着叫干爷。有些是小时候认了艄公做干爷，上辈人就随了晚辈称呼：他干爷。艄公的名字就没人叫了。有一年镇上来了个县太爷，胡子一大把了偏偏官僚得不行，听人家干爷干爷地叫，以为干爷是艄公的名字，也撵着叫干爷。这下干爷真的给叫出了名。

艄公听了三子的话，用略夸张的笑声问：呵呵，春子都有婆家啦，是谁家？

得到回答后又摇头叹息了一会儿，说日子过得太快啦：一天一天……嗳，我说三子，你当哥哥的，说媳妇没有，要不要我帮你瞅一个？

三子说：皇帝不急太监急！你急啥哩？谁要你瞅！

艄公拿瞪眼三子，心里老大不高兴了，喘口气骂那小子：嗨，好你个鳖娃子！狗咬吕洞宾，不识好人心！小……

河心风猛地扑过来，艄公的话三子听见一半，另一半让河心听了。

不逢集过河的人很少。三子走后半天没人来。艄公就把篙收起来横在船上，人坐在船头歇下了。

河水从船底下悠悠地流过去，流到山脚前拐个弯就不见了。坐在船上往下游看，河就这么长一段儿，像是一条青色的围脖。渡口的对岸是龙崖，崖壁很高，有好几丈，崖面跟刀斧劈开似的贴着水面，峭壁高耸。寂寞的河鸟在崖上筑了巢，清晨或者昏黑的时候在水面上盘旋，一只接一只浅浅地叫。壁上有几蓬灰色的草，当地人叫莎草，就是龙须草，一须一须地挂着，像龙的胡子。附近山上盛产这样的草。割了长，长了割，一年四季都有人割了晒干，编成女人发辫似的麻花辫，一捆捆扛到船上，到集上卖钱。听说是运到城里都造油光纸了。

河两岸房舍像撒豆子似的，从河滩一直撒到山根底儿，最后零零散散飞了几粒到半山腰上。周围一山连着一山，山上树少草多，看上去就有些秃，傻愣愣的样子。羊一群群在上面拱草。到了黄昏，羊吃饱了，渴了，一只挤一只下到河滩边上来饮水。

艄公坐得有些累，就从裤腰带上解下烟袋，掏出烟锅吃

万物生

烟来解乏。烟叶是过船人送的。都是和艄公一样的大烟鬼，吃不惯纸烟，专吃旱烟。地里种一大片烟叶，收了晒干，自己吃一些，省下一些提到集上卖了，换一点东西再拎回家，算是捎带做了点正经事。过船的时候就抽出一卷两卷送给艄公，既是人情，也算作过河的船费。艄公领他们的情，笑呵呵地把烟叶收了，挂进船舱里。平时给烟袋里装上一些，想吃了就掏出来吃吃。拣上一片放进掌心里，摊平了，用拇指和食指捏住叶子尖，小心地卷起来，然后在掌心里狠劲儿搓成条，再用指甲掐成一小段一小段，装进黄铜烟锅里点火冒烟，撮起嘴狠狠地吃一口，半眯着眼睛，让烟子从鼻子嘴角徐徐冒出，云里雾里，腾云驾雾。

烟叶夜间吸了点水汽，摸上去有点潮，这比干巴巴的叶子好，卷得紧不容易碎，耐吃。不会火一点就化成灰。艄公不想让烟叶很快化成灰的。因为那很没意思。烟子小，不过瘾。所以他喜欢烟叶受点潮，半干不干的时候拿出来吃，烟子足，劲儿大，很冲，有味道。

艄公的腮帮子深深地凹进去，然后再轻轻地鼓出去。青烟淡淡地在他四周游荡，肚子里就有了烟火人家的味道。艄公便腾起云眯缝起眼睛。眼珠子被烟子沁得潮乎乎，肺腔里被烟子熏得黑乎乎，后来嗓子嘴巴谁也不服气谁，接下来便要吵架——咳咳咳，哐哐哐！跟拖拉机似的。艄公喜欢咳嗽，咳嗽是个很激动人心的事情。习惯了咳嗽，不咳嗽不自在，很闷。

艄公就这样坐在船头，眯着眼儿吃烟。有人过船，喊一声，艄公叼着烟锅子站起来去撑船。没有人来，就坐在船头一直慢吞吞地吃下去。

艄公吃烟的时候，口水会源源不断地分泌出来。嗓子眼就变成了一口压水井，烟锅子能把很多水抽上来，哧哧地往外冒。艄公喜欢把它们都吐到水里去。附近的小鱼儿看见了就游过来抢着吃他的口水，一面浮在水面上冲艄公摆身子。

艄公不停地咳，吐；小鱼不停地吃，摆身子。

到了中午，太阳升到河面上，河就像点燃了火的锅子似的开始往外喷热气了。这时候艄公就要离渡口远一些，避开热气，把船弄到离渡口几米远的柳树底下去乘凉。有人喊船了，再把船弄到渡口上撑过去。虽然这样做麻烦一些，但总比在大太阳底下晒太阳要舒服一些。再说大中午过船的人很少，艄公就可以躺在船上，拿一顶草帽遮住脸，闭上眼睛睡大觉。虽然艄公睡不着，但闭上眼睛的感觉很好，尤其是闭着眼睛躺在船头的感觉就更好了，可以把这老骨头放下来展一展。头顶上有风舞动叶子的声音，下游不远处有男人在涉水，裤子脱下来顶在头顶上，手里拿着鞋子哗啦哗啦蹚着水走。艄公不用拿眼睛去看，也知道水淹到男人哪个地方了。柳树下有女人三三两两来河边洗衣服，叽叽喳喳说笑，逗引得鱼群都向她们游过去，围着她们吃洗出来的一堆堆泡泡。

不久，镇上人家的房顶上开始冒炊烟了，该吃中午饭了。

　　　　　　　　　　　　万物生

洗衣服的女人也都回家了。艄公抬起身子习惯性地朝渡口对岸上瞄了一眼，看有没有人走过来。这一瞄不打紧，艄公的身子僵在半空里！

因为他瞥见一个人，正站在对岸的龙鼻子上！

龙潭鼻子，那可是个勾人魂儿的地方。经常有想不开的大姑娘小媳妇站在龙潭鼻子上往下一跃，鲤鱼跳龙门，就再也回不来了。上个月刚俺死了一个男的。等艄公把他捞上来的时候，人胖大得跟骆驼似的，不成人形了。艄公深信老一辈人的说法，淹死一个男人，很快就有个女人送上门来。鬼也是要配对的。这不，来了嘛。

艄公揉揉眼，见那人衣服也没穿齐整，上身赤裸着，下身穿了条花裤衩，头上却戴了一顶鸭舌帽。艄公就笑了：原来是个男人。花裤衩男人在水边的石头上跳来跳去，一会儿蹲下去一会儿站起来，猴子似的。艄公看了一会儿，就解开缆绳，把船拖到渡口然后划过去。

花裤衩见船过来，不等船到跟前，就先开口打招呼：干爷，这龙潭里有鳖吧？

艄公认出他是镇上粮所的小伙子。艄公就回答说，有啊，怎么没有。这深潭里啥都有！

那你整到过鳖没有，给我说说咋整的？

艄公说，我嫌腥气，懒得整！

小伙子的眼睛一亮说，我不嫌腥气！你给我说说，我钓几个上来，晚上喝鳖汤。

艄公冲着龙潭说，鳖哪儿是钓来的！你得到潭下面的石头底下去摸，一摸一个准儿。你敢吗？

小伙子说，我哪儿敢！干爷好水性，去摸两个上来给我不就行啦。

艄公嘿嘿笑着说，干爷不去龙宫。去了龙王爷可就留住上不来喽，他早就盼着我呢。想吃鳖肉你得自己去跟龙王爷要，那是人家的东西！

小伙子撇了一下嘴，心里说，什么龙王的东西！装神弄鬼。然后不满地扭过头去，看他支在水面上的鱼竿。红色的鱼漂在水面上醒目地浮着。他屁股旁边的报纸上堆了一小堆死蚯蚓，招来了几只叮臭的苍蝇在上面嗡嗡。小伙子听见苍蝇叫，厌恶地挥了一下手，苍蝇一下散开了，但随即又嗡上来了。

小伙子旁边的石头上放了一只塑料桶，艄公知道小伙子要大干一番了，不钓到鱼不会罢休。艄公就没话找话跟他说，太阳这么毒，人油都要晒出来啦。鱼也知道要凉快凉快，早藏到水里不出来了。你看你半天一个鱼毛都没钓到，瞎忙乎不是？

小伙子不爱听艄公的话，懒得搭理他，不吭气只管盯着水面上的鱼漂看。

艄公碰了一鼻子灰，觉得很没意思，但又不想马上走开。他把船贴在石壁上泊好，戴上草帽坐在船尾巴上。然后掏出烟锅慢条斯理地卷一片烟叶，一面卷还一面眯起眼睛留意小伙子那边的动静。

万物生

不一会儿，鱼漂猛地一沉，一条贪吃的鱼儿上钩了！

哈！小伙子眼明手快，急忙扬竿一甩，一条活蹦乱跳的鲫鱼被吊在空中，翻卷着身子，在太阳光下亮亮地画出一条弧线。鱼竿一沉，鱼牵着线掉进艄公的船尾巴上。

小伙子得意扬扬地说，谁说鱼毛都没有，这不是钓上来了？

艄公皱皱鼻子说，这么小！

小伙子不服气：哈哈，这还小？不小不小，阎王爷不嫌鬼瘦，能熬汤就行，嫌小你帮我下去捞只鳖上来！

小伙子的理想依旧没有变，还是想鳖。没有鳖，退一步能钓到鱼也很高兴。他让艄公帮他取一下鱼钩，把鱼取下来给他丢过去。

艄公缩了一下身子说，我嫌腥气！

小伙子哼了一声，自己慢慢缩回鱼竿，捏紧鱼肚子让鱼张开嘴以便好卸鱼唇上的钩。鱼嘴巴被他捏得大大的，铁钩挂在鱼的上嘴唇。鱼干瞪着眼，尾巴在小伙子的胳膊上打得啪啪响。

艄公想，倒霉的鱼！祸害就祸害在嘴巴上。嘴要了它的命。鱼要是像人一样长一双手，什么东西都用手拿了送到嘴跟前吃，啥会吃不到？鱼会遭这罪吗？艄公替鱼委屈，替鱼愤愤不平。忽然记起了天亮时做的梦：一群肥肥胖胖的鱼，翻着肚皮给他跳舞。

艄公的心猛地往下一沉，感觉有些莫名其妙。揉揉眼睛，抬头看看天，天很好，云在很高的地方懒洋洋地晒着肚皮。他拿拳头嘭嘭地擂了几下胸口。这当儿，小伙子已经把鱼取下来丢进水桶里，又撕了一小块蚯蚓肉穿在鱼钩上去引诱新的鱼上钩。他见艄公在他旁边弄出很大的响声，又是抽烟又是吐唾沫又是捶胸顿足，就对艄公说，你该不是来给鱼打信号吧，你看你又是抽又是吐的，忙个不停，鱼都被你惊跑了。钓鱼有啥好看的，都啥时候了你还不赶紧去喂你脑壳？一会儿洗锅水都没你喝的！

小伙子是公家人，吃三顿饭，中午饭在肚子里都快消化了。艄公早饭没吃，到现在也不觉得饿。心里闷闷的，肚里胀胀的，好像没有空地儿盛。但小伙子撵他走，知道也该走了。

艄公把烟锅里的烟吸干净，在船帮上磕净烟灰，收进烟袋里装好别回裤腰上，然后对小伙子说，我走啦，当心鱼爷爷来收拾你，这会儿要是掉进去可没人救你！

不等小伙子回答，艄公握起长篙对着礁石用力一顶，船就被顶走了。

艄公坐在船尾，一下一下地挥动着长篙让船慢慢地在水上走。划了几下子，艄公觉得浑身软绵绵的，一点力气都没有了。狗日的日头把好好的人晒成了一团棉花。

到岸边，艄公不急不慌泊好船，然后慢慢地往镇上走。

河滩上这会儿除了那个钓鱼的花裤衩外，一个人也没有。整个河滩静悄悄的，艄公上了河堤。河堤上种了柳树，艄公

　　　　　　　　　　　　万物生

就在柳树底下的阴凉里往街上走。

走到街口，碰见哑巴女人拎了一筐衣服要下河里去洗。她常常是别人洗完了她才去。艄公做了个吃饭的动作指指哑巴女人，哑巴女人点头对他笑笑，表示她已经吃过饭了。艄公又指指街道，哑巴女人的嘴巴咧得更开了，露出森森的白牙和其中的一颗犬齿，笨头笨脑地笑笑，然后扭着屁股下了河。

艄公走到刘记烧饼铺子门口，刘老大的最后一锅火烧刚出锅，熟芝麻和面饼子的香味让艄公的味蕾开始分泌一些馋虫。

刘老大看见艄公走过来，就叫住他说，艄公！来吃饼！

艄公摆摆手：明天吃！

拉面铺子的小师傅端着碗蹲在门槛上吃拉面，吃得呼呼的，嘴巴塞了面条含混不清招呼艄公吃面。

艄公摇摇头说，明天吃！

街上人跟艄公打招呼，艄公一面应着一面往上街走。

街上冷冷清清的，都是店家人自己蹲在门口吃饭。

走到上街老王理发店门口，就看见剃头匠老王闲得发疯，蹲在他家对面药材铺子的房檐底下，撅着屁股跟药材铺子的鬼子掐方。艄公想招呼他一声，但看他和鬼子正闹得不可开交，为了一根小木棍儿，两人拉拉扯扯，吵得震天。艄公就没吭气，悄悄地站在他背后看他们掐。后来还是鬼子抬头看见了艄公，就问艄公吃饭了没有。艄公说还没呢，想跟老王说句话。

老王说，搞完这盘，去我那里吃饭。我们喝两盅！

鬼子说，啥好吃的，有酒有肉没有？

老王说，啥好吃的，也没你的份儿，你输了还得让你请！

鬼子说，我一大柜子耗子药，你们随便吃我不生气。

说话间，老王的女人站在门口喊老王吃饭，老王把手里的小木棍一丢，拽了艄公进了理发店。

理发店是艄公惯常的歇脚点儿，走到街上就要到店里去坐坐。老王忙的时候，艄公就坐一旁看老王给客人糊满脸泡沫，然后用刮毛刀刮毛。空了两人就抽烟说闲话，逗老王五岁的小孙子喜子玩。喜子胖胖的像只小冬瓜，热天一丝不挂，光着身子在屋里乱跑，小鸡鸡也一颠一颠地跑。艄公看见了就要伸手去捏，问喜子那是干啥的？

喜子说，尿尿的！

两个老头儿就哈哈大笑。

艄公走到店门口就闻到一股异乎寻常的香味，老王女人在煮腊肉。艄公的第一个反应就是这家人有什么事，或者来客人了。不然大热天谁会煮肉吃。

他问老王：有没有客人，是不是喜子他爸妈回来了？

喜子的爸妈在省城。如果他们回来，或者有别的人或事，艄公就要抽身而退了，不便进去叨扰了。

老王说啥事都没有就是想吃肉了。天热了腊肉放不得，油都要流干了。

　　　　　　　　万物生

老王女人端了菜出来，手上拎了一把酒壶。她招呼艄公说，快进来！今儿老王过寿，你们两个狗友喝几盅。

平时老王想喝酒，都被女人管得紧紧的，熬不住就跑到艄公的船上去喝几口。船上的酒葫芦里啥时都不会空着，艄公不让它空。艄公一个人自由自在没人管，想喝就喝。但很多时候，老王的女人管着老王不许到船上找艄公喝酒，怕两个老家伙不知道深浅喝多了翻了船，掉进龙潭里让水淹死。老王女人生气了就骂老王：酒鬼水鬼都勾着你魂儿哩，死到哪天还不知道哩！有时不顾深更半夜跑上船找老王，捎带把艄公的酒葫芦拎走。经常要等第二天老王女人气消了，艄公才敢去把酒葫芦要回来。街上人就说你看你看这两个酒友！可是老王女人偏偏不说他们是酒友，说他们是狗友。狗友就狗友吧，艄公早就认下了。今儿可是老王的生日酒，艄公不可能不喝。但艄公因忘记了老朋友的生日，突然撞上，就特别不好意思了。搓着手，说自己老得没用了，啥事都敢忘，没事先备礼。又说最近老是心慌意乱的，好像丢了魂……

老王说，忘了好，忘了少一岁。过不过寿还能咋的了？

不由分说拽着艄公的胳膊，拉他到桌子旁坐了，端起两酒盅一碰就让艄公喝。

艄公说，我真是老糊涂了呢。总觉得心里有事，就是想不起来什么事。八成是这件事吧？

老王说，我知道是咋回事——酒喝少了！我们好几天没一起喝酒了，多喝几盅就好了。来，喝！

几盅酒下肚，艄公出了些汗，心里透气儿多了。喜子在一旁瞅着爷爷和干爷喝酒，嚷嚷也要喝。艄公拿了筷子在酒盅里蘸一下，然后放到小家伙的舌尖上。喜子辣得龇牙咧嘴。

老王女人叫：闹傻啦！

艄公说，我们喝了一辈子酒，你见我们谁给闹傻啦？

老王女人说，你们不傻，我傻！

艄公说，你哪儿傻？

老王女人不理他，给他酒盅里斟满酒端起来让他喝。老王在一旁眯着眼笑，招呼他快吃菜。

酒喝得快了些，艄公感觉头晕晕的，知道不能再喝了。就站起来拎起酒壶给老王的杯子满上，说要敬老王一杯，本应该三杯为敬，但不能喝多。一会儿他还有事情要办，去龙宫里走一趟，向龙王要一只老鳖给老王过寿。

老王说，算了吧，那是你亲家，我不吃！

艄公的酒劲上了脸，红着脸膛说，怎么不吃？该吃！

老王笑着摇头说，不吃不吃！你别瞎去忙活了。

说起鳖，艄公想起早晨做的梦。艄公说，我做了一个梦，你帮我破破看——梦见鱼跳舞，都跳我船里来了，这恐怕不好吧。

老王说，梦鱼好啊，鱼是财神爷，财神给你送财哩。

艄公说，早上做的梦，是反过来的吧，我哪儿来的财？

老王说，酒肉不是财？咽到肚子才是财呢。别的都是浮的，应你的梦了。

艄公点点头不说话。这会儿已经过午了，好不好都说破了。破了就好。

艄公起身喝干杯子里的酒就说，不喝了，我整鳖去！

老王说，整啥整！歇歇吧。刚吃了肉，哪儿吃得下。等想吃了再问你要。

艄公说，好，听你的。晚上你来船上吧，船上凉快。今儿个弟妹肯定不会拦你。我们再消消停停喝几盅。

走到门口，见喜子在门口鼓着肚子尿尿，小鸡鸡翘得老高滋出一股白亮的水柱。艄公忍不住伸手去摸了一把，感觉手上湿湿的，缩回来已经是一手的尿。艄公老早就听说童子尿是药引子，可为什么是药引子，艄公就不知道了，因此心里滑过一个很奇怪的想法，一面笑一面在掌心里舔了一口。

三子在渡口等艄公那会儿，上游的洪水还没有下来。河滩上的石头被太阳烤了大半天，散发出一股热乎乎的腥气。三子坐在河堤边的树下等艄公。不一会儿，艄公就从街上回来了。一面踩着棉花步，一面捏着嗓门唱歌。唱的居然是一段花腔：

叫声相公小哥哥，

空山寂静少人过。

你不救我谁救我——

你若走了我奈何！

三子笑起来，大声说，干爷，又喝猫尿啦？

艄公说，好你个鳖娃子！看我不丢你到龙潭里去喂老鳖！

三子快活地大笑，跟艄公走到河滩上，帮艄公一起把船拉到渡口上。

三子说，干爷你坐着散散酒劲儿，我来划船！

艄公笑呵呵地答应了，把长篙交给三子：船给你，随你划！只要你不把干爷的这把老骨头划龙宫里去就行了。

三子掌了篙，学艄公的样子撑篙划船。他使的劲儿太大，过于卖力气，船在水上乱晃像打摆子。艄公就说，三子，你这是搀你媳妇上轿啊！

船到对岸，三子下了船，把长篙交给艄公。艄公接过长篙，坐在船上缓缓地把船往回划。

这时太阳已经暗下去了，河面上刮起阵阵凉风。风很凉很猛，汹汹地一吹，艄公的酒劲儿过了不少，但身子骨还是软绵绵的。酒能把人的骨头都泡软哪。

艄公头晕晕的，心里却是很高兴，便咧了嘴儿笑。

花裤衩钓够了晚上熬汤的鱼，收了鱼竿拎起塑料桶沿龙脊背往上游走。他不坐船过河，他要走到上游的浅水区浮过河去。凉快一下身子，等于洗个凉水澡就回去了。

艄公叫住他说，晚上你要喝鱼的洗澡水！

花裤衩顿了一下，不理他，继续走他的。

龙脊背上没有路，一群大大小小凸凹嶙峋的礁石，不好走。花裤衩就在礁石上蹿下跳。

哑巴在河下游，一边洗一边把洗好的衣物摊在石头上晒太阳。远远看过去，河滩上就像躺了不少被肢解成上半身和下半身的人。

艄公先是感觉河风很猛，胸口一股一股地发冷。心里隐隐有些吃惊。想，上游是不是下雨了？但往年金河发洪水，都是先下一阵子雨之后，地上盛不下了，才流到河里来。稀的稠的都有。可这么旱的天哪来的水。

艄公刚这么想，转眼之间洪水就下来了。

艄公先听到远处轰轰的声音像是一群野兽在狂笑。再听像是山那边在打雷。

然后就听见羊倌在山坡吼：噢——吼吼——涨大水啦！噢——吼吼——涨大水啦！

艄公这回听清了，手心脚心都出了汗。他跟着羊倌的吼声向下游吼下去：噢——吼吼——涨大水啦！大水来啦！大水来啦！

花裤衩听见吼叫爬上礁石，一看，便站着不会动了。两条腿不知道往哪儿跑。

艄公急红了眼，吼他：上山！再吼：往山上爬！又骂：王八蛋，你把桶扔了！

艄公一边吼，一边憋着一股劲儿狠命划船，把船划得像是一股风，打着旋儿向渡口冲过去。

岸边上的人都在狂喊狂奔：涨水啦！涨水啦！

渡

船到渡口，湍急的大浪已经扑上来了，船几乎被掀翻。艄公牢牢抓紧长篙，浑身的劲儿都贴在这竹竿上了，跟水在浪尖上夺船。

哑巴浑然不觉，仍然低头洗她的衣裳。可怜她没有耳朵，天大的事情也听不见。

艄公忘记了哑巴听不见，还是扯着嗓门吼：哑巴！哑巴！哑巴我日你妈！

艄公破口大骂，哑巴就是不抬头！艄公气得浑身乱颤，挥舞长篙对着渡口的大青石狠狠一戳，船飞似的离开渡口向哑巴冲过去。

狗日的哑巴……

艄公扭头看了一眼身后，猛兽张着血盆大口，咬着他屁股汹涌而来。

艄公的眼角滚出两粒浊泪。他哽咽了一声叫哑巴：哑巴，我日你妈！

哑巴终于抬头了，但是太晚了！哑巴没有看清向她横冲而来的木船，和气势汹汹的艄公，一个大浪扑过来，船被打翻了。

艄公从水里钻出来，已经看不见哑巴了。潮红的大浪一个接一个打过来，他接连呛了几口水，眼睛鼻子里都是泥浆。他困难地转动了一下脑袋，龙潭离他已经很远了，远得只剩下一个模糊的黑影子，黑乎乎地向后退去。

艄公想再看看龙潭，一个大浪过来，眼前一黑什么也看不见了。

艄公看不见，心里却突然间明白过来了：鱼怎么会跳舞呢——原来是叫他魂儿来的。

金河三十年来最大的一场洪水，冲上了防护河堤。卷走了堤上的树木，一座水电站，水磨房，船，艄公，哑巴，还有在上游洗澡的一个半大小伙子。

浪声震垮了刘老大烧饼铺子的三间街房。

老王跑到河边，一河两岸站的都是人。人们呆呆地看着洪水泛滥的河面，浊流大浪滔滔而下，一河的污泥浊水。

上游二百多公里的地方，暴雨引发的这场山洪，殃及了整个下游河段。洪水将靠近河边上的房屋、树木、家畜、人，一个不落地卷走了。站在岸边上除了能看到上游漂来的杂物，死狗、死猪什么的，人也夹在其中。浮上水面上就能看见一只只黑瓢似的脑瓜子。

镇上的人不相信艄公也会被这场大水淹了。他们不相信。甚至想，艄公当时撑了船，哑巴和那个半大小伙子可能被艄公救了，因为水势急，不好上岸，就漂到下游水缓的什么地方上了岸，一时半会儿走不回来。人们相信了这个可能。于是镇上就有人拿了竹竿之类的沿河滩往下游跑，去寻他们。跑到下游三公里的回水湾里果不其然找到了船。其实那时已经不叫船了，是几块被水打烂了的破船板。其中一块船板上还挂了一只黑乎乎的酒葫芦，被当作证据扛回来，交给老王。老王拿到手上看了几秒钟，一扬手又扔水里去了。

这是艄公的魂儿，老王不能留下它。

这一天是老王的生日，艄公的忌日。老哥俩还是有缘，生死到最后还是用这种方式一线相牵了。但是艄公承诺给老王的老鳖、酒，都成泡影了。这让老王常常念叨不休。

唉，他走得可真利索啊。老王想，说走就走啦！

后记

这场洪水过后，金河彻底告别了撑船过渡的历史。

没有了艄公谁也不会再弄一条船出来。

没有船，渡口失却了它的意义。龙潭从此便张开了黑洞洞的大口饥饿似的守候在那里。

艄公死后的这年冬天，金河开始动工修桥，桥址选在原来的渡口下游，就是哑巴洗衣裳被水吹走的地方。三个月后河面上修成一座水泥拱桥。桥落成典礼的当天，很多人都挤到桥上来看西洋景。七嘴八舌，说什么的都有。有人说好，有人说风水不好，怎么看桥都像是勒在水脖子上的一条吊绳。

大桥交付使用半年不到。夏天，一场更大的洪水过来，桥随即被冲垮了。

第二座大桥建在河上游，还是一座水泥拱桥，但吸取了前一座桥失败的经验教训，比先前的桥修得更高更气派。高

　　　　　　　　　　　　万物生

高地悬挂在空中，横跨在半山腰，把两岸的山结结实实捆在了一起。这下桥跟水彻底不搭边了。结实是很结实，但走到上游过河的人更少了，嫌远。牛羊却是很高兴地在上面走，吃草一直可以吃到山那边。

镇上人嫌不方便，凑钱在断桥的地方又修了一座吊桥，钢丝护网，脚下铺陈了木板。人走上去晃晃悠悠，还有点坐船的味道。但吊桥总归是吊桥，和水还是不沾边。吊桥怎么也不像梭子，也没人能仍动它。

人们不再颠颠地，悠悠地，晕晕地过河了，不能信马由缰，也就不做梦了。

（原载《北极光》2012年第4期）